中公文庫

楽しむマナー

中央公論新社 編

中央公論新社

目次

楽しむ
マナー

ニッチを生きるマナー

ホラー映画のマナー

綿矢りさ

ホラー映画が大好きだ。しかし一番怖いシーンは見られない。肝心の絶叫場面になると、映画館の暗闇の中でまるで瞑想するかのように堅く固く目をつむってしまう。本末転倒だ。

毎年決まった友人と邦画ホラーを観に行くのが、夏の恒例行事になっているのだが、今年も名シーンのほとんどが、自分のまぶたによって自主規制された。周りから起こる悲鳴の質で、恐怖度を認知する。あとでインターネットで観た人の感想を検索し、どんなシーンだったのかを想像力で補う。だから怖いシーンは見られないくせに、たくさんのホラー映画のあらすじについて、やたらくわしい。

今年観た邦画ホラーは本当に怖かった！　うっかり見てしまった、なんの特殊メイクもしていない、女の人がこちらを睨む顔が、恨みがこもってて、すごかった。障子越しにゆっくり覗いていったら、いきなり物凄い形相で睨んでた演出が、効いていたなぁ。

逆に一昨年観たものはあまり怖くなかったので、全編の記憶があり、コストパフォーマンス的には、むしろ良かったのかもしれない。しかし、これもなんだか本末転倒だ。

今まで映画館で観た邦画ホラーのベストワンは「リング」。そのときも超能力者の貞子がテレビから出てきて眼を剝くシーンが見られず、スクリーンから目をそらしつつも、怖くて悲鳴をあげていた。隣に座っていた見知らぬ男性客が、きゃあきゃあ言う私と友達をチラチラ見て、なぜか満足そうだった。あの人のニヤケ顔ばかりが印象に残っている。

映画館のマナーはいくつもあるが、ホラー映画鑑賞に際して、ひとつ申したいのは、怖いシーンを、ひそひそ声であっても、実況中継しないでほしい、ということだ。

怖いけれど見に来ちゃった人というのは、びびっているのをまぎらわせるために、よくしゃべる。

「えっ、なんかあれ後ろに映ってない?」「えっ、さっきの人が幽霊になっちゃった、ってこと?」

はいはいその通りですよ、怖さが半減するからだまって観ましょうね。と思うが、当の本人は緊迫した場面になればなるほど、ゴール間近のサッカー中継みたいに熱心に実況する。こういう人ほど怖くなると身をよじるので、ぎっこんばったんうるさい。

そういえば、「リング」のときの隣の男性は、私たちにうるさそうな顔はしなかったのだから、心が広かったといえるかもしれない。妙にニヤケていたけれど。ちょっとみならって、怖いシーンになったら、うるさい人の方に顔を向けて、目をつむったままニヤケてみよう。そしたら実況する女子高生も、スクリーンと現実の恐怖に挟まれて、涼しい夏を過ごせそうだ。

ウエストバッグのマナー

高野秀行

およそモノにこだわらない私がひそかに愛用している旅グッズがある。

ウエストバッグだ。

これは大変便利な代物で、メモ帳とペン、付箋といった筆記用具、iPhone、電池、レコーダー、そして現地通貨やパスポートも入れている。

飛行機移動の際は搭乗券、列車やバス移動では切符、その他許可証や証明書など、すぐに取り出してみせる必要のあるもので、しかも重要なものは何でもこの小さなバッグに収まる。常に腹につけているため、盗まれたりスリにあったりする可能性も実はひじょうに低い。装着したまま寝ることだってできる。

これまでいろいろなバッグ類を試したが、結局ウエストバッグに勝るものはない。

当然のことながら、ソマリアの紛争地だろうがミャンマーの奥地だろうが、私がうつっている写真にはいつもウエストバッグが腰にまかれている。

おかげで知り合いや友だちによくニヤニヤ顔で言われる。「君のトレードマークなの?」とか「高野さん、ウエストバッグが好きなんですね」とか。

大変遺憾だ。

私だってわかっている。ウエストバッグが格好悪いなんてことくらい。

装着していると腹がポコッと出っ張ってすごくマヌケに見えるし、大事なものをいちばん目立つところにさらして、まるでお上りさんみたいな印象を与える。今どき、旅慣れた人でそんなものを身につけている人はほとんどいない。

私はそれを十分承知したうえで、見栄えなど捨てて合理的精神で選んでいるのだ。いい加減くたびれたバッグを十年以上使い続けているのも、その形状やサイズがひじょうに使いやすいからなのだが、「あれが高野のファッションセンス」という誤解が独り歩きし、さらに不本意である。

でも、最近、旅に出るときはウエストバッグを愛用しているという人を知った。私の古い知人で、三谷幸喜氏の舞台「抜目のない未亡人」の劇中音楽を担当したミュージシャン、坂本弘道氏だ。彼も「格好悪いけど、便利さでこれに勝るものはない」と、ボロくなったバッグをひたすら使い続けているという。

おお、私と同じだ。同好の士を発見した！　と思ったが、坂本さん、「いやあ、いいですよ、ノートパソコンも入るし」と言うので仰天した。どんなデカさなんだ、そのウエストバッグ……。

ウエストバッグをつけている人に出会ったら、合理的精神の持ち主か変人のどちらかだと思って、温かい目で見守ってください。

ケチのマナー

酒井順子

ある主婦が、
「私は夫からいつも料理が薄味すぎると言われるのだが、どうも調味料がもったいなくて存分に使えない。調味料ケチなのかも」
と言っていました。

その気持ち、私にはよくわかるのです。かく言う私は、歯磨き粉ケチ。歯磨き粉のコマーシャルにおいて、歯ブラシの幅いっぱいに歯磨き粉がしぼり出されているのを見る度に、「あれはきっと、歯磨き粉をたくさん使用させるための陰謀に違いない」と、ほんのちょっとだけ、歯磨き粉を歯ブラシに乗せるのです。

さらには私は、ティッシュケチでもあります。一度鼻をかんだくらいではどうしても捨てられず、使用していない部分で何度も鼻をかんでしまうのです（風邪予防の観点から言うと、すぐ捨てた方がいいみたいですね）。

この行為は、「エコ」と言うこともできるかもしれません。が、ボロボロになるまでティッシュを使用し、ティッシュの減りが少ないことに満足する自分を見ると、「これはエコと言うより、やはりケチだろう」と思うのです。

ある部分にケチな人が全方位的にケチかというと、そうでもありません。靴底が減るのを嫌がる靴ケチの人が、歯磨き粉は口が泡だらけになるほど盛大に使用したりするわけで、人のケチ心はまだらと言うことができましょう。

お金ケチの人は、「あの人ってケチよね」などと陰口をたたかれるものですが、お金をケチるだけがケチではない。人にはそれぞれ、どうしてもケチりたくなる対象があるのではないでしょうか。

お金ケチにしても他のケチにしても、人は自分のケチ具合に気付きにくいものです。私も、学生時代の合宿で皆と一緒に歯を磨いていて、友人たちがやけに贅沢に歯磨き粉を使用しているのを見て、「私って、ケチだったの?」と気付いたクチ。

ケチ心というのは、「もったいない」という殊勝な心がけからくるものばかりではないのです。「そうせずにはいられない」という性癖のようなものであったり、ボロボロになるまでティッシュを使用することによって得られる満足感のようなもののためだったりもする。

他人から見たら変でも本人は至って満足という、それはつまり貧乏ゆすりのようなものなのかもしれません。だとするならば、「もしかしてこれは、他人から見ると変なのかも?」という意識を本人が持つことが大切なのでしょうし、見ている側の人も、「ああ、これはこの人の癖なのだな」と、見守ってあげることも必要なのでしょう。

他人の前ではボロボロのティッシュを使用しないように注意している、今の私。その分、家では思う存分、ティッシュをケチっているのでした。

「捨てられないもの」へのマナー

綿矢りさ

お守りのなかがどうしても見たくて、つい最後の最後まで開けてしまい、罰が当たったらどうしようと怯えたのは、小学生の頃の苦い思い出だ。お守りは健康祈願、交通安全、学業成就、縁結びと、人生に合わせて増えてゆくが、捨てるのは禁忌のイメージがある。

私は歴代のお守りを溜めこんでしまっていたので、ほかの人たちがどうしているか不思議だった。みんな、お守りはどうしているのだろうか？　そっと捨てている？　神社に返す？　それとも缶などに入れて保管している？

私はとりあえず保管している派なのだが、どうすれば良いか調べて愕然とした。お守りの期限は、1年間だそうである。よく考えれば、神社では毎年社務所で新しいお守りを売っているし、たとえば交通安全のお守り1つだけで、一生交通安全を祈願し続けるとなれば、破格に安すぎるだろう。

年月が経っても威厳があるようで捨てられなかったお守りが、実は効力が切れていたとは、驚愕である。スーツケースにまだ現役でぶら下げている航空安全祈願の飛行機の書いてあるあのお守り、買ったのはいつだっただろう？　頼りにしていたのに。威厳は損なわれるのが申し訳ないが、できたら、本体が無理なら外包みにでもいいから、効能期限を表示してもらえると、ありがたい。多分そういうわけにはいかないのだろうが。

断捨離、と言っても未練とは関係なしに捨てられないものはあって、お守りもそうだし、人形やぬいぐるみも当てはまる。あんなに可愛がっていたのに、いざ捨てるとなると、専門のお寺に持っていくのも手間だし、かといってゴミ箱に直接投じるのもひどい気がする。

よく捨てた人形がまた戻ってきて、前と同じ場所に座っているといった怖い話があるが、あれは捨てる側の人間の罪悪感が反映されていると思う。ただの布とガラス玉と思っても、それが人間や動物の形をして、目や口がついていれば、単なるモノとは思えないし、にせものと分かっていても、黒い髪の毛はのびてくる気がする。

写真のアルバムが捨てにくいのも、思い出がつまっているからという理由もあるだろうが、風景の写真が比較的捨てやすいのを思うと、やはり人間には人間やほかの生き物の存在を感じさせるモノを捨てにくい、という性質が備わっているのだろう。神様を感じさせるものも、もちろん捨てにくい。

最近1つ克服できたのはぬいぐるみで、自分で布から作るようにすれば、捨てる時に躊躇がなくなった。作り主である分、ぬいぐるみとしての役目を完遂したかどうかが、分かるようになってきたからだ。かわいかったね、ありがとう、と前向きな気持ちでお別れできる。この経験を生かして、お守りも自分で作れば、すがすがしく捨てられるかもしれない。

古書探索のマナー

逢坂剛

学生時代、会社員時代を通じて、神保町近辺に身をおいたため、古書街を歩く癖がついた。その習慣は、専業作家になった今も、仕事場を神保町に構えることで、しぶとく続いている。月曜から金曜まで、毎日午前11時半になると昼食をとりに、仕事場を出る。食後は、古書街をぶらぶらと一回りして、腹ごなしをする。同じ店の、同じ棚を毎日眺めるのも、決して珍しいことではない。古書店の棚は、めったに出入りがないように見えて、実は微妙に動いているものなのだ。

ある店で、ほしい本を見つけたとする。

買う前に、考える。もしかすると、ほかにもっと安い値づけをした店が、あるかもしれない。そこで、古書街を一回りする。その結果、ほかの店では見つからなくて、最初の店にもどることになる。すると、目当ての本がタッチの差で、だれかに買われてしまい、手に入れそこなう……。

古書マニアなら、そうした悲劇に見舞われたことが、何度かあるはずだ。同じ本を探している人間が、かならず3人は存在するらしいから、油断してはならない。

わたしも、2度ほどそれで切歯扼腕した、苦い思い出がある。そのため、今ではよほど高い値段でないかぎり、見つけた店でただちに買う。あとで、もっと安い店に遭遇することもあるが、それで悔しがったりはしない。本もまさに、一期一会の縁なのだ。
ときたま、地方都市で古書店に飛び込むと、神保町では見つからなかった本に、出くわすことがある。珍本を、神保町よりゼロが一つ少ない値段で、入手する幸運に恵まれることも、ないではない。

しかし、最近はインターネットの発達で、海外はおろか地方都市の古書店にも、出向く必要がなくなった。おかげで、今では書斎にすわったまま古書を探索し、購入することができる。年とともに、時間が貴重になってくると、これはある意味でありがたいことだ。特に、タイトルや著者名が分かっている場合、インターネットの検索は便利きわまりない。店による価格の違いを、その場で比べることができるのも、利点の一つだ。

とはいえ、古書探索の王道はやはり、古書店巡りにあるだろう。棚を漠然と眺めているとき、突然なんの関心もない本の背表紙から、オーラが発せられる。わけもなく、胸騒ぎがして手に取ると、その中にかねて探索中の貴重な情報が、眠っていた……。そういう体験が、何度もあった。この種の邂逅は、インターネットでは、望むべくもない。さらにいいのは、古書店巡りはけっこう足を使うから、適度の運動ができることだ。

さらに、頑固な古書店主を相手に、本の値切り交渉をすれば、これまた頭の運動になるのではないか。

名画礼賛のマナー

福岡伸一

私は絵を描くことは全くできないけれど、絵を見ることはとても好きである。旅に出れば、その土地の美術館に足を運ぶ。いや、むしろ絵を見ることがなかったら、その場所に出かけることも、ひょっとするとその街の名前すら知らなかったかもしれない。

私は生物学者だが、生物学者になる前は昆虫少年だった。つまりおたく出身である。おたくの常として、たとえば本を読んで、ミトコンドリアという言葉が出てきたら、それ自体よりも、いったい誰が、どんな意図でこんな奇妙な単語をひねり出したのかを知りたくなる。ちなみに、ミトコンドリアのミトとは「糸」という意味で、細胞の中に糸くずのような絡まりが散らばっていることから名づけられた。

私はおたくとして、あるいはアマチュアの美術ファンとして、名画を見るときも、いつもこのようなマナーで作品を見る。絵のこの不思議な魅力はいったい何に由来するのだろう。絵の中の人物は一心に何を読んでいるのだろう。あるいは画家は何を思ってこのテーマを選んだのだろう。

逆に言えば、私にとって名画とは、単に大作、上手、美麗というのではなく、小品であっても絵から問いかけがある絵、ということになる。

私の大好きな画家に17世紀の人ヨハネス・フェルメールがいる。日本は今年（2012

年）フェルメール・イヤー。彼の代表作が次々と6点も来日する。現存作品はたった37点しかない（議論のあるものを含む）ので、この数はなかなかのものだ。

私が提案したいのは、川の源流から河口を辿るように、時間軸をもって絵を旅してみる、ということである。

フェルメールは最初から、ザ・フェルメールだったわけではない。彼は、1632年、オランダの小都市デルフトに生まれた。画家を志した20代、彼は迷っていた。自分のスタイルを見つけることができないでいたのだ。前の時代の画家をまねして聖書から題材を取ってきたり、神話にテーマを求めたりした。

やがて彼は、自分が何をどのように描くべきかを徐々に見いだしていく。大きなドラマを描くことをやめ、日常を切り取ることにした。静けさの中で女性がたたずみ、手紙を書き、あるいは楽器を奏ではじめる。物語のない物語が語られはじめる。いわゆる「フェルメールの部屋」の発見である。この部屋の中で、今年、来日する「青衣の女」、「真珠の首飾りの女」などの傑作が相次いで（おそらくこの順番で）描かれた。フェルメールは円熟の30代を迎えていた。彼は光の粒を操ることができるようになり、時間を止めることに成功する。やがて光を柔らかく溶かすことまで自在にできるようになる。

つまり名画礼賛のマナーとは、画家自身の旅路を旅する、という地点に行き着くことである。

占いのマナー

酒井順子

年末年始、女性誌では占いの特集が多く見られました。今年のあなたの運勢は……？　というように。

「占いとか、信じます？」

と聞かれることがありますが、私は雑誌の占い特集を読んで「ナルホド」と思っても、記憶力が無いあまり、アドバイスなりラッキーポイントなりを、覚えていられないタチ。「占いとか、信じます？」という質問は、しかし占いそのものについて聞きたいのではなく、「占いとか」の「とか」の部分を聞きたいのであろうと、私は思うのでした。つまりこの質問は、「占いとかスピリチュアルとか、そっち系のものに対する親和性」を探るための質問なのです。

今、特に独身の女性たちの間では、聖地とか風水とかヒーリングといったことがブームのようです。その手の、「目に見えないこと」への興味レベルは、人によって様々。全く興味も無いし信じないという人もいれば、「セドナ（有名な聖地らしい）に行ってきたの」と目を輝かせる人もいて、興味のレベルが著しく違う人同士が話していると、時には気まずい雰囲気が流れたりもするものです。

私はといえば、「別にどっちでもいい」という感じ。パワースポットにパワーがあろうとなかろうと、前世があろうとあるまいと、どちらでもいいのです。

そんな私からすると、目に見えないもの好きな人たちには、「世の中には、その手のことに興味が無い、というより嫌いな人もいる」ということを知っていた方がいいのではないの、と言いたくなる時があるのでした。反対に、その手のものを全く信じない人には、「目に見えないものに対する興味を徹底的に否定して、あの人たちの夢を壊さないであげてほしい」とも言いたくなるのです。

目に見えないものを信じたいという気持ちは、現世に対するうんざり感から来ているのではないかと思います。目に見えないものを求めることによって、ちょっとした現世からの足抜け感を、彼らは味わっているのではないか。

知り合いの占い師さんと話していたところ、

「占いの結果でものすごく悪いことが出ていたとしても、伝えないようにしている」

と言っていました。占いに来る人というのも、いわば夢を見に来ているようなもの。

「そういう人に、あえて悪いことを言わないのが占い師のマナーなのよ」

ということなのだそう。

目に見えないものを欲する時というのは、夢を見たい時。夢を見ている人は、他人に「あなたもこの夢を見なさい」と勧めることはできないし、夢を見ている人を揺り起こすのも、また無粋。夢の世界から戻ってきた時に、互いに冷静にお話しするのがよいのかもしれませんね。

ティッシュのマナー

綿矢りさ

先日買ったポケットティッシュは、ふるふるした水分の多い瞳をした赤ちゃんアザラシが表面に印刷してあり、手触りもパッケージからしんなりしっとりとして、乾燥しがちな冬にはありがたい湿度に満ちている。

思えば、いままで色んなティッシュを使ってきた。子どものころは匂いと柄のついたティッシュが好きだった。

よく覚えているのはアイスクリームが描かれたパッケージで、中のティッシュもチョコミントのアイスクリームの匂いがする。嗅ぐとアイスクリームかどうかはよく分からないけど、確かに何やら甘い匂いがする。そのティッシュを使うときには、鼻をかみたいのにかむ前に必ず匂いを吸う、という矛盾が起きた。

ティッシュは環境を守るために使いすぎては良くないと思っていても、気がつけば景気よくシュッシュッと抜き出してしまう。あのひらひらして儚い純白の佇まい、1度使ったあとはもう2度と見たくないという感じでごみ箱に放り込まれる一連の流れは、わりと傲慢だが、それゆえ贅沢なのだろう。

ローションティッシュと呼ばれる、極端に肌触り、というか鼻触りの良い類のティッシュが生まれたのは、花粉症の人口が爆発的に増えたころだ。売り出し始めのころ、「ローションティッシュは食べると甘い」という噂が広まり、とりあえず家族でティッシュを齧ってみたのは良い思い出だ。確かに甘かったが、それ以前の問題だった。だって、ティッシュなのだ。

生まれてからいままでの間に、一体何枚のティッシュを消費したのだろう。使ったあとすぐ捨てられる、その利点のおかげでずいぶん助かってきたが、そのせいでティッシュは霞がかってぼやけたまま生活に存在している。使用後のティッシュはやっぱり早く捨てたい、愛着は持てない。となれば、子どものときのように匂いつきのティッシュそのものを愛すか、ティッシュにまつわる思い出を大切にしてゆくのが、せめてものティッシュへのマナーではないだろうか。

ティッシュの思い出？　言いだしてみたものの、なかなかの難問。あ、1つあった。化粧品が合わなくて顔の肌がひどく荒れたとき、洗顔後タオルで拭くのも痛かったなか、ティッシュだけは肌に刺激を与えずに水分を拭き取ってくれた。しかも水分の吸収率もとても良く、すばやい。

ティッシュはいつもそっと優しい。生活においては脇役ぎみだが、やっぱり無くてはならない存在だ。その分あると思って無かったときの動揺度は計り知れない。とくにトイレなどピンチのときに貸してもらえるとありがたい。その優しさにあやかって自分も優しくなれるように、いつもより1個多くポケットティッシュを鞄に忍ばせる。

ベストテンのマナー

逢坂剛

毎年暮れになると、いくつかのメディアがその年のミステリーの、ベストテンを発表する。作家にも、その種のアンケートが、しばしば送られてくる。

わたしも、兼業作家だったころは、一読者としてそれに回答していた。しかし、専業作家になってからは、回答するのをやめてしまった。一つには、執筆に時間をとられるようになり、読書量が極端に減ったからだ。しかし、ほんとうの理由は別にある。

昨年秋、ミステリーのオールタイム・ベストテンが、某社からムックの形で、刊行された。各界に、幅広くアンケートを行ない、その結果を集計したものだから、一つの目安にはなる。とはいえ、客観的な評価が反映されているかどうか、となるとはなはだ心もとない。時代もタイプも、ジャンルも評価基準も異なる、多種多様なミステリーに、単純な得点数で順位をつけることに、そもそも無理がある。小説だけでなく、映画や音楽についても、同じことがいえる。本や映画なら、発行部数や観客動員数など、客観的な数字で順位をつけることができるが、いわゆる不特定多数の人気投票は、まったく別物なのだから、それと混同してはなるまい。

ことに、オールタイムのベストテンとなると、いろいろなバイアスがかかる。ほとんどの人が、そのために読み返すことなどしないから、あいまいな記憶や歴史的評価に影響され、定番作品に無批判に点を入れてしまう。

わたしが、アンフェアなミステリーの最たるもの、とみなす『幻の女』（W・アイリッシュ／1942年）が、毎度ベストテンの上位に顔を出すのは、その顕著な例である。この作品の人気は、恣意的な視点操作による犯人の意外性で、支えられている。発表当時は、それで許されたかもしれないが、現今の基準からすれば見過ごしがたいご都合主義、というべきだろう。この手で、「こいつが犯人だ！」と鼻先に突きつけられれば、だれしも驚くのが当然だ。同じ視点操作でも、アイラ・レヴィンの『死の接吻』（53年）の仕掛けは、フェアかつ驚きに満ちたもので、ベストテンにはいらないのが、いっそ不可解である。

要するに、ベストテンのアンケートは、全員が同じ作品に接して回答するわけではないから、公正な順位づけは不可能なのだ。まして、1位に10点、2位に9点……という点数配分は、偏向による誤差が大きい。10本を並べて挙げ、トータル得票数で順位づけをする方が、まだしもである。

あるいは、個々の回答者のベストテンを、そのまま提示するのが、最善の方法かもしれない。そうすれば、多彩なベストテンを通覧できるし、読者の選択肢も増えるから、読書の楽しみにつながるだろう。

アッパッパのマナー

東直子

私は一年中ワンピースを着ていることが多い。カジュアルな場でもフォーマルな場でも、ほぼ問題なく過ごせる上、ウエストや腰でぴったり合わせるスカートやパンツと違って身体と衣服の間に余裕を含んでいることが多く、多少体形がかわっても難なく着ることができて経済的である。

そしてなんといってもコーディネイトに悩まず、すとんとそれだけを着て出掛けられるので、全く楽である。一枚で完成された世界観がある、という意味で、洋服界の定型詩だと思う。

男の人は、どんなにカジュアルな場の服でも、シャツ（上）とズボン（下）をセットするものばかりで、定型詩的な洋服が存在しない。ツナギ、と呼ばれる、ガソリンスタンドの人やF1レーサー等が着こなしている一体型のものはあるが、フォーマルなパーティーには着ていけそうにない。体温調節も難しそうだし。

ワンピースは、寒い季節はカーディガンなどを羽織ればいいし、暑い時期に着る薄い生地のものは、風をよく通して涼しい。

子どものころ、袖も衿もない、頭から被るだけのすとんとしたワンピースをよく着ていた。母が作ったもので「アッパッパ」と呼ばれるものである。作るのも、着用するのも、実に簡単な服で、シンプル・イズ・ベストの代名詞のようだった。蒸し暑い日は、アッパッパに限る。

なにしろその言葉の響きが素敵だ。素晴らしい行為を誉め称える「天晴れ」と、能天気さを揶揄(やゆ)する「パッパラパー」をほのかに想起させ、こんなに暑いのにかたくるしいことなんて言ってないで気楽にいきましょうよ、とそのネーミングが主張しているような気がする。

殺人的暑さの中で黒いスーツを着て苦しい汗をかき続けているビジネスマンも、このアッパッパを着て仕事をしてはどうか、と思う。エアコンによる室内温度の下げすぎを防ぎ、地球環境改善に一役買うだろう。

パステルカラーの心なごむアッパッパを互いに着て商談に挑めば、何事も、柔らかく穏やかに平和に、進捗していきそうだ。パワーハラスメントも起きそうにない。たとえ起きたとしても、アッパッパを着た上司からのそれでは、効果は薄そうだ。

残念なのは、アッパッパという言葉が、死語になりつつあることだ。関西にいた昭和時代には、「今日は暑いさかいアッパッパ着といたらええわ」などとよく会話に登場したものだった。

アッパッパの言葉が完全に死んでしまう前に、あの衣服の気楽さ、涼しさを、ぜひ男性たちにも味わってほしいと思う。かの哲学者、ソクラテスもプラトンも、似たような服を着ていたではないか。

吸盤のマナー

綿矢りさ

今日はインテリアについて。といっても「自室の壁面に何か貼りつけたいときどうするか」という極小の問題についてだ。賃貸に住んでいて、部屋を傷つけないのがマナーだから、なかなか難しい。ポスターやカレンダーには押しピンが一般的だが、もしピンが床に落ちて、それを踏んだりしたら嫌だ。

釘も難しい。額に入った絵や時計を壁に飾りたいとき、押しピンでは重量に耐えられないので、細い釘を使用する場合がある。釘は落ちる心配は少ないのだろうが、白い壁の目立つところに、ほくろみたいな黒々した穴が開く。引っ越しするとき敷金戻ってくるのかなと考えただけで勇気をなくす。

かつて時計を飾っていた高い位置にある穴を、ハエと勘違いして無意味ににらみつけることもよくある。大体近寄ってから気づく。

セロハンテープ、粘着テープは剝がすとき壁紙もいっしょに剝がれる可能性がある。

その点磁石は有能だ。冷蔵庫にも、キッチンの壁にも、磁石のフックはぴたっとくっつき、お玉を掛けても皮むき器を掛けても、傾きもしない。

磁力と違い、いまだ信用できないのが吸盤。彼らはいつでも当然のような顔をして収納グッズ売り場に並んでいた、チュパッと軽いキスをしてきそうなアヒルロの吸盤をくっつけて。

いくつ買ったか分からないが、どれも何回くっつけても落ちる。水で濡らしてから付けたり、力ずくで押しつけたり、手で何分も固定させたりしても、そっと手を離し、もう大丈夫だろうと思って部屋へ戻ると、カターンと風呂場から何か落ちる音がする。駆け戻れば案の定吸盤の製品が床に転がっている。「キューバン、おい！」と突っ込んでから、また苦闘を開始する。しかし全力をふりしぼって壁にくっつけても、吸盤は乳房みたいに膨らんでゆき、再び落ちる。

ときたま奇跡の吸盤が存在して、ずっと貼りついたままだと、あまりに貴重すぎて古びても位置を動かせない。

ついに観念してインターネットで吸盤が落ちない方法を調べた。最初からこうすれば良かった。空気が漏れ出るのを防ぐために吸盤の表面にハンドクリームを塗るという方法がヒットした。ハンドクリームたっぷり塗り塗りしてから壁にぴたーんと貼りつけると……本当に落ちない！　いままで何回も床に転がってきたボディ用カミソリをかけたフックが、けなげに風呂場のタイルに永遠のキスを誓っている！

なにか一工夫施さないと機能を発揮しないって、それどうなのよ……。と思いつつも、ハンドクリームを塗った過程で少し愛が芽生えたため、日常生活でふと吸盤が目に入ると、ちょっと可愛く思う。もうカターンと落ちないでね。

我が身を愛でるマナー

コスメのマナー

荻野アンナ

シャンプー1本買うのが、私には難しい。1種類しか置いていない弱小コンビニで、選択の余地がない、というのが理想のパターンだ。

その点「ドラッグ」は恐ろしい。大麻でもコカインでもなく、「ドラッグストア」のほうだ。

店内に足を踏み入れるたび、「人間やめますか」と言う心の声が聞こえる。コスメ用品の森、サプリメントの山、掃除用品の迷路を抜けて、シャンプーの棚にたどり着く。壁いっぱいに極彩色のボトルが並んでいる。有名無名の製品が独自のケアを提唱し、各々のラインを揃えている。

シャンプーとリンスだけだった昔が懐かしい。今は洗髪の前後にエッセンスやクリームやパックがあり、洗い流すものと流さないものがある。

シャンプーもダメージケア、頭皮ケア、ツヤを出す、ボリュームを出す、まとまりやすくする、など細かく目的が設定されている。

頭皮がスッキリしてダメージケアしてツヤとボリュームを出しまとまりやすくする1本を、私は求めている。

カレーのルゥなら混ぜて使うという手がある。しかし、風呂場にボトルがずらりと並んでいたら、邪魔になる。

私以外の国民の皆さんは、どうやって1本に絞り込むのだろう。判断力を失った私は、目を閉じエイヤッ、と手を伸ばす。つかんだボトルに、あとで必ず後悔する、というオマケがつく。

シャンプーでこれだから、化粧品となると手に負えない。デパートの売り場の対面方式は、いったん捕まると逃れようのない迫力であれこれ勧められ、大枚をはたくことになる。

結局、びくびくものでドラッグストアの敷居をまたぐ。この前、クリームを買った。そのラインで揃えるなら、化粧水と乳液の他にもピーリングと美容液とマスクとアイクリームが必要になる。全部で9種類プラス朝のUVケア、というのもあった。

真に受けていたら、小顔でも大顔でも、顔がいくつあっても塗りきれない。

そもそもなぜクリームが、顔用と目尻用とハンド用とバストアップ用とウェストの脂肪取り用とボディローションに細分化されねばならないのか。実はハンドクリームで顔もいけるのか。それより腹の脂肪取りクリームをバストに塗ったら、どんなことになるのか。

純粋な好奇心で試してみたい気持ちがなくはない。しかし、自分が実験台になるのだけは絶対に嫌だ。

悩んでいたら、先日、真理の声を聞いた。

「どれでも同じようなものだ、と思い、特価品を手に取ればいいんです」

コスメと正しく付き合うマナー、教えてくれたのは男子学生だった。

チャームポイントのマナー

東直子

人は誰かによく思われたい。そう思って努力する。美しさ、賢さ、お洒落さ、若々しさ、お金持ちっぽさ、などなど、いろいろなチャームポイントに向かってひたむきに努力する。しかし、ムキムキになりすぎた身体や、知識をひけらかす口調、若作りしすぎる姿など、それらの努力が見えすぎてしまった場合、いずれも「イタい人」などと呼ばれ、敬遠されてしまう。チャームポイントというのは、なかなか微妙なものである。

一方で、本人の思惑とは別のところでチャームを感じることがある。

私は、歯列矯正の器具を装着している女の子が、妙にかわいく見えて心惹かれてしまう。それが取れたらさらにかわいくなるのだろう、と思うのだが、不思議なことにそれがはずされた顔は、前ほど魅力的ではなくなっている。どういうことなのか不思議でならなかったのだが、もしかすると、歯列矯正の器具を取り付けている、という意識が女の子をかわいく見せていたのではないだろうか。

笑う度にきらりと顔を出す、歯の上の不自然な器具のことが、本人にも気にならないはずがない。楽しく会話をしながらでも、ああまた見られてしまう、と恥ずかしい気持ちが、大笑いを抑制する。その羞恥心からくる微妙な照れ笑いの表情が、その人をかわいく感じさせるポイントではないかと考えるのだ。

歯が白く輝いていなければかわいくない、ということでもない、のである。

あばたもえくぼ、ということわざがあるが、人によっては欠点にしか見えないあばたでさえ、好きな人のものは好ましく思える、つまりチャームポイントになる、ということである。

たしかに、そういうところはあると思う。ある人が、「あの人仕事が忙しすぎるのか、汗かいてて髪がぼさぼさで、ちょっとフケまで浮いてたけど、その疲れている様子がなんだかかわいくて、ますますすてきだった」と、とある中年男性を褒めていたが、それはその人に好意を寄せていたためで、同じことを嫌いな人がしたら、ますます嫌いになっただけだろう。

同じことをしても、好ましく思っている人のことはますます好きになるが、そうでない人のことはますます嫌いになる。これをシンプルに公式化すると、相手が自分のことに対して、最初に少しでもプラスに傾いていた場合は、日々の交流によって好意が足され、少しでもマイナスに傾いていれば、嫌悪感が増え続ける、ということになる。

万人に好かれる必要はないと思うが、関われば関わるほど嫌われていく人間になってしまうのは、ひどく切ない。歯列矯正器具のような、無意識のチャームポイントを誘導するものを探したいと思う。

更衣室のマナー

角田光代

スポーツクラブに入会したばかりなのに、もう足が遠のいているのだと、年若い知人が打ち明けた。ああ、面倒でいかなくなる人っているよね、とうなずいたが、そうではないらしい。彼女曰く「だってみんなあんまりにも大胆だから愕然としちゃって、なんだかいきにくくなって」。更衣室の話らしい。大胆というのはつまり、みんな、乳や尻を出しっぱなしにして歩いたり、髪を乾かしたり、しているということなのだろう。

え、でも、更衣室でしょ？　と私は訊いた。ええ、とうなずいて彼女、「でも」と眉間にしわを寄せる。が、でも、のあとが続かない。更衣室は衣類を着脱する場所で、だからすっぽんぽんになるのも詮方ないが、でも。でも、のあとには、恥ずかしい、あられもない、みっともない、見たくない、見せたくない……等々の、言葉にはならぬ思いが続くのであろうと想像する。

裸になるのがみっともない、という気持ちと、肉体的成長は比例する。個人的なたとえを出せば、小学校高学年から急速に体重と身長が増えかつ伸び、高校生あたりでピーク。20代半ばからゆっくりと衰えはじめ、30代半ば過ぎで、その衰えをはっきり自覚する。それとまったく同じに、中学高校では同性にすら裸体を見せるのが恥ずかしかった。20代半ばからだんだんどうでもよくなって、30代半ばでは温泉でもスポーツクラブでもとにかく衣類着脱を目的とする場ならば、恥ずかしいことなどただのひとつもなくなった。

出るところが出ていない、出なくていいところが出ている等々、個人差はあれど、しかしだれしも同じ裸は裸。だれも他人の裸など見ていない。恥ずかしがってもたついたり、タオルで隠したりする人がいると、何か珍しいものがくっついているのか、金をとらねばもったいないくらい美しいのか、かえって気になりチラチラ見てしまう。そう、隠されれば見たくなるのが人の心理。

高校生のころ、私はたいへんに息苦しさを感じていた。思春期の閉塞感ともいえるが、それは同時に、裸になっていい場所でなれない自意識の故もあったと思う。年齢を重ねてもっともよかったことは、あの自意識のがんじがらめから逃れられたことだ。更衣室で正しく衣類を脱げることは、人を息苦しさから救うのだと、大げさでなく、思う。だから年若い彼女よ、スポーツクラブなんて退会してしまいなさい。あと5年後、体力の衰えも実感できるころ、また新たに入会すればよろしい。そのときには更衣室の「でも」からもきっと解放され、着脱すべき場で着脱することの、まっとうなすがすがしさもきっと味わえるはずである。

ダイエットのマナー

酒井順子

　体型を気にしている人に対して「痩せた?」と言うのは良いけれど、「ちょっと太ったんじゃない?」と言ってはいけないのだそうです。私もそう言われて大変なショックを受けたことがありますが、太りつつある人というのは、「太った」という物理的な事実に対して、ギリギリまで気付かないフリをしようとするもの。それを他人から言われてしまうと、「気付かないフリ」というそれまでの努力が水泡と化し、ドッと力が抜けるのです。

　かといって、

「最近、ちょっとふっくらした?　でもそれくらいの方が健康的でいいわよ!」

などと、「太った」「デブ」といった言葉を使用せずに妙な慰め方をされることによって体重増加に気付かされるというのも、嫌なもの。


　そんな思いをしないために必要なのは、まずは自覚なのでしょう。その上で、

「最近、太っちゃって。ダイエットしようと思ってるのよ」

と自分からカムアウトすれば、周囲の人は「ああ、この人は自覚しているのだ。よかった」と、安心して体型ネタや食べ物ネタを話すことができるようになります。


　このように、太め体型の人に対して周囲の人が気遣いをしなくてはならないのと同時に、太め体型の人がするべき、周囲の人に対する気遣いというのも、あるようです。

たとえば、厳しい食事制限ダイエットをしている人。食事に誘われたので行ってみたら、相手から、

「今、動物性蛋白質と炭水化物は、食べられないのよ。あ、野菜も根菜類はダメ」

などと言われてしまうと、「では何を食べろというのだ」ということに。

「でも私のことは気にしないで食べてね」

と言われたとて、一人で動物性蛋白質を食べるのも、面白くないものです。

厳しい食事制限をしなくてはならないダイエットをしている時は、ですから誰かと二人きりでは食事に行かないとか、食べられるメニューが多い店に行くといった気遣いが必要になってきましょう。ダイエット中の人は、しばしば精神的にハイになっているために気付かないこともあるのですが、食べない人の前で自分だけ食べるというのも、気が引けるものなのです。

またダイエット中の人の姿は、しばしばダイエットをしていない人を不安にさせます。特にダイエットを成功させた人が成功体験を語る姿を前にすると、「この人はこんなに頑張って痩せたというのに、それに比べて私はどうだ」と、自己嫌悪が募ってくる。

それがダイエットであっても、成功者は成功者。あまり成功したことを自慢しすぎないことが、成功していない大多数の人達にとっては思いやりというものになるのではないかと思います。

目がかゆいときのマナー

綿矢りさ

花粉の季節だが、あんな細かくふわふわした物体が鼻や目に入って、かゆくないわけがない。掻く、という行為は普通は蚊に刺されたときや、肌に触れたものからくすぐったい刺激を受けたとき、合わない化粧品を塗ったときなどに発生する。また心理的な作用が働き、たとえば照れて頭を掻くとか、苛立ちや不安を抑えきれずに掻く場合もある。

しかし一つ、どこにも比類がないほど、掻いたときに特異な快感を伴う身体の部位がある。目だ。目の玉を直接掻いたらとても痛いだろうから、正確にはまぶたというべきか。掻きつつ少しずつまぶたの上から眼球に圧力を加えると、じわりと目から快感が全体に広がってゆく。思わず布団の上に寝転がって身体をくねらせたくなる、不思議に官能的な感覚で、「掻く」の領域を超えている気がする。

おめめ掻きながら、またたび嗅いだ猫みたいにころんころんしたい。目という大切な器官を刺激している間、周りも見えず無防備で、まぶたをぎゅうぎゅう押すから、真っ暗な視界に奇怪な幾何学模様がいくつも溢れてきて、閉じた自分の世界に没頭、よだれまで垂れそうになる。

こんな特異体質、自分だけかと思ったら、同じように感じる人もいるらしい。というのも、中学生のとき、ほんのりと笑顔で気持ちよさそうに目を掻くお友達がいたからだ。友達も私も目掻きに夢中になると、親指以外の四本の指を全部目につっこんでいるのではと周りには見えるくらい、ぐにぐにと掻くので、よく他の友達にドクターストップをかけられた。

花粉症の季節がやってくると、目も通常よりかゆくなり、ノンストップでぐにぐにしたくなる。しかし、その姿は傍から見るとグロテスクで、目というデリケートな器官に対する気遣いにも欠けている。じっさい掻きすぎてまぶたが腫れたり、細菌が入ってモノモライができる経験も、何度もしたことがある。今春はやめよう。目薬を差そう。

目薬を差したとて、眼球を取り出して水道水できゅきゅっと洗わなければ、かゆみの根本は取れない。目とはもともと触ったらいけない、ちょっと髪の毛が入るだけで痛い不可侵の部位なのに、かゆくなるのが不思議だ。その不思議さゆえ、掻きにくいし、かゆみが収まっても実感がわかない。花粉の時期は雨がふるとだいぶましなので、春は桜が散るのを心配しながら、でもほっとする複雑な気持ちで、雨空を見上げていたりする。

しかし目を掻くとどうしてあんなに、もうどうにでもなれとやけっぱちな快感でいっぱいになるんだろう。あのときの、もうあたしなんにもできな〜い感は、幼児のころを思い出し、ちょっとノスタルジックでもある。

中高年スポーツのマナー

高野秀行

40歳を過ぎた頃、自分と同世代の人たちがこぞってスポーツを始めた。マラソン、ボクシング、空手、フットサル、サイクリング……。女性はバレエやフラメンコなどダンス系が多いが、まあ、あれも体を激しく動かすわけだし、スポーツの一種と考えていいだろう。

今までまるっきり運動と無縁、酒ばっかり飲んでいるという人が突然しゃかりきに走り出したりして、「みんな、一体どうしちゃったんだろう?」と不気味に思ったものだ。

かくいう私も、腰痛対策に始めたのがきっかけで水泳にハマってしまった。30代までは地道な運動が苦手で、何をやっても三日坊主だったのに、それこそ飲み会を断ってもしゃかりきに泳ぎだした。

自分でやってみてわかった。楽しいのだ。40代にもなれば、仕事が一段落ついている。一流でなくても、一人前にはなっている。そして一人前になるということは、仕事に多くを求めなくなるということでもある。20年もさしたる進歩を見せない自分の文章力が突如急激にアップするなどありえない。いきなり自分の本がバカ売れするのも考えづらい。

努力がいつも報われるわけでないということも知っている。取材中に覚えた外国語の単語はマッハの速さで忘れていくし、頑張って工夫をこらした原稿にかぎって、「意味がよくわからない」と編集者に言われたりする。

スポーツはちがう。練習すればするほど確実にうまくなる。私も最初はクロールと平泳ぎくらいしかできなかったのに、背泳ぎやバタフライまでが25メートル、50メートルと泳げるようになった。タイムも計るごとに短くなった。

「練習は嘘をつかないんですね!」。感激のあまり、スポ根漫画みたいな恥ずかしいセリフを人前で吐いたものだ。

ところがである。3年くらい経つと記録がさっぱり伸びなくなった。泳ぎ方も上達が見られなくなり、ときには前より下手になっている気もする。

スポーツをやっている周りの友人たちもそうだ。「なかなかうまくならない」とこぼしていたり、膝や腰の故障で休養中だったり。始めた頃の輝きを保っている人は少ない。

恐ろしいことに、中高年になってから始めたスポーツは、数年すると、一段落ついてしまうようなのだ。しかも仕事なら少なくとも「一人前」なのに、スポーツの方は「半人前」か「四分の一人前」くらいの状態で止まってしまうから悲しい。

今さらやめるのはもったいないし、習慣になっているからそれでも続ける。焦らず、たゆまず、期待せず。これもまた仕事と同じ、いや人生と同じだなあ、とため息をつくのである。

メタボのマナー

福岡伸一

メタボとは、メタボリック・シンドローム（代謝症候群）の略。内臓脂肪型の肥満に、高血圧、高脂血症、高血糖のいずれか二つ以上を併せ持った状態で、これらが同時に進行すると相乗的に動脈硬化性疾患の発生頻度が高くなる。欧米の医学界では「死の四重奏」とか「ドミノ」とか呼んでいる。お医者さんたちの言語感覚はまがまがしく、どこか他人事のようでもある。

日本でも、特定健診制度が発足し、メタボをできるだけ早期に把握し、保健指導に役立てようという試みが始まった。40歳を過ぎると必ずお腹の周り、つまりおヘソのぐるりを測定される。男性なら85㎝、女性なら90㎝以上で、メタボ予備軍の烙印を押されてしまう（日本肥満学会の基準）。この秋の測定で、わたしはぎりぎりセーフであった。

メタボリックは、もともとメタボリズム（新陳代謝）から来ている。だから、メタボという言葉自体には、もともと否定的な意味も、恥ずかしい感覚も含まれていない。むしろメタボリズムとは、かつては限りなくカッコいい言葉だった。1960〜70年代にかけて、建築の世界では「メタボリズム」がさかんに称揚された時代があった。西洋モダニズムが具現化してきた強固で恒久的な建築ではなく、生物のように変化し、成長し、増殖しつづける建築を目指そう。そんな斬新なムーブメントだった。

同じ規格の直方体ユニットが積み上がった奇抜な外観の東京・銀座の「中銀カプセルタワービル」。建築家の黒川紀章によるメタボリズム建築の代表作と言われたが、竣工以来、どのユニットも一度も新陳代謝されることなく、まもなく取り壊されるという。

では、取り壊されないようメタボとつき合うには？　簡単なマナーを守ればよい。インとアウトの適正な平衡を保つこと。

メタボリズムの本質は、絶え間のない更新にある。お腹の脂肪は、ユニットとして脱着することはできない。しかしそれは分子のレベルで、すごい速度で更新されている。もし腹囲がなお増えるとすれば、それはあなたが自らすごい速度で運び入れているからだ。運び入れるのを止められないのなら、無理にでも燃やすしかない。メタボリズム建築がメタボできないまま、いつしか退潮してしまったのは、更新すべきユニットの次元を大きく考えすぎたせいだと思う。

一方、わがメタボは心配するまでもなく、常に自ら更新し続けてくれる。それは細胞の内外に必然的に溜まるゴミ＝エントロピーを捨て続けるためであり、それこそが生命現象の本質である。つまりメタボは今もなおカッコいい言葉なのだ。生命が選び取った、生きるための賢明かつ懸命なマナーそのものなのだから。

健康のマナー

藤原正彦

アメリカ人はジョギングが好きだ。老若男女が至る所を走る。日本やヨーロッパでジョギングしている白人を見ると、私などは反射的にアメリカ人かなと思うほどだ。アメリカ人はジョギング以外にも健康のためなら何でもする。牛乳は低脂肪か無脂肪を選び、チキンの皮や牛肉の脂身は残し、ガムやコーラはシュガーレスを買う。ランチにはサラダバーへ向かい、エアロビクスや腰ふりダンスでスリムを目指し、ヨガや東洋的瞑想でストレスを解放しようとする。健康のために一生懸命努力すれば永遠に生きられる、死んでしまうのは本人の過ち、と考えている節もある。

これだけやってもアメリカ人には横にして転がした方が速く進みそうな肥満が多い。平均寿命は世界一の日本人に比べ4・4歳も短い。昼食に入ったレストランで30センチほどの高さのアイスクリームパフェにかじりついている中年男を見たことがあるが、アメリカ人は家庭でもほとんど毎日アイスクリームを食べるから1人当たりのアイスクリーム消費量は世界一だ。いくら健康に気をつかってもアイスクリームだけは例外にしているから寿命は延びないのだろう。

イギリス人は健康に余り注意を払わない。ジョギングなどはアメリカ人のものと見下している。多くはせいぜい庭いじりで汗をかいたり週末にロングウォークといって10キロほどの散歩に出かけるくらいである。食生活もいい加減である。ケンブリッジ大学の食堂で生野菜を食べる者がほとんど見当たらないのを見てアメリカとの違いにびっくりしたことがある。大学教授の家でも夕食はパンとスープだけというようなことが多い。子供の弁当として鉛筆の倍ほどの太さのニンジン1本とチョコバー1本を持たせるだけの親もいた。イギリス人にはアメリカ人と違い「どうせいつかは死ぬんだ」という諦念があるのだろう。これでも平均寿命はアメリカ人より1歳ほど長い。

両方に暮らしたことのある私は無論、世界一健康的な日本食を中心に米英のよい所をとった理想的な生活をしている。アメリカ人のように健康に気を配るがアイスクリームはほどほどにする。引き締まった脚と美しいフォームで道往く女性の劣情を刺激しかねないジョギングは控え、毎日ロングウォークに近い8キロを歩く。昼間に4キロ、夕食後に4キロを1キロ9分ほどの速さでせっせと歩く。おかげでほぼ健康を保っている。週刊誌をはじめとする締め切りのストレスがなくなればさらに健康となろう。そして、「あなたが最大のストレス」と私に直言してはばからない女房からのストレスもなくなれば、私は完全な健康を得るばかりか「死んでしまうのは本人の過ち」というアメリカ人の境地に晴れて到達するだろう。

去勢のマナー

竹内久美子

イヌとは違い、ネコは自由に行動させている飼い主が多い。その場合発生する1番困った問題は、メスが妊娠したり、オスがよそ様のメスを妊娠させること。

そんなわけで多くの飼い主は、オスにもメスにも去勢手術を施している。オスの場合は手術は簡単で、睾丸を摘出するだけ。つまりタマ抜きだ。メスの場合はかなり大手術となり、卵巣と子宮を摘出するケースが多い。去勢は、生後半年くらいまでにしないと効果が弱いという。

去勢は単に生殖能力を奪うだけでない。オスは発情したときのおしっこひっかけ（マーキング）がほぼなくなる。

しかし何と言っても飼い主にとって1番の幸せは、彼らと暮らせる時間が長くなるということだろう。寿命がオスで3年近く伸びる。人間に当てはめるなら十数年だ。

日本人男性の平均寿命は約79歳だが、タマ抜きをすれば一挙に90代にまで延びる勘定になる。

もっともメスはたった半年くらいしか伸びない。

メスの寿命があまり伸びず、オスが飛躍的に伸びるのは、実は主に睾丸から分泌される、男性ホルモンのテストステロンに、何と免疫力を低下させる働きがあるからだ。テストステロンはオスの健康に悪影響を及ぼしているのだ。人間の男が女より短命なのも同じ理由からである。

とはいえこのテストステロンが、ルックスや声、筋肉や運動能力など、ほとんどの男の魅力を引き出すカギとなっていて、男は寿命をとるか、魅力をとるのかの二者択一を迫られているわけだ。

しかし気になる……。

人間の男を実際にタマ抜きしたら、はたしてどれくらい寿命が伸びるのだろう。宦官が長生きであることはよく知られているが、データがない。そうこうするうち、「カストラート」と呼ばれるオペラ歌手がかつて存在し、生没年についても詳しくわかっていることを知った。カストラートは17〜18世紀のイタリアで全盛を極めたが、思春期前に家畜の去勢を専門とする人々にタマ抜きをしてもらい、ソプラノやソプラノに近い高い声を出すことができた。

19人の、天寿をまっとうしたカストラートについて寿命を調べると、

80代　3人
70代　6人
60代　7人
50代　2人
40代　1人

当時の寿命についてはよくわからないが、ほぼ全員が平均寿命を上回っているはずだ。人気を博したカストラートは大変な富と名声を得たという。

繁殖をとるか？　それとも自身の繁殖はないが、富と名声と寿命をとる？

不自由さのマナー

福岡伸一

腕が回りにくい。腰が重い。手首がだるい。私たちのからだのパーツはいつも何がしかの制約を受け、その不自由さに私たちは常に不定な愁いを訴える。何とか新品のパーツに交換できないものか。でもこれは身体というものに対する大きな大きな勘違いではないだろうか。

現代ダンスの旗手、勅使川原三郎（てしがわらさぶろう）さんの舞台を見てそう思った。彼の手足は滑らかすぎる曲線を描き、暗がりの中、そこだけ光を帯びた柔らかな軌跡の残像となってしばらくのあいだ消えない。渦を巻くような身体の運びは互いに連続し、その速度を失うことなく、次の運動に開かれる。身体の動きは完璧なまでに調律されて研ぎ澄まされた平衡の上にある。

また別のあるとき。人形浄瑠璃文楽座の桐竹勘十郎（きりたけかんじゅうろう）さんに人形遣いのからくりを見せていただいた。勘十郎さんは、着物を着せていない裸の人形を持ってきた。がいこつ、と呼ぶそうだ。文楽の人形は3人の黒子が操る。頭と右手を動かすメインの主遣い、左手を動かす左遣い、そして足を動かす足遣いの3人である。がいこつは、文字通り、ぶらぶらのスケルトン。各パーツは細い糸で結ばれているだけ。なのに人形は操られ始めると、まるであたかも生きているように見えはじめる。生きているように動き、生きているように止まる。

細い糸で結ばれていることが大切なのだ。糸は互いに他のパーツを律するためにある。右手が長刀をもって遠くへ腕を伸ばすとき、糸の緊張はそれを伝えて、足や左手に教える。足や左手は、糸の緊張に応えて、それぞれバランスを取る位置に動く。

勅使川原さんのダンスも全く同じである。身体の各パーツの動きに制限があるのは、パーツがそれを超えて動きを求めるとき、身体の他の部分に協調的な振る舞い（マナー）を促すためである。その協調を断ち切れば、身体の動きは滑稽なまでに機械的なものになる。彼のダンスにはわざとそういう要素が取り込まれている。

各パーツの制限は、パーツ相互の関係を律するためにある。それによって初めて全体の同時的な協動が作り出される。それが私たちの身体を、すなわち生命を、単なる機械とは決定的に異なるものにしている。逆にいえば、各パーツの動きは他のパーツの動きを多かれ少なかれ反映し、請け負っている。つまり局所的な不調は、身体全体をかばう結果として現れる。

それゆえパーツの不自由さを交換可能なものと考えるのは錯誤である。自分の身体と末永く付き合うために必要なマナーは、パーツの不自由さが全体の自由のために予定されていることを知ること。そしてパーツは常に細い糸で全体を受け止めていることを忘れないことである。

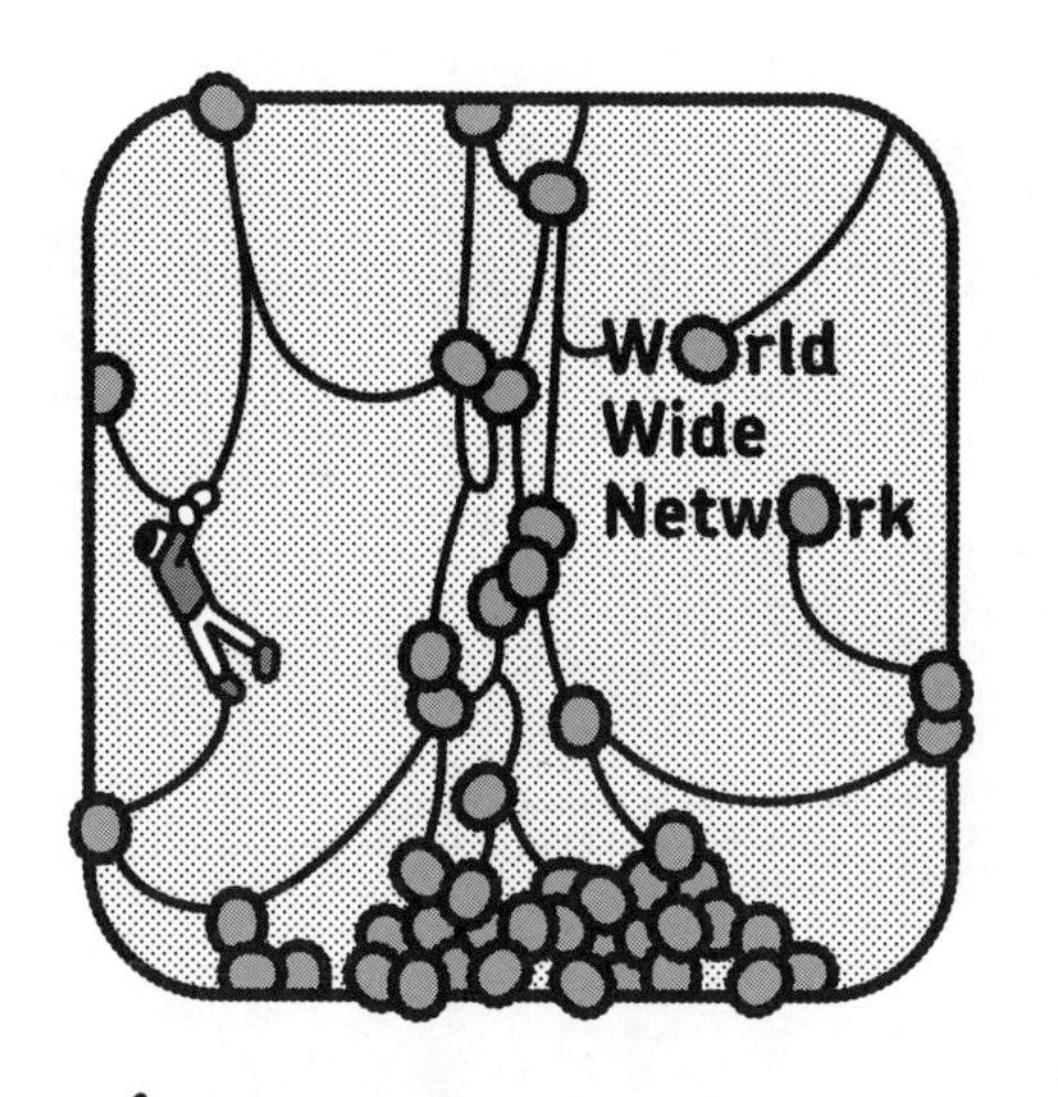

食こそ すべてだ マナー

焼き肉のマナー

角田光代

おいしい焼肉屋のさらに上に、すばらしき焼肉屋というものが君臨している。すばらしき焼肉屋の特徴は、店員が肉を愛していること。すばらしき焼肉屋にはすばらしき焼肉屋なりのマナーがあるというのが私の信条である。まず塩ものから焼くとか、自分の肉は自分で焼くとか、そんなことではない。そういうことを主張する焼き肉奉行もいるが、肉を愛する私としては、好きなものを好きなようにして食べたらよろしかろうと思う。

私の思うマナーはひとつだけ。焼いた肉はいちばんおいしい頃合いに食べないといかん。すばらしき焼肉屋の従業員は決まってその肉の焼き方と焼けどきを教えてくれる。「この肉は焼いてからはさみで切って」とか「このロースはさっとあぶるだけでいい」とか。肉を愛する従業員たちは、その肉をいちばんおいしい状態で食べてくれと、それだけを願っているのだ。それなのにときどき、彼らの言うことをまったく聞かない輩がいる。

以前、「元気が出ないから焼肉屋に連れていって」と友人に頼まれ、俄然張り切り私の知るかぎり5本の指に入るすばらしき焼肉屋に連れていった。ところがこの友人、燃えさかる炭、焼ける肉を前にして、元気のない所以を語りはじめた。店員が肉の焼けどきを教えても無視。焦げていく肉を見つめ、深刻な身の上話をとうとうと続ける。私は焦って焼けた肉をトングで彼女の皿に移すが、一口食べては話に戻るので、皿に冷えた肉てんこ盛り。そのうち店員も辛抱たまらんといった風情で近づいてきて、「そんなに焼かないほうが……」とかなしい声でアドバイス。

焼肉屋には、難解・深刻・憂鬱・悲壮・絶望・苦悩を持ちこんではいけない。キャンプファイアであれ、ロースターであれ七輪であれ、人は火を見ると子どものように言葉を失い圧倒される。燃えさかる火、焼けていく肉を前にして、私たちはその圧倒に素直に従い、脳みそを空っぽにして「うわーい」「すごーい」「うまそー」と幼児並みの言葉を交わすべきではないか。正真正銘の大人になった私たちに、それだけの会話を許してくれる場所がほかにあるだろうか。仕事のこと家計のこと人間関係のこと、社会のことインフルエンザのこと政治のこと、小難しくてつらくて心配なことは、暗く静かな場所で、ひんやり冷えた刺し身でも食べながら話せばよいのである。

私が焼肉屋を愛するのは、肉が好きという以上に、この、脳みそ空っぽ感を必要としているからでもある。悩みも不安もぜんぶ言葉にしないと気が済まない、いっぱしの大人になってしまったからね。

薬味のマナー

乃南アサ

いきなりで恐縮だが、私はいわゆる薬味好きだ。たとえば昼食は自宅で蕎麦でも茹でて簡単に済ませようと思う日にも、少なくとも海苔、ネギ、大葉、ミョウガに白ごまくらいは用意する。あれば大根もすりおろす。山椒、七味唐辛子、柚子胡椒の常備は当たり前、練り辛子、わさび、ニンニク、もちろん季節や料理によってはすだちや柚子も欠かしたくない。

もともと薬味とは、料理の彩りとなるばかりでなく、殺菌効果があったり、その香りと成分が料理の味を引き立てたり、匂い消しの役割を果たしたりするものだ。ついつい日本料理特有のものという印象を抱きがちだが、たとえばタイ料理にパクチーの葉が欠かせないように(苦手な人も多いようだが、私は大好き)、中国料理にも韓国料理にも、また西洋料理にも、それぞれに薬味がある。

なければないで、べつにいいんだけれど、やっぱりあるとないとではずい分違う。それが薬味というものだろう。

中でも、何といっても好きなのがショウガ。根ショウガから紅ショウガまで、私はとにかくやたらショウガが好きだ。幼い頃からカレーの薬味にも福神漬けでなく紅ショウガと決めていたくらい。

「カレーに紅ショウガ?」

その話をしたらひどく驚かれることが多いのには、かえってこちらの方が狼狽えるのだが、一度、試してみてください。本当にイケます。

ショウガは身体を温め、血行を良くする。最近ではレシピ本なども出ていて喜ばしい限りだが、これほどショウガ好きな私が、迂闊にも大阪に「紅ショウガの天ぷら」なるものが、ごく当たり前に売られているとは知らなかった。そのことを教えられたときの驚きときたら！

「なるほどねえ。やっぱり単なる脇役で終わるヤツじゃなかったんだ」

私自身、刻んだ紅ショウガと漬け酢で「紅ショウガご飯」を炊いたりするから、私にとってのショウガは、もはや薬味では済まなくなっている。

実は他の薬味にしたところで、本当に薬味だけで終わるものは、そうはない。使う側が「端役」と決めているだけのことだ。

そう考えると、私たちの人生も薬味とそう変わらないのだと気づく。自分の人生においては自分が主役だが、人さまの人生においては、せいぜい薬味程度で終わることの方が断然多いだろう。

だが時として、単なる薬味よりもう少し重きを置いてくれる存在が現れる。そう滅多にあることではないかも知れないけれど、かといって諦めることもない。紅ショウガが天ぷらになるように。

そのときが来るまでは、たとえ地味な役割でも、取りあえずきっちりと薬味の役割を果たすのがよさそうだ。

味噌汁のマナー

高野秀行

先日、外国人に日本の料理を教えるという初めての体験をした。教えたのは味噌汁、相手はスーダン女性だ。

もともと私は彼女のダンナ、アブディンと古い友だちである。アブディンは在日15年のスーダン人で味噌汁が大好き。ただ全盲の彼は料理ができない。4年前、スーダンから呼び寄せたフィアンセと結婚してからは彼女に味噌汁を作ってもらっているが、どうも美味しくないという。「たぶん、彼女はちゃんとした作り方がわかってないんだ」と彼は言った。「高野さん、本当の味噌汁を教えてあげてよ」

望むところである。私はこれまで海外はもちろん、国内でも様々な外国人と付き合ってきたが、常にこちらが学ぶ一方だ。こちらからは日本語以外に、日本の文化を教えた経験がない。教えようにも教えられるほどの知識や技術がなかったのだ。幸い、今の私は主夫歴も4年目に入り、味噌汁くらいは普通に作れる。勢いこんで東京都三鷹市にある彼らのうちに出かけた。

途中、吉祥寺の駅ビル内にあるスーパーへ、豆腐、わかめ、鰹節、昆布、ネギなどを買いに行った。ところがそこは高級スーパーで、何もかもが高値だった。昆布に至っては私がいつも使用している商品の4倍もの値段。しばしためらったものの、吉祥寺のどこに安いスーパーがあるか知らないし、時間もなかったので、購入するしかなかった。

さて、バスで20分行ったところにある彼らのうちに到着。まず買ってきた食材を見せると、奥さんは案の定、昆布も鰹節も「見たことがない」と言う。どうやら味噌を入れるだけで出汁をとっていなかった模様だ。

「大丈夫」と私は得意気に笑った。奥さんはすごく料理上手で、豆のスープや鶏肉のトマト煮込みなどスーダンの凝った料理も作れば、日本の焼きそばなんかも実に上手に作る。味噌汁など1回やってみせればすぐ理解するにちがいない。そして、私も外国人に日本文化の手ほどきをしたと胸を張れるわけだ。

私の作り方は自己流だ。昆布を沸騰したお湯で2分、さらに鰹節を入れてまた2分茹で、それから豆腐とわかめをぶちこみ、最後に味噌とネギ。

お椀によそって出したところ、奥さんばかりか、3歳と1歳半の娘も「おいしい！」と感嘆の声をあげた。日本人の面目躍如と言いたかったが、私は内心、誰よりも驚いていた。

「この味噌汁、むちゃくちゃ美味い！」

いつも作っているものとは別物だった。なんせ、全てが高級食材である。特に昆布の出汁が素晴らしい。値段が4倍するだけのことはある。「昆布がちがうと味噌汁は別物になる」。結局、私が日本文化の基礎を習ってしまったのだった。

ゆで卵のマナー

鎌田實

地方都市のホテルで、朝食を食べていたら、知らない中年女性が、ゆで卵の載った皿を持ってきた。

「先生、ゆで卵をむけないと聞きましたので」

突然のことで何のことかわからなかったが、以前、永六輔さんがラジオで話したことを思い出し、合点がいった。

「カマちゃんはカニがむけない。ゆで卵もむけない」

本当は、ゆで卵はむける。生卵がうまく割れないだけ。尾ひれがついた永さんの話を聞いて、親切にゆで卵をむいてくれたらしい。

卵には思い入れをもつ人が多い。特に戦後の貧しい時代を経験した人にとっては、おいしくて栄養たっぷりの、あこがれの食べものだった。

先日、パーソナリティーを務める「日曜はがんばらない」（文化放送）というラジオ番組に、女優の大空真弓（おおぞらまゆみ）さんが出演してくれた。その時の差し入れが、何とゆで卵30個。中身に驚いた。黄身が半熟のオレンジ色なのだ。流れ落ちないギリギリの柔らかさで、とろっとしている。

おいしい、おいしいと食べていると、大空さんは「おいしいゆで卵には、三つ原則がある」と言い出した。一つは、元気な放し飼いの鶏の卵であること。二つ目はゆで方。黄身に熱が入りすぎないようにするには、秒単位の調整が必要らしい。三つ目は塩。いろんな塩にこだわったが、今は沖縄のうこんの塩が一番という。ゆで卵にも、マナーがあるのかと驚いた。

それに触発され、それぞれの卵の食べ方を熱く語り始めた。番組の相方でフリーアナウンサーの村上信夫(むらかみのぶお)さんは、すき焼きの卵について。まず黄身と白身を分け、白身をメレンゲ状になるまで攪拌し、その中に黄身を軽くかき混ぜて入れる。すき焼きにはこれがうまいと主張した。

プロデューサーは、「卵かけご飯が最高だ」という。黄身だけをご飯の上に静かにのせ、黄身の先に穴を開けて、しょうゆをたらし、軽く全体をかきまわして食べる。

それを聞いていたスタッフの女性が不思議な食べ方を紹介した。生卵を30分ほど冷凍庫に入れ、シャーベット状に固まった黄身をわさびじょうゆで食べる、という。みんな、卵が大好きなのが伝わってきた。

大空さんが「最後はやっぱりケンタマね」と言い出した。

ケンタマ？　首を傾げていると、こう語り始めた。

「私は子供のころ、体が弱く、卵に救われました。だから、私のお別れ会には、みんなにゆで卵か蒸し卵をもってきて下さいとお願いするの」

それを祭壇に奉じてもらい、前の人のケンタマを持ち帰ってもらう。お浄めの塩はさしあげる。そして、彼女好みの塩でゆで卵を食べてもらいながら、大空真弓を思い出してもらいたい。これが、献玉だというのだ。献玉葬か。卵愛もここまでくれば立派。腹がよじれるほど笑った。

「旬」のマナー

さだまさし

僕は食べ物の好き嫌いが激しい。だから自分でも作詞・作曲・偏食家、などと言う。しかも嗜好がかなり複雑で、エビ・カニなどの、いわゆる甲殻類は苦手だが甘エビは好きとくる。魚も光り物は駄目。そのくせ新子やコハダは旨いと思う。

匂いの強い香草類、三つ葉、大葉、山椒などは嫌いだが、ネギ・ニラ・ニンニクは平気だ。昔、ミョウガはカメムシの臭いがする、といって顰蹙を買ったこともあり、ショウガのすり下ろしたのは嫌いだけれども寿司屋のガリは大好き、とくる。

セロリが入っているともうサラダが食べられないのに時々洗い立ての冷えたセロリにマヨネーズを付けて食べて「美味しい」と思うことがある。

こうなるとただの我が儘だな、と笑われる。

コンサートの主催者に、接待しにくい歌手の第一位である、と笑われたことがあるほどだ。

何か言い訳は無いか、と思ってアレルギーを調べたら、かつてはエビ・カニにアレルギーがあったが、今年（2014年）の検査でなんとエビが「セーフゾーン」に入ってしまった。

それで、ものは試しと、この春仲間と天ぷらを食べたときに車エビに挑戦してみたら、仲間も驚いたが僕が一番驚いた。

美味しかったからだ。

こんな風に我が儘な嗜好ではあるけれども、大好きな果物だけは違う。果物で嫌いなものは無い。

だから僕は果物の解禁日を設定しているのだ。たとえば何より好きな温州蜜柑は9月1日から3月末日までしか食べない。

西瓜の解禁日はずっと7月から9月一杯と決めていたが、最近美味しい西瓜が早く出てくるようになったのでたまらず、3年前に6月から8月一杯までと前倒しをした。

苺だって1月5日から5月末日までと決めている。

ひと頃はクリスマスケーキだって苺を使った物は食べなかったくらいだ。

だからどうした、と言われても困るが、好きな物だからこそ、旬にだけ食べたいと思うのである。

サクランボや桃や栗は季節にしか市場に出ない。いや、その気になれば年中食べられるからこそ、我慢をするのだ。是非一度お試しあれ。

8月半ば頃に目の前に積まれたミカンをぐっとこらえて解禁日をじっと待つ。

そのことで解禁日は僕のお祭日になるのだ。

やあ、ひさしぶり、と話しかけ、東を向いて三度高らかに笑う。

それから二礼二拍手し、改まってへへえ、と押し頂いて厳かに頂戴するのである。

ああ、この果物に出会えてしあわせだなあ、と心から思える瞬間なのである。

好きなときに何でも食べる人には味わえぬ喜びだろう。

野菜嫌いのマナー

藤原正彦

野菜の好き嫌いはおおよそ母親で決まる。私の母は八ヶ岳山麓の農家で育った。私も一時期そこで暮らしたが、食べる野菜は大まかに自分の畑で採れた旬のものだけだった。旬の野菜がない季節、すなわち1年の大半は、保存のきくジャガイモ、干し大根とかカンピョウのような干し野菜のほかは漬物くらいしかなかった。すべて自分の畑のものだ。

農家では野菜の種類も調理法もかえって限られていたのである。例えば私のいた村で野菜サラダを作る人などは一人もいなかったろう。自分の畑に葉野菜のある期間が短いからそんな料理は発達しないのだ。祖母が作らなかったから母も作らなかった。炒め野菜、煮野菜、漬物が主だった。母の生野菜料理と言えば、千切りキャベツや薄切りトマトにソースをかけて食べたり、キュウリに味噌をつけてかじるという位のものだった。だから野菜を美味しいと思ったことは一度もないし、20代末に初めて親元を離れアメリカへ行くまで、ブロッコリー、カリフラワー、アスパラガスなどは口にしたこともなかった。

アメリカで暮らすことになったら、レストランでは水でなく野菜サラダが真っ先に出てくるのでびっくりした。アメリカの大人は1日に2食は生野菜をたっぷりとる。ポパイがホウレン草を食べると筋肉モリモリになるというのは、少なくともアメリカの子どもたちは野菜が嫌いということだ。大人があれほど食べるのは、身体によいこと、そして何より脂っぽい肉を大量に食べるには酸味のあるドレッシング入りの野菜サラダが必要だからだろう。

帰国後に結婚したが女房はアメリカにいたことのある母親の影響か、生野菜を3食に出したりする。閉口した私が「アメリカでは生野菜を大量に食べるけど大腸ガンは日本よりはるかに多いよ」と言ったら、「私が野菜サラダを出すのは美味しいからよ。美味しいと思えないなんてあなたは可哀そうな人ね」と言われた。

数年後に一家でイギリスに暮らすことになった。今度は生野菜を食べる人が少ないのでびっくりした。大学のカフェテリアへ行っても、野菜はニンジン、ポテト、グリーンピース、カリフラワーなどゆでたものばかりだった。同僚の家に招かれても火を通した野菜が出て野菜サラダの出ないことが多かった。ある時、友人のアメリカ人数学者が「この国の連中は野菜ならなんでも、完全に死んだのを見届けるまでぐつぐつ煮るんだ」と私に言って首を振った。

同じアングロサクソンなのに米英の違いは大きかった。とはいえ、生野菜を女房やアメリカ人が美味しそうに食べるのも、私やイギリス人が積極的に食べようとしないのも、結局は誰もが死ぬまで母親の掌にいるということなのだろう。たまに、イギリス人や私は「可哀そうな人」なのかもしれない、と思うこともある。

アジア納豆のマナー

高野秀行

私は辺境の「謎」が三度の飯より好きである。これまでもアフリカ・コンゴの奥地に棲むと言われる謎の怪獣「ムベンベ」、中国南部からミャンマー北部を通りインドに抜けるという古代通商路「西南シルクロード」、内戦がつづくアフリカ・ソマリアの中に存在するという自称独立国家「ソマリランド」など、さまざまな「謎」をワクワクしながら探索してきた。

ところが心外なことに、一般の人々はこのような謎にちっともワクワクしないらしい。「よくそんなことしに行くね」くらいはマシな反応で、「へえ」と軽く流されたり、「ところで、この前の話だけど」と話題を変えられたりする。

最近ではそのような世間の非情さにすっかり慣れ、こちらから進んで話題を変えるなど大人の対応をとっている私だが、最近異常な事態に直面している。

それは、前からずっと気になっており、最近久しぶりのタイ旅行をきっかけに調べ始めたアジアの納豆事情だ。「最近はアジア納豆の謎を追いかけている」と言うと、みなさん、最初は「え⁉」と怪訝な顔をする。私が続けて「納豆は日本独自のものだって思い込んでいる人が多いけど、タイやミャンマー辺りでもよく食べているんですよ。まだ全貌は謎に包まれていますが」と話すと、「え、マジ⁉」「初めて聞いた！」「私、納豆大好き！」など、こちらが驚くほどの興奮ぶりを示すのだ。そして多くの人が身を乗り出し、「え、それ、日本と同じネバネバのもの？」とか「作り方は？」「日本から伝わったのかな？」と質問を浴びせてくる。

私も人の子。興味を持たれるのはうれしい。「ミャンマーのシャンという民族は糸引き納豆も食べるけど、煎餅みたいな平べったい納豆を作って食べたりもするんですよ。焼いて食べたり、砕いて炒め物や煮物に入れて調味料代わりに使ったり、とにかくよく食べます。シャン人は『納豆は私たちのソウルフードだ』と言っていますよ」などと、懇切丁寧に説明してしまう。

すると、もう納豆の話は止まらなくなる。先月も、ソマリランドの話をするためにラジオや講演会に呼ばれたのに、アジア納豆を調べていると最後にちょっと言っただけで、話がダーッと納豆に流れていってしまった。話を聴いていた人たちは、ソマリランドのことを憶えていたか疑問だ。

この分では、私がアジア納豆の本を書いたら大ベストセラーになってしまい、以後、高野秀行といえば「ああ、納豆の人ね」と呼ばれてしまうのではないかと危惧している。捕らぬ狸、いや捕らぬ納豆の皮算用をしているのである。

味覚のマナー

藤原正彦

「イギリス人は5歳までに母親に作ってもらった料理しか食べない」と揶揄されることがある。食事に関して保守的ということだろう。我が家に来るイギリス人を見ても、寿司は食べても生身の魚でなく、火の通ったエビばかりとか、かっぱ巻きばかりという人が多い。納豆を食べた人は一人もいない。

勇気あるイギリス人数学者にそう言ったら、刺し身はどうにか食べたが、納豆の方は怖々と1粒口に入れてから、「ウッ」と言ったまま、しばらく目を白黒させていた。呑み込む辛さと口に入れたものを出すというマナー違反の辛さを天秤にかけているようだった。紳士の彼はついに決然として呑み込んだ。

「5歳までに母親……」は無論誇張だが、「5歳頃までに味覚が決まる」というのは本当かもしれない。我が5人家族の中で私の味覚が圧倒的に劣るからだ。私も2歳までは人並みの食生活だったがその後1年2か月は引き揚げで食うや食わずの生活、引き揚げ後も数年間はごはんに味噌汁だけの貧困生活だったから、味覚が開発されなかったらしい。女房がチャーハンを作っても、細かくきざまれた肉が牛か豚か鶏か私にはよく分からない。

息子たちはすぐに分かる。女房は年を経るとともに凝った料理を作るようになった。そのせいか、味覚は長男、次男、三男と後で生まれた者ほどよいような気がする。大学院生の三男などは、チャーハンを食べながら「おお、今日はナンプラーを入れたね」とか、和食の煮物を口に入れるや「うーん、こぶだしが効いてるね」などと言い当てる。私は心中、「そんな生意気を言うより学問に没頭しろ」と思うのだが、女房は「料理した人の工夫に気付きほめるのは最高の食事マナー」とほめる。

5歳までに味覚が決まるということの状況証拠はまだある。学会などで異なる年代の人と食事をとりに行くと、昭和20年までに生まれた年配者と、昭和25年以降に生まれた若年者とは劇的に違う。年配者は大概「何でもいい」、せいぜい「何を食べたい」である。「どこで」はまず問題にしない。ところが若年者は「どこで」が大切と考える。漠然と「何を食べたい」でなく、「うまいあの店の何々を食べたい」のである。そのためなら20分歩くこともバスやタクシーに乗ることも厭わない。うまい店は大てい込んでいる。待たされることが多いが、雨中傘をさして行列に加わることさえ厭わない。年配者は「食事は何であろうとありつければありがたい」というのが基本姿勢だから黙って若年者の後をついて行くが、秘かに「飢えをしらない連中はぜいたくだ。そんなに苦労せずとも手近な所ですませればいいものを」と本音では思っている。でも本音のさらに奥では、やはり羨ましいと思っている。

食材のマナー

東直子

私は甲殻類アレルギーがあり、海老と蟹が食べられない。生まれつき、というわけではなく、成人して何年も経ったある日、海老の刺し身を食べたら唇が腫れ、喉の奥がかゆくなったのだ。そのうちに、茹でた海老、そして蟹でもそういった症状があらわれた。

アレルギーである。それほど劇的な症状ではなかったが、アレルギー症状で命を落とす人だっているのだ。食べない方がいいに決まっている。しかし海老も蟹もとても好きだったので、切なかった。

以前、知人の結婚式に出席したときに、伊勢海老、蟹の甲羅グラタン、甘海老の刺し身が立て続けに出てきて、すべて食べることができず、自分がひどい偏食家になったようで肩身が狭かった。自分の身体が拒否しているのは、お祝いの場に選ばれる食材なのだ。困ったものだ。

やがて烏賊とタコにもアレルギー症状が出はじめたのだが、十年ほど経ったころ、最後に加わったゆでダコを食してみたところ、なんともなかった。年月を経てアレルギー症状が消えたのである。次に熱を加えた烏賊を試したら、これも大丈夫になっていた。しばらくして生のタコと烏賊もＯＫになった。身体が受け付けるもの、受け付けられないものは、刻々と変化することもあるのだ。

皆が同じものを食べて味わう楽しさというものはあるが、給食などでアレルギー症状による悲劇も起こったことがある。毎日のことなので、時にぞんざいになってしまいがちな食事だが、日々繊細に考えるべきものなのだと思う。

アレルギーというわけではないが、どうしても食べられない嫌いな食べ物が、各人ばらばらにある。昔から好き嫌いをなくすことが善であると信じる風潮があり、子どもが嫌っていた椎茸を、それと分からないように細かく刻んで餃子の餡にまぜこんだら、丁寧にそれを取り除いて食べていた。ただ嫌いなんじゃない、アレルギーみたいなもんなんだ、口に入れただけでうえっとなるんだ、と、「アレルギー」という言葉を覚えたころ訴えられて、そうだったのか、無理矢理食べさせようとしたこと、悪かったな、と思った。

何でもおいしく食べられた方が、人生のゆく先々でなにかといいとは思うが、なんでも食べられなくては生きていけない、ということはないのだ。食事の選択は、ある程度おおらかにかまえていたい。

しかし、アレルギーと同じで、食の好みも年齢を重ねると変わる。以前嫌いだったものを、あるとき食べてみたら妙においしく感じられて大好きになった、ということはよく聞く。ときどき嫌いな食べ物のことを思い出し、対話を試みるというのはどうだろう。そろそろあなたの苦味が理解できる年ごろになった気がするんですよ、などと。

食べるのマナー

さだまさし

「食欲の秋」という。

健康で、よく食べる友だちを見ていて羨ましいと思うことが多い。

僕と来たらあまり沢山食べない上に好き嫌いが多い「作詞・作曲・偏食家」なので、さほど親しくない人と一緒に食事に行くのはとても恥ずかしい。

うどんと寿司は好きでよく食べるが、肉はどちらかというと挽肉系がよろしくて、塊なら豚とか鶏の方が好みだ。

ま、僕の個人的な好き嫌いは別として、人前で何かものを食べるのはとても恥ずかしいと思う。「ものを食べる」という行為はとてもプライベートな行為だと思うし、「美しい食べ方」をするのは非常に難しいことだ。

だから僕はテレビで何かを食べることは出来るだけ避けるようにしている。

ある時、子どもの頃から大好きだった植木等さんの番組に呼んでいただいた時のこと。嬉しくて仕方がなかった僕は、番組スタッフから「植木さんの大好物は干物」と聞き、自分で車を飛ばして静岡県の網代(あじろ)へ行き、旨そうなアジの干物を選び、それを抱えて番組の収録スタジオへ伺った。

すると植木さんはとても喜んでくださり、「そうだ、良いことを思いついた。せっかく彼が僕の好物を土産にくれたんだ、今すぐ美味しいご飯を炊け、すぐに焼いて二人で食べることにしよう」と言ってくださり、番組の中で一緒に頂いた。

後で、スタッフから「植木さんはご自分の美学というか、ものを食べるところなど、殊にテレビで人に見せるものではない、と常に仰っているのですが、あなたの好意に、ああいう形で応えられたんですねえ」と教えられ、僕も『食べるという行為』についてはまさに同じ思いだったから、反省もし、植木さんの温かなお心遣いにとても感激した。

懐かしくて、少し申し訳ない思い出だ。

先ほど、テレビで流れているCMを見ていて、ふと今回のテーマを思いついた。

誠に綺麗に、美味しそうに食べる役者さんを見ると「美味しいという幸せ」を感じることもあるが、CMで決して美しいと思えない食べ方をされると、その商品まで美味しくない、と感じてしまうものだ。

上手に食べることは実に難しいことだと思う。

主夫のマナー

高野秀行

今から3年ほど前、私は主夫になった。結婚してから9年主婦を務めてきた妻が「もう飽きた」というので、交代することにしたのだ。

主夫業（主婦業）とは大変なものである。いちばんしんどいのは料理だ。妻は30分程度で酒の肴4品くらいをこしらえていた料理上手。一方、私は目玉焼きの作り方も知らなかったという超初心者。でも今まで美味いものをまるで当然のように食べ続けてきた負い目（？）があるので、レベルを極端に落とすわけにはいかない。

とはいうものの、いかんせん初心者の悲しさで、何をしても猛烈に手際が悪い。本や新聞やネットにいくらでも情報があるが、ありすぎて一体何を作ればいいかわからない。仕事帰りの遅い時間にスーパーに行くため、必要な食材がないことも珍しくない。豚の生姜焼きを作ろうとしていたのに、スライスの豚肉がなかったら頭が真っ白になってしまう。心を静めて一から献立を考え直すはめになる。もちろん実際の料理もレシピとにらめっこ状態であるし、時間がいくらあっても足りない。いつも頭にあるのは、多くの主婦と同様、「そこそこ美味いものをいかに手早く作るか」だ。

日本でそんな調子なので、本業である辺境での取材においても、地元の主婦料理が気になって仕方ない。

最近はミャンマーでもソマリランド（ソマリアの中にできた自称独立国家）でも、極力家庭料理を教えてもらうようにしている。これがひじょうに面白い。例えば、ソマリランドでは、ニンニクは決して炒めず、最後にコリアンダーや唐辛子と混ぜて投入する。スパイス的な扱いなのだ。

ミャンマーの少数民族シャン人の家庭では、ほぼ毎日のように、旬の野菜を茹で、タレにつけて食べる。簡単な料理だと思っていたが、実際に見てみると、ちょっとでも質が劣る部分は丁寧に除去し、同じ太さ、同じ長さに切りそろえ、ナスはナス、菜の花は菜の花と種類ごとにきっちりと火を通していく。

「へえ、こんなにきちんと作っていたんですね！」と感嘆すると、日頃は男の陰に隠れ、あまり私と話をしなかった女の人たちとも話が弾む。「そうなのよ、一つでも手を抜くとおいしくなくなっちゃうの」「でも、料理を知らない人もいてね。あそこの嫁なんか……」とゴシップも始まり、現地の主婦になった気分も味わえる。

現地の家庭料理がわかる。女性と打ち解けた話ができる。しかも主夫として新しいメニューも学べるのだから、一石三鳥！

……と思っていたが、最後の「新しいメニュー」だけはうまく行かない。アジアでもアフリカでも家庭料理はじっくり作るもの。「とにかく手早く！」という、私の希望には合わないのだった……。

聞き耳のマナー

藤原正彦

講演などで地方へ行くことがある。大都市の場合は1人で日帰りだが、古い歴史のある所、風光明媚の地、そばに温泉のある所、などだと女房がついて来てそこに宿泊したりする。

ホテルに泊まると朝食はたいてい大食堂でのビュッフェだ。「健康のためなら死んでもいい」私は、野菜、果物、ヨーグルト、コーヒー、トマトジュースくらいしかとらないが、「おいしいもののためなら死んでもいい」女房は、その地方の特産をはじめ盛沢山にとる。コレステロールのたまりそうなベーコン、ハム、スクランブルエッグなどを平気でとり、肥満になりそうなポテトサラダや菓子パンをいくつもとったりする。これでも健康で、太りもしないから不思議だ。つまらないことに気を使わず、食べたいものをバランスよくとって身体を動かしていればいいのだそうだ。

女房が時間をかけてたっぷり食べている間、私は周囲を観察することになる。男女2人で食べているのはほとんどが夫婦で、時々、恋人同士や愛人同士がいる。夫婦の場合、余り話そうとしないからすぐ分かる。先日私の3メートルほど横に座った70代らしき夫婦は、何と朝食の30分間、唯の一言も会話を交わさなかった。黙々と食べて黙々と引き揚げた。

夫婦の場合、たとえ会話を交わしても笑顔がないからすぐ分かる。冗談を言うのも笑うのも面倒なのだろう。恋人や愛人の場合は、一方のつまらない冗談を他方がさも面白そうに笑っているからすぐ分かる。年格好が似ていれば恋人で、離れていれば愛人とみなすことにしている。愛人には興味が湧く。というか異常な興味が湧く。

できたら4メートル以内に座り、私自身が待望の愛人を持った日に備え、注意深く観察し聞き耳を立てる。男の方は一様に、周囲の目を気にするのかうつむき加減でぼそぼそ話すのに、女の方はたいてい堂々としている。

最近の旅館は、食事場所が居室から離れていてふすまで区切られていることが多い。数年前に泊まった京都の宿では夕食の途中でふすまの向こうに人の入る気配がし、40代女性と60代男性と覚しき2人の声が聞こえてきた。夫婦でないと知ったのは、しばらくして女性が「私、先生と知り合って初めて女として生まれた幸せを知ったような気がします」と言ったからである。

これ以降、私と女房は声が出せなくなってしまった。大事な秘密を耳にしてしまった以上、聞き耳を立てていることがバレたら大変と思ったのだ。高級旅館だったから、山海の珍味が由緒正しそうな食器に美しく盛られ次々に出て来たが、全神経が隣の会話に集中していて、何を食べているのか、美味いのかまずいのかも分からなかった。緊張の表情のまま、必要最小限のことを、時折身ぶり手ぶりを加えひそひそ声で話すだけだった。人生で最も疲れた食事だった。

酒飲みのマナー

角田光代

　世のなかには酒を飲む人と飲まない人がいる。にもかかわらず、酒宴というものは必ずある。酒を飲めない・飲まない人にとっては多少とも苦痛であろうと想像する。まず、飲食時間が異様に長い。さらに、空腹をいち早く満たす炭水化物は「シメに」などと言われて最後まで登場しない。同じ話をくり返したり、泣いたり、絡んだり、説教したりと、人格を豹変させる人も少なくない。そして腹立たしいことに、酒を飲んでいないのに会計はきちんと割り勘。

　苦痛なのは酒宴の時間ばかりではあるまい。酒飲みのなかには、きれいさっぱり記憶をなくす輩がいる。酒の席で交わした約束はまず守られない。しかも「私たちの醜態を逐一観察して記憶しているんでしょう」などと、被害妄想的なことを言われもする。みずからの意志で飲まない人ならいざ知らず、体質的に飲めない場合、まったく腹立たしい話だろうと思う。

　と、私は自戒の念をもって書いている。私は飲める。たくさん飲める。酒宴大好き。ほとんど生き甲斐。昼間は貝のごとく押し黙っているのに、酒が入ればしゃべるしゃべる。しかもくどい。ときに泣き、絡み、きれいさっぱり忘れ、翌日、酒を飲まない人、及び酒を飲んでも記憶がある人にかけた迷惑を思い描いては震え上がっている。

　最近の若い人はあまり酒を飲まなくなったと、年輩者からよく聞く。それは私も実感している。私が物書きとしてデビューした19年前は、打ち合わせといえば酒宴、編集者と言えば大酒飲みと同義だった。そういうことが「ごくふつう」であった、あれは最後の時代ではなかったろうか。飲めない人が飲めないと言える世のなかは、まっとうで健全だと思うが、同時に、そういう時代を知っている身としては、依頼はメール、打ち合わせは茶がごくふつうの今、少々さみしい気もする。年齢の異なる大先輩や若者や、同世代の友人たちの顔を思い浮かべてしみじみ思うのは、酒宴というものが介在しなければ、今のように親しくはならなかったろう、ということである。極端な話、酒宴なんて大いなる無駄である。しかしその無駄が人と人の距離を近づける。合理的、なんて言葉を蹴散らしてくれる。

酒を飲まない人は、酒宴につきあうのではなく、大いなる無駄に身を投じるのだとわりきればいいのではないか。酔わなくたってふだん通りでいる必要はない。くどい酒飲みの話に「くどい」と言い放ち、腹が空いたらひとり炭水化物を注文し、絡む輩には馬鹿笑いを返せばいい。どうせだれも覚えていない。よしんば覚えていたとしても、たいていの酒飲みは自身に対してそうであるように、他人に対して寛容なはずである。そこに酒があるかぎりは。

菓子折りのマナー

東直子

日本人には、改まった挨拶をしにいくとき、あるいは友人宅を訪問するときなどに、菓子折りを持参する慣習がある。他の国でもそういう風習はあるのだろうか。

菓子折り、と書くと、うやうやしく風呂敷に包んでいるイメージがあるが、今はたいてい購入した店がくれた紙袋に入っていて、つまらないものですが、というクラシカルな言い回しを添えて手渡す。相手は、いやいやこれは結構なものを、などと言いながら受け取る。このやりとりは基本的に昔から変わらない。公的な対面の緊張をほぐす、一種の儀式なのだと思う。

ところでなぜ「菓子折り」なのだろうか。砂糖が貴重品だったころは、そこに入っているものが甘い菓子であることに大きな意味があったと思うが、飽食の時代の昨今、「糖質制限ダイエット」と称して糖質をすべて排除する食事を敢行する人さえいるほどである。甘い菓子を贈っても、必ずしも喜ばれるとは限らない。もしも糖尿病の人に手渡してしまったら、味は好きなのに決して食べることはできない、という切なさを助長してしまいそうだ。甘くない菓子、おせんべいなら、と思いつくが、歯が悪いかも、とか、腎臓病や高血圧で塩分制限していたら、と考えだしたらきりがない。

酒好きとかコーヒー好きとか、その人の嗜好が分かっていれば菓子でないものも考えられるが、そうでない場合、普遍的な嗜好にこたえられるよき物が他にないだろうか、としばしば考える。当然、持ち運びが容易で、常温に堪え、ある程度日もちのするものが望まれる。

よって魚や肉などの生鮮食料品は無理だが、野菜なら持ち運び可能でヘルシーだし、ある程度日もちもしていいように思うが、「この度はよろしくお願いいたします」と言いながら人参を差し出すのは、ちょっと勇気が必要だ。人参ではあまりに日常的すぎる。魚でも干物ならば日もちがして持ち運びもできるが、匂いもあるので日中のオフィスに置くのは憚(はばか)られる。

いっそ、花、とか。団子より花。食べられないけれど、その場を華やかにして心を充たしてくれる。しかし、花瓶がなかったり置き場所がない、世話が面倒、と嫌がれるような気もする。

おいしいお米、なんてどうだろう。必ず食べるものだし、日もちもするし、匂いもないし、ブランド米なら高級感もある。何人かで分けるには、ちょっと面倒そうだが。第一持参するには、重い。

なかなか「菓子折り」に代わる、これぞ、という物が思いつかない。そういえば菓子折りのその先に「おすそ分け」という文化がある。結局必要なところに届く天下のまわりもの、と思えばいいということか。

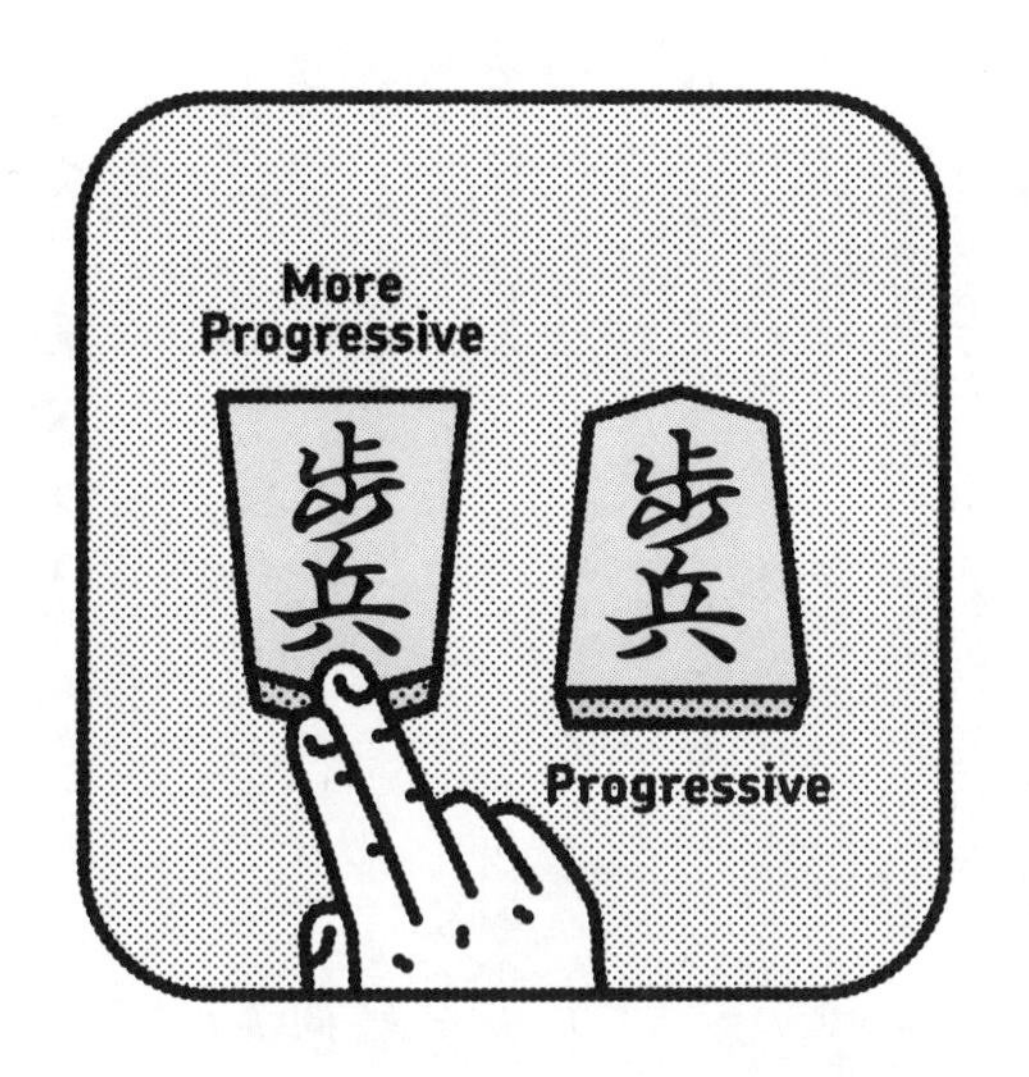

エレガントに
闘うマナー

オセロのマナー

東直子

私は争いを好まない。家族以外の誰かと声を荒らげて言い争ったことなど一度もない。おだやかな会話、あたたかなお茶と共に過ぎる時間を愛している。

が、最近私がしていることを、「辻斬り」という穏やかならぬ比喩で呼ぶ人がいる。昨年秋にiPadminiを購入し、オセロソフトをダウンロードしたため、お茶会などで隣りあった友人知人に、ちょっとオセロでもしませんか、唐突に試合を申し込むことがある。なぜだかわからないが、この白と黒のシンプルなボードゲームが私は昔から妙に好きなのだ。それで、いつもは機械相手に遊んでいるのだが、たまには生きている人とライブ感のある試合をしてみたくて、お願いしているのである。

最初に書いた通り、私は全くの平和主義者なので、別に自分が勝ち誇っていい気になりたいわけではなく、オセロを楽しみたいだけなのである。だが、つい、だいたい、どういうわけか、自慢するわけではないが、私が勝ってしまう。結果、突然試合を仕掛けては、倒す、それって辻斬りだ、ヒドイ、という展開になってしまうのだ。ふと気づくと、さっきまで和やかに親愛の表情を浮かべていたはずの友人の目が怒りに燃えている。

先日、飛行機の席で隣りあわせになった詩人のHさんは、自分が圧勝すると思ったのに、と悔しさを隠さず、もう一回やりましょう、と言ってくれたので、オセロが常にやりたい私はもちろん応じ、そして再度勝った。なんでっ、と黒髪のボブを揺らすHさんに、あ、でもさっきよりHさんは二石増えています、となだめてみたが、ぜんぜんうれしくない、という低い声が返ってきただけだった。

私はもしかすると、こうしてオセロに勝つたびに、大切な友人を失っているのではないかと心配になってくる。歌人のHさんは、一五年くらい前に私に一度負けて以来、二度と試合に応じてくれないのだが、オセロはもう必勝法が生み出された終わったゲームなんだ、と意地悪なことを言う。そんなこと言うならその必勝法とやらで私を負かしてよ、と言いたくなったが、あくまでも争いを好まない私は黙っておいた。

先日、俳優で一番オセロが強いという噂の佐藤健さんと、文人代表として対戦する機会を得た。佐藤さんは噂通りとても強く、美しいまなざしと美しい指先で、試合をリードした。しかし私もそう簡単には負けられない。チョコを齧りつつ唸り、じりじりと応戦した。

「この一手、この一手を間違えたらオレは負ける。ここだ」

という痺れるようなセリフと共に佐藤さんが置いた一手は、実に鮮やかだった。結果、私は六石差で負けたが、白熱の試合ができたことは、生涯の思い出になるだろう。

野球のマナー

逢坂剛

もし、男子をゴルフ派と野球派に分けるならば、わたしは間違いなく野球派である。ゴルフでは、ショットの最中であろうとなかろうと、ヤジはご法度とされる。ひとさまのミスショットを見て、クスリとでも笑おうものなら、顰蹙を買うこと請け合いだ。

一方野球は、相手チームがエラーすれば、ここぞとばかり拍手喝采して、容赦なくからかう。ゴルフは、紳士諸賢のゲームだから、さようなはしたないまねは、決してしない。しかし、人間のごく自然な感情として、人さまのアカラサマなドジを目にしたら、ついついからかってみたい気分に、ならないだろうか。

正直に言って、ワタクシはなります。

子供時代から、前期高齢者の仲間入りをした現在まで、草野球の現役を続けている。シーズン中、月に一度か二度はかならず、グラウンドに出る。さらに、日本推理作家協会でも、編集者チームを相手に月に一度、ソフトボールの試合を行う。当初は、試合が始まるとみんな年を忘れ、がんばりすぎて怪我人が続出した。契約保険会社が、悲鳴を上げたほどだ。そこで、事故を未然に防ぐため、〈全力疾走は厳禁〉〈滑り込みはダメ〉〈本塁突入時に体当たりしない〉〈やたらに刃物を振り回さない〉など、いくつかのルールというか、マナーを導入した。おかげで、現在は平穏化している。

プロ野球の、TV中継のマナーにも、注文がある。

一つの打球に対して、守る側の選手がどう動き、どう連係プレーを展開するか。打者はそれを見ながら、どのように果敢に走塁するか。

野球観戦は、それらのプレーを総合的、連続的に目でとらえ、全体として状況を把握するところに、おもしろさがある。こま切れの画像では、それができない。

にもかかわらず、TVカメラは十年一日のごとく、センター方面から投手と打者を写し、その合間に選手のアップを撮るだけ、とくる。打者が打てば、ボールが飛んだ先の野手を、カメラが追う。それ以外の選手の動きは、テレビ画面の外にあって、視聴者には見えない。

ハイビジョンになり、画面が飛躍的に大型化、かつ鮮明化したのだから、画角の狭い旧来のカメラワークは、いいかげんにやめたらどうか。たとえば、基本のカメラをホームベース上方に固定して、内野グラウンド全体を俯瞰的にとらえ、打球によって外野にパンする、といった柔軟な対応が、できないものか。

ついでながら、スポーツ紙の用語にも、注文がある。しばしば、別々の学校、別々の学年の同期入団選手を、〈同級生〉と呼ぶケースが目につく。これは明らかに〈同期生〉の間違いである。

これはもう、マナー以前の常識の問題だろう。

観戦のマナー

さだまさし

僕は野球ファンの一人だが、最近、球場へあまり出掛けなくなった理由の一つは、僕らの青春時代には無かった『鳴り物』の音に耳が疲れるからだと、ふと気づいた。

鳴り物入りの応援はファンの心意気を大いに示すものだが、一生一度の晴れ舞台、高校野球や都市対抗野球、プロでも日本シリーズ位で良いのではないかしら？　と。

一年中音楽の中で生活するものには静寂がありがたい。

アメリカのメジャー球場での観戦で体験した、一球一球に集中し、息を呑んで応援するという野球通らしい観戦マナーは実に素敵で、羨ましく、素晴らしかった。

敵味方の別なく、ファインプレーには賞賛を贈るというのが応援マナーの基本なのだが、これがなかなか難しい。どこかの球団のファンである以前に『野球』というスポーツのファンであるべきだと解ってはいても、冷静でいるのはまことに難しいものだ。

僕自身、テレビ観戦していても、贔屓チームの選手がチャンスで凡打に終わるとバカヤローと罵(ののし)り、投手が打たれるとアホ！　と叫び、相手のファインプレーには「あ、チキショウ捕りやがって」と下品に悔しがってしまうからだ。

実にどうも恥ずかしい。

他のスポーツでもなかなか品のある応援というのは難しそうに思う。

プロ・ゴルフツアーにおける観戦マナーはかなり紳士的だと思うけれども、自分でプレーをしている時は別だ。「ナイスショット！」と相手を讃えながらも、やはりライバルへの下心は隠せないものだ。

ゴルフのマナーの基本は、騎士道精神であるからして、『何かを判断しなければならないとき』は、相手に有利に、己に不利に、である。

あるとき、仲間の一人が「悔しさを隠して人のプレーを讃えるという、正しいマナーでプレーをしているが、実は自分自身の心の底に自己矛盾がある。一体これは偽善ではないか」と言い出した。なるほど、と思い当たるところのある仲間一同が同意し、一度全てのマナーと正反対の利己主義ルールでやってみるかと、相手を罵倒する『排他的本音ゴルフ』をやった。

相手が危うい方向へ球を放った場合、普段は「おい、大丈夫か？」などと本気で心配したりするのだが、この場合「よし！　ＯＢになれ‼」と叫ばないといけないというあられもない規則なのである。

相手がバーディでも取ろうものなら「ナイス・バーディ」ではなく「はずせ！　ああ、チキショウ」と叫ばねばならない。

僕がパットを外しても相手は「惜しい」ではなく「よっしゃ！」と拍手するのである。殴り合いになりそうだが実際は途中からお互い何だか可笑しくなり、最後は腹を抱えて笑いながらプレーした。

これはこれでありだな、とは思うが、応援のマナーはやはり品のある方が気持ちが良い。

ゴルフのマナー

藤原正彦

父・新田次郎は貧しい農家に育ったことや反骨精神が強かったこともあり、金持ちをよく思っていなかった。作家として成功し裕福になってからも、週に1度銀座で飲む以外は気象庁の役人時代とさして変わらない生活をしていた。だから山登りなどスポーツは好きだったが、ゴルフだけはブルジョワスポーツと手を染めなかった。

師匠格の作家丹羽文雄(にわふみお)氏は79歳の時に読売ゴルフコースを81で回った達人で、丹羽ゴルフスクールには柴田錬三郎(しばたれんざぶろう)、源氏鶏太(げんじけいた)、三好徹(みよしとおる)といった作家たちが参加していた。父は丹羽文雄さんに何度も誘われながら頑なに断っていた。

そんな影響もあり私は長くゴルフを金持ちのままごとくらいにしか思っていなかった。雨上がりの駅で、傘をクラブ代わりにフォームを研究している会社員を見ると益々いやになった。

ある大会社の役員をしていた叔父がかつて「パーティーで会う役員たちなんてね、話すことはゴルフだけだよ」と頭を振りながら言っていた。先日ある政治家の一周忌に参列したら、喪服姿の夫人が亡き夫の思い出を目に涙を浮かべて話している最中に、ひな壇上にいた偲ぶ会発起人の某大臣経験者は、ゴルフスイングの研究に余念がなかった。父がいやがるのも無理はない。

にもかかわらず、父ほど偏屈でない私は数年ほど前から年に数回、女房とコースを回る。
何と言っても一面の芝を歩き回る快さは、コンクリート上とは雲泥の差がある。スコアの方はまだ１００を切れない私だが腕力が強いからボールだけはよく飛ぶ。５０６ヤード（約４６０メートル）離れた穴のそばに2打で達したりする。

ただし私の場合、ストレス発散にはならない。池に落としたり、林の中に入ったボールを芝生に出そうとして木にぶつけ、そのボールを再び別の木にぶつけたり、などということが頻繁に起きるからだ。私にはあの石川遼と同じくボールが右に切れる癖があるのだ。だから昨年は女房に負け続けた。豪快に二百数十ヤードずつジグザグで進むより、姑息に百数十ヤードずつ直線で進む方がスコアはよいからだ。

でも勝敗より健康だ。丹羽文雄さんのように１００歳まで生きるには、林の中から打ったり谷底から打ったりする方が歩く距離が増えて健康によい。

先日、女房に誘われ初めてコンペに出場した。健闘よく見事栄冠に輝き、賞品のタオルとゴルフ帽のセットをいただいた。箱の上部にＢＭ賞とあったから、ベスト・マンのことかとうれしかった。帰宅したら息子がスコアを見てボトム（ビリ）の初めと終わりの文字ではと笑った。

そんなことはあるまいと、翌日ゴルフ通に尋ねたら、ＢＭとはブービーメーカー、すなわちブービー（ビリから2番）を作った人、すなわちビリの意らしい。まあよいか。「2番ではいけない」のだ。

応援のマナー

酒井順子

高校野球を見ているといつも、「甲子園で自分の学校を応援してみたかった」と思うのです。真っ赤に日焼けしながら応援歌を歌うのは、さぞ楽しいことでしょう。

たまにプロ野球を見にいくと、皆で同じ応援をするということが楽しくもあるのだけれど、時に息苦しくもあるのでした。「もっと好きなように応援したい！」と。

メジャーリーグの試合を見ていると、日本のように応援団が指揮をとる様子はありません。皆、思い思いに拍手したりブーイングしたりしている様子。対して日本の野球では、特に外野における応援はほとんど合唱&群舞。他スポーツにおいても、日本チームの応援は「皆で声を合わせて」方式が多いのは、一人では恥ずかしくて大きな声を出すことができないから、なのか……？

「皆で声を合わせて」方式であるからこそ、日本の応援にはマナーが必要となります。野球であれば、攻撃の交替とともに、応援も交替するのが、不文律。ステージを譲る必要があるのです。

団体活動であるが故に、応援にはある種の精神性が求められるような気もします。プロ野球の外野席は、自分のチームの攻撃中は立ちっぱなし。学生時代に六大学野球を見にいった時は、つい団旗の下を通ってしまい、学ラン姿の応援団員にこっぴどく叱られたものです。

どうやら彼らにとってその旗は、決してけがしてはならぬ、ほとんど軍旗のような存在らしいのです。

マナーというより規則を守ることに快感を覚える人が多い日本人の応援ですが、しかし応援マナーとは、突き詰めれば一つしかない気がするのです。すなわち「相手のミスを喜ばない」ということ。

スポーツをしていると、相手のミスに思わずガッツポーズをしたくなることは、確かにあります。が、そこで喜びを顕わにしないのが、マナー。

相手チームの打者が凡退すると、ちょっと小馬鹿にしたようなメロディーをトランペットで演奏するプロ野球の応援団がありますが、ですからあの音を聞くと、私は残念な気持ちになるのでした。凡退した打者を見下すのではなく、自チームのピッチャーを讃えればいいのにねぇ、と。

誰かを応援するということは、自らの叶わぬ夢を誰かに託すことなのだと思います。応援する相手に自分の人生を重ねているからこそ、応援の仕方には、その人の本性、そしてその国の国民性が出るのではないか。

日本人が唯一、自由に応援できるのは、相撲です。誰に指揮されることなく自然に盛り上がることができるのは、あれがスポーツではなく神事だからなのかもしれません。ま、神事であるからこそ「座布団は投げない」というマナーも、守らなくてはならないのですけれど。

将棋のマナー

逢坂剛

かつて将棋界は、鉄人大山康晴に続き、自然流中原誠がさっそうと登場して、その人気を引き継いだ。

やがて、光速流の谷川浩司が覇権を握り、次いで羽生善治のマジックが、盤上を席巻する。さらに、その羽生の塁を摩すばかりに、渡辺明が頭角を現すといった具合で、将棋界は挨拶にいとまがないほどの、隆盛を見せている。

このように、途切れなくスターを輩出する世界は、勢いを失うことがない。逆に、全体を引っ張るスターがいないと、どんな世界でも衰勢に向かう。野球や相撲に、往年の輝きや精彩がないのは、古きよき時代の王、長嶋、あるいは栃錦、若乃花（初代）といった、大スターがいないことに尽きる。このところ、日本が総じて沈滞気味なのも、政界や官界、財界、産業界に傑出した豪傑が、現れないからではないか。

将棋界が、うらやましい。

近ごろは縁台将棋、つまり素人が暇つぶし？　にやる将棋を、とんと見かけなくなった。そもそも、縁台そのものが街から消えてしまった、という事情にもよるだろう。

会社勤めをしているとき、わたしは昼休みに飽きずに同僚と、将棋を指した。1時間のうちに、3局から4局を指す早指し対局で、むろん長考などはもってのほか。せいぜい、1手

5秒以内、がマナーだ。それ以上考えると、「早くやれ！」とせかされる。

かつて、民放の某テレビ局で、〈早指し将棋〉の番組をやっていた。確か、持ち時間は5分か10分で、それを使い切ると1手30秒以内、という厳しい条件だった。プロが、29秒を読まれてあわてる姿が、けっこうおもしろかった。

その点、縁台将棋は楽なものだ。

コンピュータ将棋が現れてから、すでに久しい。

わたしも、相手がいないときはたまに、パソコンと対局する。人間相手だと、たとえ名人といえども、いわゆるポカミスを犯すので、意外性があっておもしろい。しかし、コンピュータはそれがないから、人間味を感じさせぬ憾（うら）みがあり（当たり前だが）、おもしろみに欠ける。

コンピュータも、最近はプロの棋士を相手に、対等に戦えるくらいの実力を、つけてきた。

逆にいえば、人間の脳は高性能のコンピュータにも負けないほど、高度の能力を秘めていることになる。それを思うと、縁台将棋はまさに脳を鍛えるのに、格好の暇つぶし！といってよい。

早指しも一つの訓練だが、一般にマナーに反するといわれる〈待った！〉も、わたしは大目に見たい。待ったをして、そこでじっくり局面を見直し、より良い手を発見するのが、頭を鍛えるコツだ。

人生待ったなし、としばしば言われるが、やり直しのきかない人生などない、というのがわたしの持論である。

勝負のマナー

さだまさし

横綱白鵬(はくほう)が2015年1月、33回目の幕内最高優勝を果たして、あっぱれ昭和の大横綱、大鵬の記録を抜いた。横綱昇進以後、ただの一場所も休場せず、地方巡業も全てこなした誠実さと努力がもたらした栄光だ。

優勝翌日の記者会見で、13日目の「物言い」に注文を付けたことを問題視する人もいたようだが、冷静な耳でよく聞けば「命懸けで相撲を取っているのだから、命懸けでジャッジして欲しい」という思いは正しい。

行司も「差し違えたら必死の覚悟」である証に腰に真剣を手挟む。

「横綱の負けは死と同じ」と語った白鵬関の覚悟に皆、何を思うのだろうか。

かつて物言いが付いた時、大鵬(たいほう)関はそういう相撲を取った自分が悪いと述べたが、この様な重たいテーマをふと素直に口にしてしまうあたりが、白鵬本人が語った「大鵬関の数字は上回ったが精神がまだまだ」という部分なのだろうが、それは「時代の差」でもあろう。

昔の日本人には「敢えて語らず」という遠慮の美学があったからで、このことと一部の人が問題にする横綱の品格とは全く無関係だと僕は思う。

「肌の色は違っても、髷を結えば魂は同じ日本人」という言葉が重く感じられた。

異国から来た少年がどれほど相撲を愛し、命懸けでこの国に溶け込む努力をしてきたかということや、我々日本人の心の底に潜む「陰湿な差別」を、彼が密かに悲しんできたのだという側面も、我々は忖度しなければならないと思う。

元々相撲の起源は神事だ。

従って横綱は他の格闘技で言う「グランドチャンピオン」とは異質の存在だ。

相撲の「グランドチャンピオン」とは「大関」のことで、横綱は本来、地位の名称ではない。

大関の中でも格別に人格、品格に優れた力士が特に選ばれて「結界」である綱を身体に締めて「神事」に当たることを許されたのが始まりだ。

強ければ良いというのではない証拠に、生涯に十番しか負けなかったと言われる「雷電為右衛門」が一度も綱を許されていないのは相手に怪我をさせすぎたから、という説さえあるほどだ。「結界」の綱を自分の腰に締めた瞬間、彼は人ではなく「神格」となる。

彼ら力士が命を削る土俵も我々の身近なもので言えば「神棚」であって神聖なる場所であり、不浄の者が決して上がってはならない場所なのだ。

僕は国技館で歌う時に土俵の位置にステージを作る。

従って、必ず精進潔斎、沐浴斎戒ののちに舞台に上がることにしている。

いや、これはマナーという類いのものでは無いだろう。

神への「畏れ」と、当たり前の「遠慮」だと思っている。

怒りのマナー

角田光代

十数年前アルバイトしていた会社では、ときおり顧客からのクレーム電話がかかってきた。そういう部署ではないのだが、まちがってかかってくるのだ。そのうちの8割は、こちらにはどうにもしようがないことで怒っている。そのとき学んだことは、怒りには種類があり、その種類に応じて対応しないと時間が無駄になる、ということ。

種類とは、〈1〉威嚇、〈2〉発散、〈3〉感情、〈4〉解決。〈1〉の目的は相手をとにかくびびらせること。だから、こちらはこわがればいい。〈2〉はストレス等個人的鬱屈のはけ口を求めているので、発散し尽くされるのをじっと待つ。〈3〉は、感情をそのまま爆発させているが、じきに爆発はおさまる。いちばんまともな〈4〉は、解決策を求めているわけだから、専門の部署に電話をまわす。

日常生活において、〈1〉と〈2〉は威嚇せねばならなかったり発散したりしないとどうにもならないという特殊な人が、特殊な状況でしかやらない。私たちにもっとも身近な〈3〉と〈4〉は、あらわれかたは違うけれどじつはひとつながりで、日常生活で私たちは、まず感情を爆発させ、そこからなんとか怒りの原因を怒らせた相手に伝え、問題解決をはかろうとしている。

私は筋金入りの短気だが、怒るのが下手である。どうすればうまく怒り、かつ解決に至るのか、ずいぶん長く研究している。今のところの研究結果は、怒りは、どんなに正統的な怒りであっても、感情を爆発させると相手に伝わらない、ということだ。100怒っているから、怒っている相手に100の怒りを見せなければならぬ、というのはまちがいなのである。自身をふりかえっても、100の力で怒られたとき、抱くのは冷静な反省ではなく、驚き、恐怖、反発、空白（頭のなかが真っ白状態）で、これは威嚇や発散が求めている対応であって、解決には至らない。

少し前に、テレビで某県知事があることにたいして怒っていた。それがみごとな怒りっぷりなので、ついテレビに釘付けになってしまった。そうして、わかった。この人、20しか怒っていない。その20を伝えるために、100怒った演技をしている。私が釘付けになるくらいだから、これはただしい怒りかたなのだ。

なるほど。さほど怒っていなくても怒りを伝えたいときは、大げさに怒ってみせるとより伝わる。ということは、反対に、100怒っているときは20くらいの怒りを伝えたほうが、きっとより伝わるのではないか。つまるところ、人に伝えたい怒りには、技が必要なのである。おそらく、相手の怒りの度合いを判断するにも、やはり技が必要だ。ただひたすら、怒る相手と冷静に向き合うこと。そう、テレビをじっと見るように。

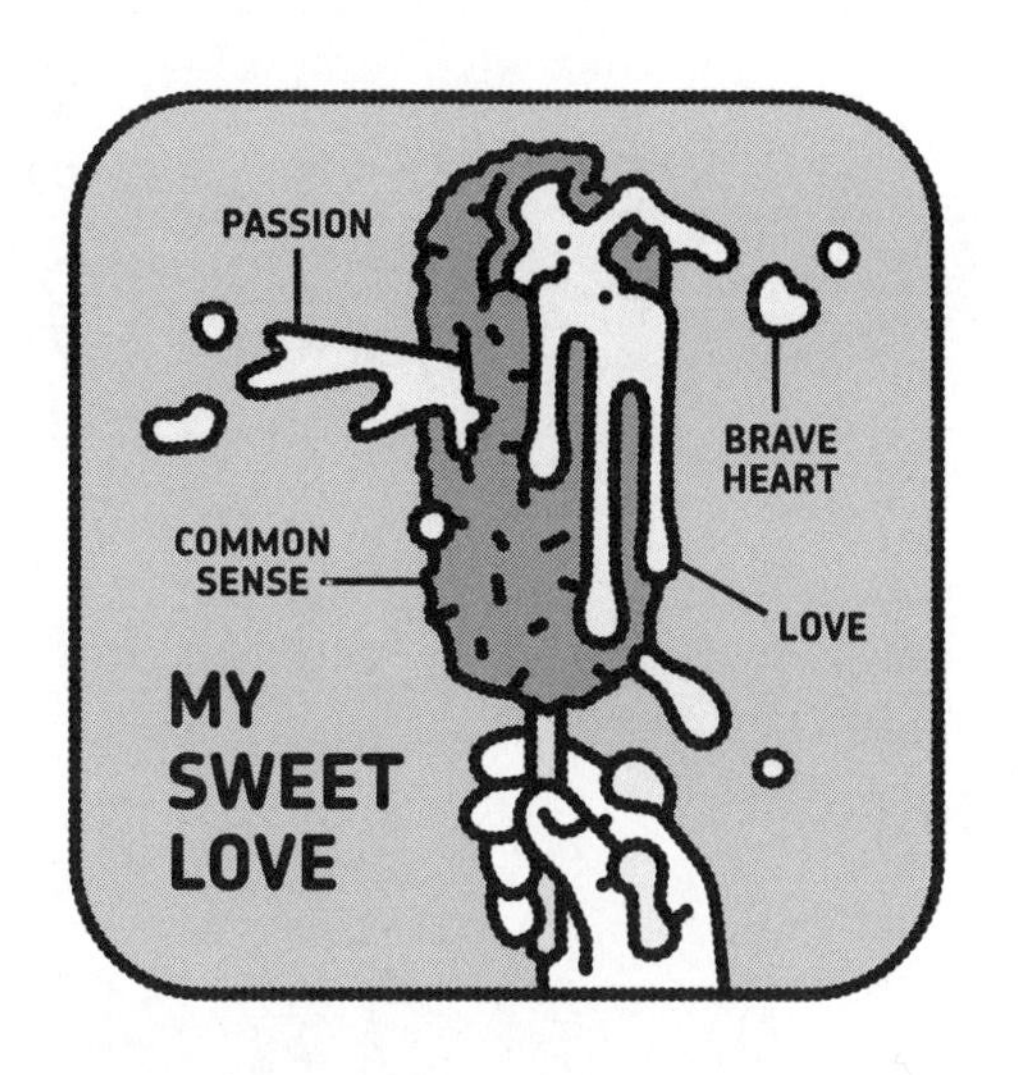

愛を温める
マナー

愛のマナー

鎌田實

我々はどこから来たのか、我々は何者か。そんな思いを胸に、アフリカを訪ねた。

700万年前、人類の祖先はアフリカのサバンナで生まれた。その後、ぼくたちホモ・サピエンスにつながる過程で、愛はどのように生まれたのだろうか。

エチオピアで発見された440万年前のラミダス猿人には、チンパンジーなどに見られる、相手を威嚇するのに有効な大きな犬歯が見えなくなった。

一説には、オスがメスに求愛するとき、強さをアピールするのではなく、食べ物をプレゼントする作戦をとったため、大きな犬歯は不要になったという。愛が「奪うもの」から、「与えるもの」へと変わったのだ。

メスは、食べ物をたくさん得ることができるオスをパートナーに選んだ。愛の作法が変わって、男たちの苦労がはじまった。

人間の赤ちゃんは弱い。自分たちの種を守るために家族を作った。愛は大切な者を「守るもの」になった。

ケニアのトゥルカナ湖のほとりで170万年前のほぼ全身の骨が見つかった。トゥルカナ・ボーイと呼ばれている。その近くで、ビタミンA過剰症の痕跡がある女性の骨が発見された。

この体調がよくない女性は、だれかに栄養の多い食べ物を運んでもらっていたらしい。愛のカタチが広がって、人は人を「支える」ようになっていった。

150万年前、ヒトはのどの形態を変えることで、言葉を話しはじめた。「愛している」と伝えたくて「アー」とか「ウー」とか心が叫んだのではないだろうか。さらに言葉は相手の身になって考えるなどの想像力や、抽象的な思考を生み出していく。愛の作法は深まったが、同時にむずかしくなった。

10万年前には、オーカーという赤い土で化粧をしたり、貝殻で首飾りなども作っている。愛のために、自らをアピールするようになった。愛が個性を作っていった。

ネアンデルタール人は、死者を弔い、花を供えたという説もある。こうやって、ヒトは生きていくために愛のある関係を築き、愛を表現し、死者にも愛を注いだ。

国立社会保障・人口問題研究所の調査（2010年）では、未婚者（18〜34歳）のうち「交際している異性がいない」男性は6割、女性は5割を占めた。社会システムが発達し、愛がなくても生きていけるようになったためか。

食べることも、子育ても、介護も、人と人のパートナーシップが必須ではなくなったかにみえる。

しかし、どんなに社会が整っても、心が愛を求めてしまうことは、我々の祖先の歴史が教えてくれている。人が生きていくためには愛が必要なのだ。

最後のオスのマナー

竹内久美子

昆虫のオスの交尾は、早い者勝ちならぬ、遅い者勝ちだ。

メスはオスと交尾するたびに精子（たいていは精包と呼ばれるカプセルに入っている）をため込んでいく。産卵の際には、最後に受け取った精包を優先して受精させ、産む。

よって遅い者の方が断然有利になるのである。

そうするとオスとしては、いかにして彼女の最後のオスになるかが問題だ。どうしたら最後になれるのだろう。

カワトンボの一種では、ペニスの先に返しがついていて前に交尾したオスの精包を掻き出してから自分の分を注入する。これだと必ずしも最後にはならないが、少しでも最後に近づくことはできる。

実を言うと、人間の男のペニスの先に返しがあるのも同じ理由からだ。射精の前に何十回、何百回とスラストする（こする）のは、射精に至るためというよりは前に射精した男の精子を掻き出すためなのである。

ギフチョウやウスバアゲハ（ウスバシロチョウ）では、交尾の後でオスがメスの交尾器をふさぐ。左官さんがこてで壁を塗るように、腹部を左右に振り、粘液を出してメスの交尾器を塗り固めてしまう。

横から見るとメスは、茶色い三角形のオムツをはいているようだ。いったん固まると、これがガチガチで、その後のオスの交尾をほぼ完全に阻止できる。彼は彼女の、最初で最後のオスになれるのだ。

その〝オムツ〟は、わざわざスフラギス（貞操帯）と言われているほどだ。とはいえ卵の出口はふさがれておらず、産卵は可能である。

最後のオスになるためにはまだまだ別の手段がある。

南米にいるアカスジドクチョウのオスは交尾の後、メスの体内に、他のオスが嗅いだらげんなりし、性欲が失われてしまう物質（性欲減退臭）を残していく。たぶん最後になれる。

そして交尾が済んでも、つながったままでいるというのもなかなか有効な手段だ。

トンボでは列車の2両連結みたいにオスとメスとがつながった状態で飛んでいることがある（タンデム飛行）。前がオスで、メスの首根っこを捕まえている。そうして産卵場所である池などに向かおうとしているのだ。

このガード作戦を極めたのがオオツマキヘリカメムシ。

体長が1センチほどのこのカメムシは春から秋にかけてイタドリやキイチゴの茎に、交尾しながら群がっている。滋賀県立大学の西田隆義（にしだたかよし）さんの研究によると平均で3日、長くて9日もつながっている。その間にメスは茎の汁を吸い、栄養をつける。こうして卵巣が発達すると、彼女はオスの腹を盛んに蹴り始める。オスはいそいそと退散し、メスは地上に降りて産卵する。

最後のオスになるのも楽ではないようだ。

欠点のマナー

角田光代

くよくよしがちな人間である。私は子どものころから欠かさず日記をつけているが、3分の1は自己反省である。しかも、その反省内容がまったくかわらない。調子に乗りすぎる、はしゃぎすぎてものごとを誇張して言う、等。つまり私は自分の欠点を重々承知しており、承知しているが故にくよくよしており、くよくよと日記に書きつけるがなおらない、ということになる。

70歳近い友人に、話好きな人がいる。1時間ともにいれば1時間ぶん、一晩いれば一晩だって、しゃべっている。何についてかといえば、自分について。自分はこういう人間で、こういう体験があり、こういう武勇伝を持ち、こういう失敗もする。延々話す。話しながら「時間平気?」「ごめん、自分のことばっかり話して」などと差し挟むので、この人も、わかっているのだと思う。自分について話しだしたら止められないそのことが、もうずっとなおらない自身の欠点であると。

70年近く、よくまだ話すことがあるよなと感心するが、私もきっとハタから見れば、40年以上、よくまだ調子に乗ってはくよくよしているよなと思われるだろう。欠点は、そうかんたんにはなおらない。反省しても、痛い目を見ても。そのことを、何より私と友人が証明している。とすると、欠点をなおすことを考えるより、欠点とうまくやることを考えたほうが、生きるのは楽なのではないかと思えてくる。

件の友人であるが、その長話にみんな辟易して近づかないかというとそんなこともなく、彼の周囲には、その彼の話好きを、呆れていても飽きていても受け入れている人々がちゃんと集まっている。彼らはその長い話を、ときに無視しときに遮り、ときにつっこみを入れときに聞いてみたり、している。いってみれば、彼らは長い時間かけて淘汰された真の友人なのである。何に淘汰されたかと言えば、時間ではなく、彼の欠点に、だと私は思う。

人と人が関係を結ぶときは、もしかしたら美点によってかもしれない。けれどその関係を深めていくのは、美点ではなく欠点なのではなかろうか。

また、私たちが人間くささを感じるのは、どういうわけだか美点ではなく欠点である。すごく親しい人をだれかに説明するとき、たとえば母親を友人に説明する場合、「おおらかでお人好し」と美点を言うより「がさつでモロおばさん」というような言い方をする。当然照れもあるが、そのほうが本人の人間くさい在りようが伝わりやすい気もする。そうしてハタからすれば、「おおらかでお人好し」と「がさつでモロおばさん」は、プラスマイナスの関係ではなくじつはコインの裏表だったり、するのである。

桜人のマナー

さだまさし

この（2014年）2月から、春のコンサートツアーの真っ直中だ。

今年はフル・オーケストラとの全国ツアーを計画し、7月にかけて全国を回る。

しかも同じオケと回るのではなく、それぞれの地方のオーケストラと組むのだ。

指揮と編曲は今や日本を代表する作曲家の一人、大親友の渡辺俊幸（わたなべとしゆき）君。彼が支えてくれるお陰で、毎日緊張しながらも楽しくやっている。

僕が初めてフル・オーケストラと共演したのは26歳の時で、山本直純（やまもとなおずみ）さんに誘われて軽井沢音楽祭で歌った。

僕は直純さんが大好きだったが、直純さんも僕のことが大好きだったと思う。

そういう風に思えることは、とても幸せだと思う。

「元々クラシック音楽の畑で育ったお前が歌手として成功したなら、今度はオーケストラのコンサートに、恩返しに自分のお客を連れて来い」と直純さんは言った。

それでクラシックファンが増えれば日本の音楽の底辺が拡がる。お前の力を今こそ俺に貸せ、と言ってくれた。僕はこの時に「親父の一番長い日」という歌を書いた。直純さんはその後も映画『二百三高地』の主題歌を僕に書かせ、お陰で僕は「さだまさしが嫌い」な人達から「暗い」だの「右翼」だのという謂われ無き差別を受ける事になったが、今となれば笑い話だ。

直純さんとは個人的によく旅もした。

『不知火（しらぬい）』を見に行ったり『長崎くんち』に招待したり、鮎のつかみ取りだの、メロン食べ放題だの、祇園の舞妓さんだった人がやっている小さな酒場にも一緒に出掛けては駄洒落を言い合って遊んだ。

直純さんは千鳥ヶ淵にあったフェアモントホテルのバーが好きだった。桜が咲くと呼び出された。

「これが俺の桜だ、良いだろう」と自慢をした。

ホテルのバーが一階にあり、窓際の庭に立派な桜の樹があった。

「先生が植えたの？」。僕が聞くと直純さんは笑った。

「ばーか、俺が好きな樹だ」。首をかしげる僕に直純さんは言った。

「お前もどこかで出会った、お前の好きな桜があるだろう。一年に一度、桜が咲いたらその樹に会いに行くんだ。一年間に起きた出来事を静かに話しかけながら、好きな桜の樹を相手に一献傾けるのだ。そういうヤツのことを『桜人』と言うんだ、覚えとけ」と。

それから毎年、僕は大好きな一本の桜の樹に会いに行くようになった。

桜の季節になると必ず思い出す直純さんのこと。

今年はフル・オーケストラと一緒ですよ、と僕は満開になった大好きな桜に語りかけるだろう。

直純さんにも。好きな桜と差し向かいで、一年間の出来事を語りかけながら静かに酒を飲む。

春が来た。

夜明けのマナー

東直子

夜明けの空を見る機会は、一年のうちに数回しかない。目覚まし時計は使っていないが、毎朝だいたい七時三〇分ごろに自然に目が醒めるため、朝焼けはすでに終わっている。

朝焼けする夜明けの空を眺めるのは、特別な日である。すなわち、仕事がせっぱつまって夜通し起きていたとき、出張等で必要に迫られて早起きをしたとき、あるいは心がざわついて早朝に目が醒めてしまったとき。どの理由でも、同じように脳がぼうっとしている。オレンジ色と紺色がにじむ空を見ながら、自分の脳の中も滲んでいるような感覚におそわれる。そして、思うことはたった一つである。

きれいだなあ……。

ときには、さあさあと涙が流れる。必ずしも悲しいことがあったから涙が流れるわけではない、ということはもう頭で理解している。だが、涙が流れた身体は、勝手に悲しい感覚へと結びつける。理由なき涙が、理由なき悲しい感じを充たしていく。涙は続く。無意味だ。ばかばかしい。私の中のどこかの私がそう言っている。でも、そんな理性的な指摘は内的身体感覚に負け、涙は流れたいだけ流れ続ける。

もし、家に住み込みの家政婦さんがいて、夜明けの空を見ながら涙している姿を見られてしまったら、「はっ、奥様、なにか深いお悩みが……」なんて、余計な心配をかけてしまうところだろうが、そういう人はいないので、その心配はない。

　何が言いたいかというと、ごく稀に見る夜明けの空は、身体反応が出るほど美しいということである。涙を流す、という行為には、ストレス解消効果があるそうなので、夜明けの空が導く落涙は歓迎したい。

　だがきっと、ストレス解消を目的に、毎日夜明けに起きて空を眺めるようになったら、夜明けの光景を見飽きてしまって、きれいだなあ、と思う気持ちも薄れ、涙を流すには到らなくなるだろう。その時間に起きることが習慣化されれば、ぼうっとする感じもなくなるだろうし。

　子どもが小さかったとき、夜明けにゆり起こされたことがある。子どもは怯えた目をして、そらがわれてる、と言った。朝早くふと目が醒めて、窓から夜明けの空を見てしまったのだ。初めて見た夜明けの空はそんなふうに不吉に映るのか、と感じ入った。

　大丈夫、空はわれない、夜が明けただけ、大丈夫。言いながら身を寄せあい、ふたたび眠った。

見つめあいのマナー

竹内久美子

京都・嵐山といえば、京都でも一、二を争う観光スポットだ。

が、残念なことにたいていの人は、昔ながらの木造の橋、渡月橋を渡って「おお、時代劇さながらだな」と感心。天龍寺を拝観し、桂川を船で楽しむなどして帰ってしまう。

渡月橋を渡ったなら、もう一足伸ばして欲しい。目の前に見える岩田山だ。ここには完全な野生でもなく、かと言って人になついているわけでもない、貴重なニホンザルの群れがいるのだ。

随分前にこの山に登ったとき、山頂に至る途中で1頭のオスに出くわしたことがある。これが「野生」かと、かつてどんな状況でも味わったことのない、不思議な感覚だった。

ただ、彼らと接するには忘れると大変なことになるルールがあり、登り口の看板にはこう記してある。

「近くで（約1m）見つめないでください――いかくしていることになります――」

我々の場合でも確かに、「ガンを飛ばす」ことがある。鋭い目つきで見つめると、相手を威嚇することになる。

しかしニホンザルの場合、「まあ、何てかわいいおサルさんなんだろう」と優しく見つめたとしても、それは彼らにとっては、ガンを飛ばされたことになってしまうのだ。

ちなみに人間なら、優しく見つめあうことは、愛情の表現である。

いやそもそも、知っている者どうしがすれ違う場合、ちらりとでもいいからアイコンタクトをとる。もし視線をそらしたら、それは敵意の表明だ。

ところがニホンザルでは、単に見つめるのは威嚇。そして見つめあわないことこそが、相手を仲間として認める意味になるのだ。

どうしてこんな違いが生まれたのだろう。彼らと我々では何が、どう違うのか？

人間が優しく見つめあう、究極の状況を考えればいいかもしれない。

それは……〝交尾〟。

男女は互いに優しく見つめあい、抱擁し、キスをし、たいていは対面位で交尾する。その他の体位で行うにしても、まずは見つめあうところから始まる。

一方、ニホンザルの場合、オスがメスにマウントする（馬乗りになる）。見つめあいはない。

このあたりに彼らと我々の、流儀の違いのルーツがあるのかもしれない。

とはいえ、オスがメスを誘う際には、実はメスの顔をちらりと覗く。その後、くるりと体を翻し、お尻をどーんと見せつける。

すると、お尻を見せることが、人間の男女の見つめあいに相当するのだろうか。

もし我々が彼らにお尻を向けたら？

無視されるか、引っ掻かれる⁉

お揃いのマナー

乃南アサ

幼い頃読んだ昔話に食事をしない嫁の物語があった。美しい上に働き者で、これは良い嫁をもらったと喜んでいたら、家族の留守に髪をかき分け、頭の後ろにある口からバカバカと大飯を食らっていたという話。何ともグロテスクな挿絵がついていた。私は小さな脳味噌で考えたものだ。

「こんな人が、本当にいるんだろうか？」

いても不思議はないような気がした。なぜなら、人は目も二つなら鼻の穴も二つ、耳だって二つある。だから、口だって二つあってもイイんじゃないの？　と考えたのだと思う。子どもって、妙なこと考えるものですね。

そのうちに学校で「左右対称」という言葉を学んで、私は人間の身体のアチコチが一対ずつ、しかも「お揃い」に出来ているのだと思い込むようになった。口は例外で。

そうこうするうち「対」にはなっていても、まったく同じというわけではないことに気づく。たとえば左右の手を見比べてみただけでも、指から爪の形、指紋の入り方、手相も違っている。足だって同じこと。そういえば利き手、利き足によって、出来ることと出来ないことがある。そうか、人間の身体って、そう単純に「お揃い」に出来てるわけでもないんだなあ。自分と友だちとでも違うしなあ、ということを、そうやって学んできた。

ところで、私は右耳と左耳とで耳アカのタイプが違う。右耳のアカはポロポロに乾いてコナコナしているが、左耳は、それに比べて少し湿っている。前に「縄文人は耳アカが湿っていて、弥生人は乾いている」と聞いたことがあるが、その理屈を当てはめると、私は縄文系と弥生系が耳の左右を分け合っているということになるかも知れない。

しかも、耳アカのたまり具合も違う。右耳を掃除する度に左耳も掃除するが、味気ないほどほとんど何も取れてこない。つい先日、知人にその話をしたら「何とおバカな」と一笑に付された。

「鼻の穴が常に二ついっぺんに詰まるわけじゃないのと同じ。目脂(めやに)が両目につくわけでもないのと同じでしょうが」

あっ、なるほど！

どうやら私は、未だに子どもの頃と同じ「お揃い」の感覚に縛られていたらしいと、やっと気がついた。

基本、私たちは「お揃い」が好きだ。揃っていることに安定を感じ、安心を得る。「みんなと一緒」がいい。だからこそユニフォームなどで「お揃い」の感覚を得ようともする。だが、本当の意味では決して「お揃い」にはならない。耳アカでさえそうなのだ。

違っていて当たり前。本当は全然揃ってなんかいない。そのことを十分に承知した上で、人との「お揃い」を求めるとき、初めてそこに優しさと思いやりが生まれる。

逃走のマナー

酒井順子

九州を旅行中、とあるお祭りに遭遇したことがあります。鬼の扮装をした地元の若者たちが、箒のようなものを持って、人々の尻を叩いていく。尻を叩かれると、その年は風邪をひかないのだそうです。

鬼たちが、「ウォー」とうなりながら走って人々を追い掛けて尻を叩く様子は、かなりの迫力。鬼は私のところにもやってきて、尻を叩いて去っていきました。

かつて鬼の役をしていた地元の人にお話をうかがったところ、「キャーキャーと逃げ回る人を追いかけて尻を叩く時が、一番盛り上がる」のだそうです。それが若い女性であることが最も望ましいが、そうでなくとも逃げる人を仕留めると、重要な役割を果たした気分になるのだ、と。

その話を聞いて私は、さきほどの鬼を思い出しました。鬼は私のところにも来たけれど、あっさりと尻を叩いて去っていっただけで、どうも盛り上がりに欠けた。それは、私が尻を叩かれる気マンマンで、逃げるどころか、むしろ鬼に尻を向けてニコニコ待っていたからなのではないか。

そこで私は、ハタと理解したのです。このお祭りでは、鬼に出会ったら逃げることが鬼に対してのマナーであり思いやり。叩きやすいようにと尻を向けてしまったら、鬼はまったく

「追い掛けたい」という気持ちにはならず、祭り自体が盛り上がらないのです。

プロ野球の優勝祝賀会でも、女子アナがキャーキャー逃げるからこそ、選手たちは「もっとビールをかけてやろう」という気になるのです。もしも女子アナがビールに濡れてもまばたき一つせず、

「で、今季は三割に届きませんでしたけれど？」

などと冷静にインタビューしていたら、選手は盛り上がらないことこの上なかろう。

最終的には尻を叩かれるとかビールをかけられることがわかっていても、この手の祝祭の場では「一度は、逃げる」というのが必要な手順なのです。それを追い掛けてやっと捕まえ、目的を達することによって、「めでたい」という感覚が生まれるのではないか。

昔は、恋愛の場でもその法則が適用されていました。逃げる相手を追い掛けた末にキャッチすることによって、恋愛は盛り上がった。だからこそ、媚態として逃げていた女性も、多いはずです。

しかし昨今は、一度逃げられると、「駄目なんだ」と諦める人が多数。中には、「逃げられるかもしれないから、追わずにいよう」と、最初から追わない人もいる。

かといって、鬼に尻を向けた私のように、「はい、どうぞ」という態度もまた、相手をげんなりさせるのです。「型」としての逃走と追跡が消えかかっている今、上手な逃げ方を知るには、女子アナの姿を参考にするのが、最も効果的なのかもしれませんね。

バトンリレーのマナー

鎌田實

陸上のリレーはバトンの受け渡しが勝負の分かれ目だ。陸上だけでなく社会の中でもバトンのリレーは大事。優しさのバトンを受け取った人は、別のだれかに伝えていく。あたたかなリレーが大切なのだ。

福島県の南相馬の県立原町高校のPTAの会長から電話がかかってきた。以前、この高校で、「命の授業」をしたことがあった。

3年ぶり、震災後はじめて市民に公開される学園祭で、カレーの屋台を出したいが、長野県で野菜を調達してもらえないか、という。

福島県では、放射能をめぐっていくつもの分断がおきている。福島を出ていった人と残った人。早く家に帰りたいと望む高齢者と、小さな子を抱えて戻れないと考える若い親たち。原発から半径20キロ圏内で補償をもらえた人とそうでない人。

学園祭で出すカレーの材料に対しても、ふだん食べている野菜で十分とする人と、産地が明確で、きちんと測定したものでなければならないと考える人に分かれた。会長は、学校の中にまで分断を持ち込みたくなかった。

バトンを受け取ったぼくは、日本チェルノブイリ連帯基金（JCF）に連絡をとった。JCFは原町高校の放送部と交流をもつ松本市にある松商学園の放送部に連絡した。

生徒たちは、学校の了解を得て、野菜やお米を集めることにした。原町高校からは、一般的な価格で購入したいという希望があったが、松商学園側は、どうしてもボランティアで協力したいという。

念を入れて、安心してもらおうと思ったJCFは、信州大の大学院生たちに協力してもらい、集まった野菜の放射能測定をして、証明書を発行した。

PTA会長は野菜やお米を無償でもらう代わりに、生徒たちの思い出になるように缶バッジを作ることにした。南相馬のある共同作業所に依頼した。共同作業所の責任者はほかの5つの作業所に連絡をして、みんなで引き受けることになった。たくさんの障がい者の仕事になった。

ここまで、だれも自分だけ得をしようとはしていない。優しさのバトンを次々に渡している。

缶バッジを作った障がい者は「つながり無限ふくしま」と名付け、ひまわりの種2個を添え、この悲しみをくり返さないことを福島は祈ると書いた。生徒、教師、PTAに配られ、松商学園にも送られてきた。あたたかな思いがこもったお返しである。

学園祭の後、会長からうれしい電話があった。予想以上の人出でにぎわい、カレーも予定した400食を上回る900食が売れた、という。

優しさのバトンは、手から手へと渡っていくうちに、予想もしていなかったことを起こしていった。バトンを受け取った者はだれかに渡す時、あたたかさの温度を少し高めて渡していた。これがマナーなのかもしれない。

死と折りあうマナー

楽観力のマナー

鎌田實

28歳の青年が、腎臓がんになった。しかも、めずらしいがんで、原始神経外胚葉性腫瘍という、致命率の高い、やっかいながんである。早ければ半年、2年後の生存率は0%と余命宣告を受けた。

しかし、彼は「必ず治る」と思い込んだ。楽観的な人だ。彼の名は、杉浦貴之（すぎうらたかゆき）。

悪友が病院にお見舞いにやってきた。若者のノリで、外泊許可をとり、夜遊びに行こうということになった。

みんなに心配かけないように、自分は元気だというところを見せ楽観させたかった。

抗がん剤治療をしていた彼は、副作用で頭がつるつるだった。お店では、帽子はかぶったままだった。帽子のわけを尋ねられたら「ケガをしたから」と言うつもりだった。だが、風俗店の女性がぽつりと言った。

「がんなんでしょ」

突然、頭を殴られた気がした。そして、彼は号泣した。

この女性は元看護師で、子宮がんにかかり、摘出術を受けていた。手術の痕も見せてくれた。

「手術を受けて7年、私はこんなに元気になれたから、あなたも必ず元気になれるわよ」

彼は再び泣きながら、絶対生きようと思った。

その後、14年間生きぬいている。

こんな話を、ぼくはある週刊誌に書いた。それがインターネットのニュースとして配信された。そのニュースが、メキシコ在住の日本人女性の目に留まる。彼女の母親は、末期がんで余命3か月と宣告された直後だった。

彼女はすぐにネットで、杉浦君のことを調べはじめる。偶然にも、お母さんが住んでいる町の近くで、翌日、杉浦君がトーク&コンサートをすることがわかった。

杉浦君は「シンガー・ソング・ランナー」なんていうワケのワカラナイ肩書を名乗っていた。歌ったり、マラソンを走ったりしながら、がんに負けない生き方を周囲に訴えていた。

お母さんが彼のイベントを訪ねたのは、余命宣告を受けた2日後だった。このお母さんも楽観的な人だ。娘に言われて、すぐに行くのがいい。

「何とかなるかもしれない」楽観力がわいてきた。思わず、がんに負けないでホノルルマラソンを走るという杉浦君の呼びかけに、自分も参加したいと、軽い返事をした。楽観に対し、楽観のお返しだ。

お母さんは、走る練習をはじめ、12月のホノルルマラソンに、ご主人にエスコートされながら出場。メキシコから飛んできた娘さんの声援や、ほかのがんの患者さんたちとの励まし合いのなか、10キロを完走した。

お母さんは、「次も必ず走りたい、今度はフルマラソンで」と意気込んでいる。

絶望をはねかえす楽観力。あっぱれ!

長生きのマナー

福岡伸一

長生きするには人生を支えてくれるよき伴侶が必要です。

17世紀、オランダはデルフトの人アントニ・レーウェンフックは、小さな金属板にレンズをはめ込み、顕微鏡を自作しました。現在の顕微鏡とは似ても似つかぬ粗末なものでしたが、倍率は300倍近くもありました。レンズの磨き方に秘密があり、精度の高い球面を作り出したのです。

この顕微鏡を使って、彼は水たまりの水を覗いてみました。すると、透明にしか見えなかった水中に、様々な奇妙な形をした、色とりどりの小さな生き物が、光りながら自由自在に泳ぎ回っていたのです。人間が、「微生物」を発見した瞬間でした。彼は、これをアニマルキュール（小さな生命体）と名づけ、ひとつひとつを詳細に記録しました。

レーウェンフックは学者ではありません。毛織物商の息子として生まれ、のちにデルフト市の下級職員になりました。顕微鏡の作製と観察は、余暇を利用した、純粋な趣味として行われたものでした。

彼がいつ顕微鏡に目覚めたのか定かではありません。1632年生まれの彼が、記録をつけはじめたのは40歳を超えたころです。彼は何台も何台も顕微鏡を作製しては改良し、ありとあらゆるものを覗いていきました。血液中に血球を発見し、精液中に精子を見つけ、それが生命の種であることに気づきました。

評判を伝え聞いた英国の科学者が、観察結果を手紙で書き送るように頼みました。レーウェンフックは最初、この依頼をすげなく断りました。自分は学者ではないし、ラテン語もできないし（これは教養の証しでした）、他人からあれこれ批判を受けたくないという理由でした。しかし依頼は再三にわたり、とうとう彼は折れて、観察記録を送りました。ところが、いったん始まると、記録は怒濤のごとき勢いで送られ始めたのでした。

彼は英国からの依頼が、跳び上がるほど嬉しかったのです。しかし同時に、躊躇したのです。これは典型的なアマチュアの心です。プロに対する素人、という謂いではありません。言葉の本当の意味におけるアマチュアとはアマトゥールです。アマンとは愛。何かを好きになり、それがずっと好きであり続けられる人。アマチュアは自分の愛を自分だけで秘匿しておきたい一方で、自慢したくてしかたがないのです。

レーウェンフックは顕微鏡観察を続け、90歳まで生き、200報もの手稿を送りました。それは現在、英国の王立協会の図書館にそっと保存されています。それがゆえに現在、私たちはレーウェンフックを顕微鏡学の始祖として知っているのです。

私は、アマチュアの心こそが長い人生を送るうえで大切なことだと思うのです。何かを好きであることが、ずっとその人を支え続けると。

キラキラのマナー

乃南アサ

　習い事が嫌いな私だが、学生時代に一年間だけ「ビーズフラワー」なるものを習ったことがある。親の仕事の関係で、義理を立てるために「送り込まれた」格好だったが、存外機嫌良く、毎週教室に通った。

　色も形も様々なビーズをステンレスワイヤーに通して花弁や葉の一枚一枚を作り、最後にそれをまとめ上げて表情をつけると、キラキラと輝く美しい花が出来上がる。だがビーズフラワーには難点があった。何しろ大量のガラスビーズを使い、それをステンレスワイヤーでつないで「みっちり」作るだけに、ひどく重たいのだ。ことに花の部分は頭でっかちになって、花器に活けてもひっくり返った。そのせいもあってか、あまり流行らなかったようだ。バブル景気のずっと前の話である。

　時を経て、手作りのビーズアクセサリーが爆発的に流行ったのは、かれこれ十年ほど前になるだろうか。私もスワロフスキービーズで作られた携帯電話のキラキラストラップを人からもらってしばらくの間つけていた。

　その後、キラキラは携帯電話そのものやネイルアートなどの世界にも進出していく。さらに私の印象では、そうして身の回りにキラキラが溢れ始めたのと似た時期から、街にもキラキラが増えていき、場所によっては一年中キラキラし始めたような気がする。昨年の東日本大震災の後でさえ、自粛と連呼しながらも、キラキラは完璧に絶えることはなかった。

ことに今の時期はキラキラのオンパレード。ついこの間までクールビズ姿だったサラリーマンが、ようやくネクタイ姿で歩くようになったと思ったら、もう冬支度というわけです。そりゃあ確かにキラキラは綺麗だ。私も大好き。それなのに、何かしら違和感を抱いてしまう。こんなにも無節操に年がら年中キラキラしていていいのかしら。

暗闇の中を進み続けて、初めて光を見つけたときの喜びを経験したことがある。貧しい国を旅していて、闇夜に月が昇ったときの、神々しいまでの明るさに息を呑んだこともある。あの心が震えるような喜びや感動は、闇を知り、闇に怯えた経験のあるものにしか分からないだろう。

毎日キラキラに包まれて過ごしていては、そんな経験は出来ない。いや、むしろ感覚は鈍磨して不感症になっていくばかり。だから街はさらに刺激を求めてキラキラを増やさざるを得なくなるのだ。

闇を知ればキラキラの意味も変わる。地味で味気ない日々に耐えているからこそ、手のひらにのるキラキラが愛おしい。闇雲にキラキラばかりを追い求めては、結局、頭でっかちになって花瓶に活けられないビーズフラワーのようなことにならないだろうか。最近それを心配している。

長寿のマナー

鎌田實

2010年に都道府県別の平均寿命ランキングで、長野県が男女ともに日本一となった。単純な寿命の長さだけでなく、何種類かある健康寿命のなかで、生活が自立している期間の平均を示す「健康寿命」も1位。がんの年齢調整死亡率でも、がん死が最も少ない県。健康三冠王として脚光を浴びた。

ぼくのところへも取材が殺到したので、その原動力となった「住民の力」について説明した。ぼくが気がかりなのは、三冠王の詳細理由について、世間にいったいどこまで伝わったのかということだ。

2000年に、沖縄の男性の長寿ランキングが4位から26位に転落した時のことを思い出した。26(ニロク)ショックと言う新語まで登場した。当時はその理由についていろんな議論があった。肉の摂取量が多くなり、野菜が減って、肥満が多くなったため……などなど。だが、今では議論の中身はほとんど忘れ去られ、人々はランキングだけを記憶にとどめているのではないか。

さて、1965年ごろの長野県は日本一脳卒中が多く、不健康で、早死にだった。それが健康長寿になったのには、「住民の力」が大きい。

長野県には保健補導員というボランティア組織がある。名前がすごい。不健康な人は補導されてしまいそう。もちろん、これは冗談。ぼくの住む人口5万7000人の茅野市には、なんと1万人ちかい保健補導員の経験者がいる。

また、「ショッカイ」さんと住民から呼ばれている人たちがいる。食生活改善推進員だ。この人たちが、村々で健康にいい料理教室を開いて歩いた。これらのボランティアと、医師と保健師とが一体になって、健康づくり運動をすすめてきた。

彼女たちは減塩運動をすすめ、野菜の大切さを訴えた。今では長野県は日本一野菜を食べる県になった。

沖縄は再度、長寿王国に戻れるか、とも聞かれた。沖縄は「だし」文化がすごい。昆布だ。今も日本一塩分の摂取量が少ない。これは魅力的。野菜と魚を中心にした伝統的な食生活に戻し、肥満に注意すれば、長寿王国復活は十分あり得ると答えた。

今回、平均寿命が男女ともに一番短かった青森県にもそれは言えることだ。青森は野菜も魚もおいしい。健康長寿県への道は開かれているのではないか。

勝負は「住民力」だ。そこに住む人々がその気になって、自ら実践するかどうかが問われている。

長生きランキングの順位は大事ではあるが、数字だけ覚えていても仕方がない。順位発表は、上位の都道府県のいい点を詳細に知る機会になればいい。そしてそれを、みんなで学びあう競争をマナーとして提唱したい。日本全体の健康力をアップするのが大事。世界一の健康な国を誇りにしたいものだ。

天寿のマナー

荻野アンナ

働き者の祖母は、ふとした風邪が原因で、「畳の上で大往生」した。今から30年ほど前の85歳は、天寿を全うした感があった。

現在なら、急変した病人は、あっと言う間に病院に運ばれ、救急医療で一命をとりとめる。うちの父親がソレで、ここ1年は、いわゆる寝たきり。栄養は点滴に頼っている。

先日、回診の医師が「いや〜スゴイ」を連発していた。年を越せないはずが、すでに花香る季節となり、それでも父は低め安定で渾身の呼吸をしている。

うるさいほどお喋りの父が、赤ちゃん並みの「う〜、あ〜」になるまでの、いわば「逆成長」を私はつぶさに見てきた。そして理解した。今や天寿を全うするためには、神まかせではダメ。人間側にある程度の決定権がある。

父の場合は話が簡単だった。とにかく生きたい人なのである。人類が滅びて1人取り残されたとしても、そこに1本の花があれば満足して暮らせるタイプだ。

人生という学校の最終学年では、選択肢が複数用意されている。

「もう口から食べられません。卒業しますか、残りますか」

残留組は胃瘻(いろう)を作り、胃に通したパイプから栄養を入れる。

「胃瘻の中身が逆流するので使えなくなりました。卒業しますか、残りますか」

残留組は胸にCVポートを埋め込み、中心静脈栄養になる。いわゆる高カロリーの点滴である。

後は点滴で行けるところまで行く、が現在の限界だ。卒業の際、最後の選択として人工透析や人工呼吸器もあるが、幸いというか、うちの父の場合はそれだけの体力が残っておらず、家族が選択に悩まなくてすむ。

週刊誌で医師が対談し、過剰な延命治療に警鐘を鳴らしていた。胃瘻や呼吸器を拒否する「尊厳死の意思表示カード」がすでに存在するらしい。高度医療の可能性を前にした自己決定こそ人間のマナー、という点は大いに参考になった。

確かに口で味わうのは大切である。しかし味覚を失った父には視覚、嗅覚、聴覚、触覚が残っている。美女と花を愛で、音楽とアロマになごみ、さすれば喜んだ。

すでに目と鼻は怪しくなったが、今でも声には反応している（ような気がする）。さすると反応が良くなる（ような気もする）。

この状態で全身全霊をかけて呼吸を続ける姿に、周囲はなんだか圧倒されている。人間は、呼吸だけでも人を感動させることができる、とこの歳にして知った。

そういう例を踏まえた上で、選ぶのはあなたであり私だ。とりあえず父が卒業するまでは、私に卒業の選択肢はナイ。

臨終のマナー

鎌田實

12年前まで病院長をしていた。地域のつながりを大事にしていたので、自分がかかわった患者さんが亡くなると葬儀に参列した。

立派そうに見えるだけで、葬儀社の台本通りで退屈な葬儀が多かった。お経が長く、足がしびれた。死んだ方の魅力が見えてこない葬儀は失格と思った。

たくさんの葬儀を経験してきて、自分が旅立つ日は自分流にしたいと思い、お経は5分以内と遺言に書いた。

葬儀の後の精進おとしに、月並みなのは嫌い。最後のおもてなしだから、ぼくの好きだったものを出してもらいたい。ナマステのカレー、ピーターのステーキ、みつ山のすし、登美（とみ）のそば、シェフに来てもらってできたての形で出したい。音楽はジャズの坂田明（さかたあきら）のサックスで「家路」がいい。お母さんのお腹に胎内回帰する気分になりそう。このことは住職によくお願いしておいた。葬式は人生のしめくくり。個性的でいいと思っている。葬儀にとって大事なのは納得なのだ。

最近、迷いがしょうじている。人生の終わり方はもっと簡潔でいいと思い出した。散骨して、葬儀もしなくていいと考え悩んでいる。しばらく悩むことにした。

こうやって葬儀の事を考えていたら、その前の死に方も考えておく必要があることに気がついた。弱くなって助かる見込みがないのなら、人工呼吸器や胃ろうは置かないこと、と周りの人たちに伝えた。ここは忘れてはいけないところだ。葬式も大事だが、式の前にできるだけ安らかで、満足しながら死んでいきたい。

ここまで考えたら、その後のことも忘れないようにしたい。お別れの礼状も自分で書いておくことにした。

たくさんの人に迷惑をかけてきたので、自分の言葉でお礼を言ってあの世に逝く。

〈知らないうちに死んじゃいました。お世話になったあなたにそろそろ死にますと声をかけられなかったのは、心残りです。面と向かって君から、「死なないで」なんて言ってもらいたかったのに、そんな機会をつくれず残念です。

生前、わがままなぼくを支えていただいたこと、厚く厚く感謝します。

あの世に行きます。あの世でぼくはあなたのことを待っていません。

あなたはあなたで1回限りのこの世を、楽しく精一杯お過ごしください。ぼくはあの世で楽しくやっていると思います。サンキュー。グッドバイ。鎌田實〉

悲しい別れにしたくない。ちょっと笑ってもらいたい。これがぼくの人生のしまい方。

死のことは縁起でもないと考えないようにしている日本人は多いが、一度、死のことを考えておくといい。いつかどうせ死ぬのなら、しがらみなんか気にせず、自由に生きようなんて思えるかもしれない。死を考えると、不思議なことに、かえって生が充実してくるのだ。

お悔やみのマナー

荻野アンナ

お悔やみを言うのは難しい。言われる立場で特に痛感する。

95歳の父が天寿を全うした翌週のこと。通夜をひかえた私は、大学のキャンパス内で黒服だった。女子学生とおしゃべりをしながらエレベーターを待っていたら、背中に声がかかった。振り向いた私も、声をかけた教授も、凍りついた。相手の沈痛な表情にふさわしくない大笑いを、私はしていたのである。

この瞬間、私はアルベール・カミュの名作『異邦人』について語る権利を手に入れた、と思った。『異邦人』の主人公は若いサラリーマン。老人ホームから、彼の母の死亡通知が来る。通夜の夜、彼は勧められるままに煙草を吸い、カフェオレを飲んだ。葬儀の翌日、デートをして喜劇映画で笑った。

その後、彼はつまらない成り行きで人を殺す。彼が裁判で糾弾されるのは、殺人そのものよりも、母の通夜でカフェオレを飲み煙草を吸った男、葬儀で泣かなかった男、すぐにデートをして喜劇を観た男としてである。彼には死刑の判決が下る。

近しい人の死は、日常に亀裂を入れる。裂け目から非日常（死）が顔を出す。死は強く、人間は非力だ。だから亀裂に各種のテープを貼りまくってその場をしのぐ。

いちばん強力なテープは葬式を始めとする儀式だ。そんなテープのひとつとして、お悔やみも存在する。

「このたびは……」

たいていは後が続かなくなり、頭を下げる。

そのまま目礼して去る。あるいは「大変でしたね」を付け加える。

「ご愁傷さまでした」は意外と少なかった。正統派すぎて、かえってドラマのセリフっぽいのかも。

いかなるときも平常心でありたい、と思っている。平常心のつもりで力み過ぎ、喪の最初の数日は、日常と非日常のごた混ぜになった。

フツーに働き、飯を食い、排泄し、冗談を言う。むしろ「葬式躁病」でテンションが上がり、言動が派手になっていたようだ。

それでも「今の私はフツーじゃない」と思い知らされる瞬間が散在した。

歯磨きを始めたとたん、異様な味にオエッときた。歯ブラシに付いていたのは美白クリームだった。

このネタは話すとウケたが、自分の動揺ぶりを思い知らされ、実は笑えなかった。

初七日は良く出来たシステムだ。お悔やみにたじろがず応えられるようになるのに、ちょうど1週間かかった。

「このたびは……」

言葉をかけた相手が悲痛な顔で涙を流すとは限らない。笑ってカフェオレを飲んでいても、「まだ受け入れられないのだな」と温かく見守れる悔やみ人に、私はなりたい。

平服のマナー

竹内久美子

2009年11月に亡くなった日本の動物行動学の草分け、日高敏隆(ひだかとしたか)先生は、私にとって最大の恩人であり、先生に出合わなかったら、ここに文章を寄せられる立場にはならなかっただろうから。

先生のお別れ会は2月の初旬、京都のホテルで行われた。案内状には「平服」でお越し下さいと、ある。

「平服」……。世間知らずの私でも、「平服」が普段着ではないことくらいは知っている。でも、どの程度が平服なのだろう?

調べてみると、ホテルでのお別れ会ではお葬式みたいに全身真っ黒はダメで、男性はダークスーツ、女性もダークな、スーツ系の装いでアクセサリー類はなるべく控える、のだそう。

しかし、問題は他でもない、日高先生のお別れ会ということだ。先生以外の人のお別れ会なら、私だって多少はルールに従う。でも先生の口癖はこうだった。

「いいか、絶対に型にはまるなよ」

先生自身、よほどの場合でない限り(かつての文部省を訪問するとか)、ネクタイを拒否していた。

代わりにしていたのが、ペンダントである。退職した男性などがつける、中途半端の極み

（と言っては失礼かもしれないが）、ループタイではない。ペンダントだ。

飾りの部分は、昆虫であることが多く、特にスカラベ（フンコロガシ）がお気に入りだった。

そんなわけで私は考えに考え、少しはずす作戦に出た。

上はスーツみたいな襟のついた黒のカーディガン、中には明るい青紫色のタートルネック、下は黒のパンツと普段ははかないコイン・ローファー。靴下は赤かピンクにしようとしたが、分厚い物しかなかったので断念。渋めにした。

会場に着くと、出版社関係者や偉い人たちは想像通り、ルール通りだった。が、弟子たちはと言えば……。

「先生が喜ぶ格好にした」と、ワンピースは地味ながらアクセサリーをいっぱいつけたIさん。

山男のK君はチェック柄のジャケットとパンツ。

弟子ではないが、研究者のS氏はラフなジャケットにジーパン（彼は平服を本当に普段着と思っているのかも？）。

そして私が最もチェックしたかった、超オシャレ人間のS君（れっきとした大学教授である）。

彼は何とカーディガン（私のように襟はついていない）にラフなパンツ、オシャレな革の靴。とどめにまっ赤な靴下を見せてくれた。

「だって平服って書いてあったでしょ」

お別れ会の平服は、故人が最も喜ぶ格好をすべし。中途半端はダメ！

成仏のマナー

荻野アンナ

私は墓地が好き。山手の外国人墓地の近くに住んでいる。洋風の墓石はプレート式、写真付き、彫像と多様なデザインが目を楽しませる。しかしお寺さんの、卒塔婆が林立する景色にも、魂のふるさとを感じる。

外国人墓地に隣接する教会墓地が、現在の父の住まいだ。白い瀟洒な納骨堂は、派手好きの本人も気に入っているはず。通勤の道すがら、納骨堂の白が視野に入ると、「やあ、父ちゃん」と心で挨拶している。

私にとって、父は「成仏」しているから、気楽に声がかけられる。ところが母のほうは、夫婦生活60年の怨念をいまだに引きずっており、無駄に（というのは私の感想だが）父の影におびえ暮らしている。

本題に入る前に、ひとつ断っておかねばならない。「成仏」という単語を、私は仏教の専門知識なしに、常識の範囲で用いている。父のカトリックと、母の禅宗の「ハーフ」である私は、宗教にこだわりがない、という点で典型的な日本人だ。

そんな私に「成仏」の仕組みを教えてくれたのは、父の死をめぐる母の葛藤だった。

人間、誰でも心の中に天使ちゃんと悪魔くんを飼っている。天使の微笑みで母をナンパした父は、結婚し、子どもが生まれたとたん、悪魔化した。

「飲む・打つ・買う」の「打つ」が無かったのは幸いだった。そのぶん母は怒鳴られっぱなしで、一度は首を絞められた。画家の母がキャリアを積み、やがて「先生」と呼ばれるようになって、父には男の嫉妬があった、と今にして思う。

幼少のあだ名が「怒り虫」だった父は、こうして私生活のほとんどを怒り暮らして晩年を迎えた。

最後の一年は寝たきりとなり、肺炎で苦しみ抜いた。その間に性格のトゲもアクも抜け落ちて、最後はかわいい天使ちゃんに戻った。

残念なことに、母は父の変化を存分に確認できなかった。自身が要介護3で、父を見舞う体力がなかったのである。

逝かれた直後から、母の胸の奥で父が甦った。父は死んだのに、母は生きている。それで父が怒っている、と母は主張する。

賢明な読者には、もうお分かりだろう。成仏できないのは、父本人ではなく、母の中の父の記憶なのだ。記憶は残る。しかし振り向かない、という選択はできる。

恨んでいても、怨念を背負ったうえで、前を向くのが「成仏」のマナーだ。

母もようやく落ち着いてきた。「お父さんに負けてたまるか」と、対決モードは相変わらずだ。死人より生きている人間がコワい、と書こうものなら、母に張り倒されそうだが。

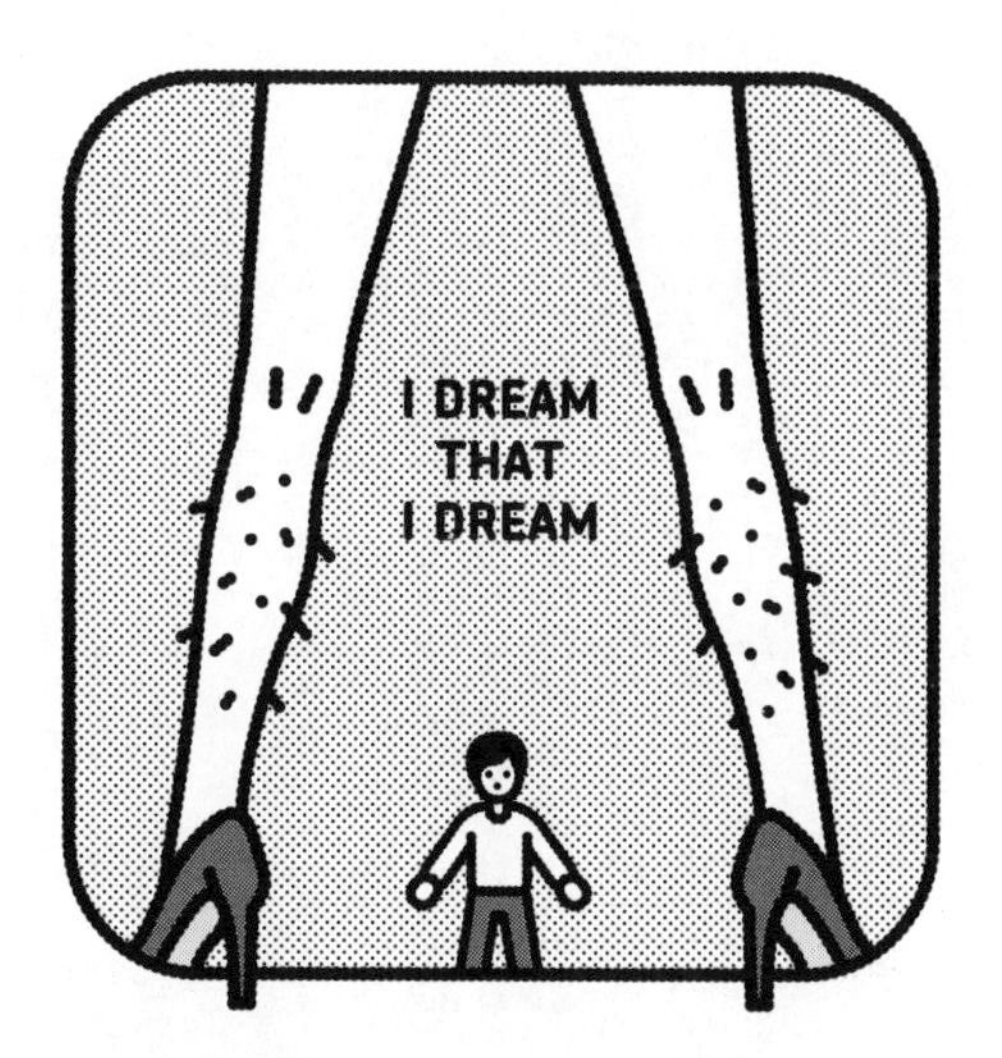

忘れんぼう とマナー

探しもののマナー

荻野アンナ

探しものはなんですか？

井上陽水の名曲「夢の中へ」を地でいく生活を送っている。「カバンの中もつくえの中も／探したけれど見つからない」のはいつものこと。

探す物件は多岐にわたる。遠近両用メガネを使用するようになって、メガネをかけたままメガネを探す、という古典的なギャグが日常になった。

資料が出てこない、必要な書類も、着たい服も、調味料も、携帯も、ここぞというときに姿をかき消す。自宅の電話から自分の携帯にかけて、ありかを突き止める、というのを2日に1度はやっている。せっかく見つけた携帯を、忘れて外出する。

原因はわかっている。私は筋金入りの「片付けられない女」なのだ。同類の友人と同病相哀れんでいて、ひとつのことに気づいた。

「なぜ片付けられない男、って言わないのかしら？」

「女だけ言われるって、差別だよね」

例えば作家の坂口安吾。長い間掃除をしていない紙クズだらけの部屋で、シャツ一丁でカメラを睨む有名な写真がある。カッコいい、と読者は思う。

中年女の作家が同じことをしたら、顰蹙を買うだけ、という確信がある。だから私は自分の部屋を人目にさらすことは絶対にしない。

私の場合、部屋全体がジャングルなのは当然として、冷蔵庫、クローゼットなど、収納スペースの各々が個別にジャングル化している。

これも原因ははっきりしている。日本語には「縦のものを横にもしない」という表現がある。しかし、こと片付けに関しては、横のものを縦に、が原則なのである。

受け取ったFAXを、用件ごとにファイルに入れて棚に収納すれば散逸しない。そうと知っているにもかかわらず、目を通したり通さなかったりした書類を、無造作に机や印刷機や床の上に放り出してしまう。

本も雑誌も授業のプリントもセーターも手袋も、なんでもかんでも平面上に投げ出し、いつのまにか積もっていく。

積もった山の斜面にモノを重ね、その上に無意識のうちにメガネを置いたりする。さんざん探したメガネを見つけ、取り上げたとたん、衝撃で雪崩が発生し、頭をかきむしる。

井上陽水は「夢の中へ」行くことを勧めるが、現実だけで充分に悪夢である。

多忙で整理ができないのか、整理をしたくないから仕事に逃げるのか。自分でも分からずに、「探しもののマナー」について書いている。屁理屈を書く暇に、とっとと横のものを縦にしろ、以外にマナーはないだろう。

追憶のマナー

乃南アサ

午前から外出して用事をいくつか済ませたある日、夕方の約束まで数時間の空白が生まれた。取りあえず約束の場所近くまで行っていようと電車に乗って、ふと思いついた。

昔、住んでいた町へ行ってみようか。

同じ沿線の少し先に、子ども時代から二十歳頃まで住んでいたのだ。今、あの駅前の風景はどうなって、家までの道は、どんな風に変わっただろう。思いついたら、意外と決断は早い。私は予定の駅で降りずに、そのままゴトゴトと電車に揺られ続けた。

そうして懐かしいはずの駅に降り立ったときの気分を、どう表現すればいいだろう。

「うぇぇ〜！」

ひと言で表現するなら、そんな感じだった。

以前は田舎っぽい小さな駅だった。それが、駅そのものも多少は大きくなり、スーパーマーケットも併設されて、駅前にはファストフード店も出来ている。その様変わりした部分には目をみはるべきだった。だが、全体として妙に雑多で落ち着かない感じに、私は呆然となった。

歩き始めると、確かに見覚えのある商店や古い建物が、そこここに点在している。道路そのものは道幅に至るまでまったく変わっていなかった。そこに「とってつけたよう」な印象で、新しい建物がまったく無秩序かつ無節操、無計画に建ち並んでいた。

何ていうことになってしまったんだろう。

以前は柿畑や竹やぶ、広葉樹の繁る雑木林などが、点在する家々の空間を埋めている地域だった。幹線道路から一歩でも入れば、そこから先は急な坂道になるが、それらの景色を眺めることで、きつい上り坂でも気を紛らすことが出来た。だが、今となっては驚くほど道幅が狭く感じられる急坂の両脇はひな壇のようにびっしりとアパートやマンションが建つばかり。

ようやく自分の家があった界隈に着くと、今度は違う意味で「うぇぇ〜」となった。やはり道だけは変わっていないのだが、そのすべてが、いずれも右か左にたわんでいるではないか。坂道は坂道でも路面が水平に伸びていないというのは珍しい。だから家並みまでもが、奇妙な傾斜地にへばりついているようにしか見えなかった。住んでいたときにはまったく気付かなかったが、ヘンだ、すごく。

下町ではないから、人々が積み上げてきた情緒や雰囲気があるわけでもない。ただひたすら歪んだ道沿いに家々がひしめき合って、息が詰まるような空気。ずっとここに住んでいたら、今ごろはどうなっていただろうかと薄ら寒い気持ちになった。

行かなければよかったのか、いや、見ておくべきだったのか、何日が過ぎてもずっと考えている。

追憶に浸るのって難しい。

夢のマナー

綿矢りさ

夢は不思議で、覚えている人もいない人もいるが、みんな毎晩かならず見ているものだという。私はよく覚えているタイプで、長い年数をかけて、架空の町内や大型ショッピング施設などに通ったりしている。夢の断片を思い出しながらその場所を図面化したら、どちらもけっこう範囲の広い、詳細な地図ができた。まるでもう一つの人生を生きているようだなと、不思議な気持ちになる。

普通の生活を送っているときと、なにか特別なことがあったときとは、見る夢が全然違うのでおもしろい。

小説の仕事をしてまもなくのころ、変な夢ばかり見た。インタビューしてもらえる機会があると、趣味などを質問されることが多かったのだが、その場合はピアノを弾くことだとよく答えていた。でも弾くは弾くけど特に巧くもないから、そう答えつつも後ろ暗かった。

そのせいか、夢の中の私は、武道館の舞台の袖で、ロックバンドのキーボードを担当していた。大きな歓声、拍手、ああ私は小説だけ書いてればよかったのに、こんな音楽系の仕事も調子にのって引き受けちゃって、絶対できないよ、どうしよう……。緊張で失神しそうになっているところを、スタッフに呼ばれて、死ぬ気で舞台へ歩いてゆく。ところで目が覚める。起きると、当然どっと疲れている。

もう一つは、薄暗くて広い、トンネルのような本屋に入るが、どこまでが店舗か分からず、本を持ったまま歩いてるうちに外に出てしまい、万引き犯として警察に捕まる。取り調べをされ、私はなんとか難なくやり過ごしたいのだが、警察官が「あれ、こいつそういえば新聞で見たぞ」と気付き、スタンドライトを手に持って、顔に近づけてくる。絶体絶命、本を書いている人間が、本を盗むなんて……。目の眩むスタンドライトの光のなか、目が覚める。妙にリアルで、起きたあとも心臓がドキドキしていた。

人間は人生のうち、寝ている時間に多くを割いていて、それでも完全に休まず夢を見ているのは、現実の整理を行っているのかもしれない。脳のメンテナンスが夢なのだとしたら、たとえ悪夢でも現実での耐えきれない重荷をなんとか受け入れるために整理してるんだ、いじらしい、と思って受け入れた方が良い。

最近、夢と枕の関係は深いのではないかと思っている。昨夜と同じ枕に頭を置いたとたん、忘れていた夢の内容を思い出すことが多いからだ。枕に漂っている、夢の残滓を嗅いでいる。

旅行先に枕を持っていく外国人のエピソードに笑ったことがあったが、できるだけ同じ枕で眠るのは、寝つきが良い以外にも睡眠中の脳を混乱させないのに良い方法なのかもしれない。

子供っぽさのマナー

福岡伸一

この夏、取材でロシアを旅した。ロシアは初めてだったが市民のひとなつっこさに驚かされた。おばさんがいきなり道を訊ねてくる。レストランでは、隣のテーブルのおじさんがウォッカの瓶を片手に露日友好を語りかけてくる。言葉や文字の解らなさにもかえって不思議な好感が湧いた。たとえば村上春樹は、Харуки Мураками。書店に平積みされていた。

さて旅の目的は、シベリアの真ん中にあるノヴォシビルスクという街。長らくロシアの科学研究は西側には伝わらなかった。しかし非常に面白い研究が進められていたのだ。キツネを家畜化する計画。野生のキツネは人間を警戒し、威嚇攻撃をしかけてくる。さもなければ逃げる。ところがまれに人間を恐れず、むしろ近寄ってくるものがいる。そういうキツネを選抜し交配を続けるとわずか50年ほどで、生まれつきすっかり人間になつくキツネが得られた。

人を見ると尻尾をふり、なでるとごろりと横になり、甘噛みをし、抱き上げると鼻を押しつけてくる。飼い犬同然かそれ以上である。興味深いのは、そんなキツネには共通する外見的特徴があるという事実だ。尾が巻く。耳が垂れる。毛皮に白い斑紋が現れる。鼻先が短くなる。これはひとことでいえば「子供っぽさ」を残しているということ。なぜ、子供っぽさが人間になれるという性質と共存するのか。

ネオテニーという生物学用語がある。幼形成熟。外見的な形態や行動のパターンに幼体の特徴を残したまま、動物が成熟することを指す。

ネオテニーは外見以上に、意外な特性を生物に賦与する。子供の期間が延びるということは、それだけ柔軟性に富み、好奇心に満ち、探索行動が長続きするということ。一方で、性成熟が遅いことは攻撃よりも接近することを、闘争するよりも遊ぶことを優先させる。つまり学びと習熟の時間をたっぷり与えることになる。キツネは文字通り、天真爛漫なまま人間のことを学んだのだ。

実は、人間自身がサルのネオテニーとして進化したという仮説がある。体毛が少なく、顔が平らなサルの子供はヒトに似ている。ホルモン分泌の変化などがその子供時代を延長した。その結果、何が起こったか。知性の発達に大きな力を貸したのだ。

大人は子供に対し「早く大人になれ」という。外国映画でも未練がましい男に女が投げつける決まり文句は、「grow up!」である。

でもちょっと考えた方がよい。大人は忘れてしまったのだ。私たち生物にとって子供時代こそが、想像力の射程をのばし、光と闇のコントラストを教え、喜びと悲しみの深さを示し、美しさが何かを与える揺籃期としてあったことを。子供っぽさはそのままでよいのである。
※NEOTENY＝ネオテニー（幼形成熟）

忘れ？ないマナー

鎌田實

東日本大震災から3年が過ぎた。1月に岩手県の宮古市や陸前高田市の仮設住宅を訪ねた。陸前高田市では、津波が襲った地域が、がれき撤去とともに、寒々しい裸地になっている。仮設住宅から毎日、この光景を見ている人たちはどんな思いがするか。想像するとつらくなる。

2月になって、福島県郡山市、宮城県石巻市へボランティアに行ってきた。兄弟、家族を含めると9人を亡くした人がいた。毎日、位牌に手を合わせている。

小さなお子さん2人と奥さんを津波で亡くした男性は、「1人っきりでさびしい。3年たってさびしさは増している」と孤独感を深める。

津波で夫と家とを流された40代の女性は、今も時折、突然、体が震えだし、パニック障害に襲われるという。

福島では若い女の子から「将来、結婚できるの」「子どもは産んでいいの」「私たちの未来を保障してほしい」と、不安を打ち明けられた。

3年たっても、まだ多くの人が不安と悲しみのなかにいる。

南相馬市の仮設住宅で、1人で生活しているオヤジさんがいた。オヤジさんの言葉に、ぼくは胸が痛くなった。

「震災直後は『絆』なんて言葉が流行った。日本中の人とつながっていることがうれしくて、この言葉に生きる力をもらった。でも、3年たって、みんな忘れてしまったみたいだ。絆なんて言葉を使わないでくれりゃあよかった。今はあの言葉に、はしゃいでしまった自分がさびしくなる」

3年たったから、もうだいじょうぶなんて思わないほうがいい。「絆」という言葉は、2011年の流行語大賞に入賞したが、単なる流行語で終わらせてしまってはいけない。3年たった2014年も、東北のことを忘れずにいることが大事なのだ。

ぼくは毎年、障がいのある人、病気のある人に呼びかけて、東北応援ツアーを行っている。昨年は330名、2泊3日で会津を訪ねた。

今年の秋は福島から山形へ行く。9月16日から3日間のツアーを企画している。

参加者は、東北の食や文化、あたたかい人たちに触れて、楽しむだけではない。障がいや病があっても、東北を応援できるのだという思いが、自分自身の力になっているのだ。

東北への応援の仕方は、人それぞれでいいと思う。観光に行くのもいいし、インターネットなどで、おとりよせをしてもいい。東北の海産物やお酒、お菓子には魅力的なものが多い。

年1回でも、みんなが東北とかかわれば、経済も救われるだろう。それが3年前、「絆」という言葉を流行らせた1人1人の責任だと思う。大事なことは忘れないようしたいものだ。

気まずさを濁すマナー

人間関係のマナー

東直子

童話「眠り姫」を読んだとき、生まれたばかりの王女に「糸紡(つむ)ぎの針に刺さって死ぬ」という恐ろしい呪いをある魔女がかけたその理由に、とても驚いた。魔女は、王女の誕生祝いのパーティーに招待されなかったことを恨んでこの呪いをかけたのだ。パーティーに呼ぶ、呼ばないは、殺人の動機になるほどなのか、と身震いしてしまった。パーティーというのは、共通の楽しい時間をひととき過ごして、人々がより仲良く、より幸福になるためのものではなかったのか。

子どものとき、お誕生会に誰を呼ぶ？　と母親に聞かれたことから始まって、歓迎会、送別会、新年会、結婚式、新築お披露目会、退官パーティー、還暦祝い、など、人生には様々な会合に関わる人選がつきまとう。そういった事由のある会合だけでなく、たまには食事でもしましょう、とか、今日は○○ちゃんちで遊ぼう、といったカジュアルな集まりもある。

その一つ一つに、誰に声をかけ、誰に声をかけないのか、という問題が必ず生じる。ちょっとしたものでも考え出すときりがなく、胃が変な動きを始めて、苦しい。一方、共通の友達が集まってなにやら楽しいことをしていたのが分かると、自分は誘われなかったのかあ、と、呪いの魔女ほど強くはないにしても、切ない気持ちが生じることは確かである。その切ない気持ちを、自分の考えた人選によって誰かに生じさせてしまうこともあるのだ。

呼ばれなかった者にとって、その会合の存在自体を知らなければ、なにもなかったことと同じである。なにも思わない平和な心が続いたはずなのだ。しかし、ブログやSNSに多数の人が参加し、個人的な動向を逐次報告している昨今、様々な会合の事実が白日のもとにさらされている。世界中に呪いの魔女の心が生まれる種がばらまかれ続けているのだ。人間関係は以前からややこしかったのに、IT革命後、さらにややこしさが増している気がする。さらに最近では、投稿を読んだかどうかが分かる「既読」や、投稿への賛同を促す「イイネ！」といった、アクション通知機能が、人の心を細微に刺激する。

ややこしい。実にややこしい。しかし、実は単純に考えすぎている面もある。人は常に「イイ」かそうでないか、きっぱり二分できる心情を持っているわけではないはず。逡巡し、困惑し、動揺し、あいまいな気持ちを抱えているからこそ、人間関係は豊かで奥深く、繊細に築かれていくものなのではないかな。

誰も呪いの魔女になんかなりたくないし、呪われたくもない。今のところ私が考え得るその絶対的な回避法は、人類全員がすべての会合を取りやめること、なのだが、どうやら難しそうだ。

再会のマナー

酒井順子

四十歳を過ぎた辺りから、「旧友に再会する」ことが多くなってきました。同窓会や、昔の友人たちと久しぶりに集っての食事といった機会が増え、それがまたやけに楽しいのです。もっと若い頃は、結婚、子供、仕事などの面で、同じ立場の人としか話が通じなかったものです。しかし最近は、主婦も働く人も、子育てや仕事に落ち着きが出てきて、互いを理解できるようになってきました。年齢的にも人生の折り返し点となって、過去を振りかえる余裕が出てきたことも、旧友と再会する機会が増えた理由でしょう。

久しぶりに友と再会する時に、まず心がけておきたいこと。それは、「びっくりしない」ということではないかという気がします。相手は、どんな変貌を遂げているかわかりません。つい男友達の激変した頭部を凝視したりしないように、私は平常心を心がける努力をしております。

昨今は、老化方向への変化だけでなく、「明らかに不自然に若返っているのでは？」と思われる人もいるものですが、その手の人に対しても、決してジロジロ見たりしないように努力。

激変しているのは、外見だけではありません。会わないでいる間、それぞれが互いに知らない山だの谷だのを経験しているわけで、その手の山だの谷だのにもいちいちびっくりしないことが、友情のような気がします。

会が和やかに進行するのは、それぞれがちょっとした谷、つまりは不幸を告白できる時でしょう。夫婦の不仲、子供のトラブル、結婚できない等々、それぞれが手持ちの不幸を披露しては皆で慰めあったりすると、「それぞれみんな大変だったのねぇ」ということで、会わなかった期間が一気に埋まるような気持ちに。

そんな和やかな雰囲気に水を注すのは、自らの幸福ばかり語る人なのです。家族自慢、仕事自慢、過去の栄光自慢などが止まらなくなってしまう人がいるものですが、その手の人はかえって、「ここでこれほど自慢をせずにはいられないとは、何か満たされない気分を抱えているせいでは?」と周囲に思わせるもの。

旧友に会うということは、故郷に帰るようなものなのかもしれません。故郷に帰ってみたら、昔と変わらないながらもところどころ古びていたりすると、どこかホッとする。対して、昔とは全く様変わりしてギンギンに発展していたりすると、かえって寂しくなったりするものです。

古びていようと発展していようと、そこから離れていた者は、故郷を批判する立場にはありません。同じように、誰がどれほど変化していようと、黙って受けとめ合う包容力こそ、旧友との再会で求められることなのでしょう。

同窓会のマナー

藤原正彦

　同窓会に出席した。ある年齢に達してからはなるべく出席することにしている。もう何回会えるかな、などと思うようになったからだ。皆もそう考えるらしく、働き盛りの頃は4年に1度だったが大方が退職した今は隔年だ。2年ぶりに会う級友は2年分だけ確実に老けている。私だけが例外的に若々しいのは気が引けるが仕方ない。

　旧友との話はなぜか私の失敗談が多い。廊下で私が砲丸投げをして床にすっぽりと穴を開けたとか、倹約のため学校の帰りにバスの後部バンパーにしがみつき駅まで無賃乗車した、とかだ。こういう話は時を経て歪曲されている。前者は、私が砲丸をうっかり落としてしまっただけで、後者は倹約のためでなくほんの出来心による奇矯な行動に過ぎない。またある者は、私が10メートルもある給水塔の上から友達に小便をかけた、と言ったがこれも歪曲で、梯子をよじ登り上から下を見たら急に尿意を催し、人のいない方へ向かって放尿したのが強風のため旧友の頭に霧状となって降りかかったというだけだ。私のヘマばかりが口の端に上るというのは、ほかの点では完全無欠だったから目立つのだろう。

　中学生の頃、硬派の筆頭だった私は女子と話すことを恥と思い、中2の時に「もう卒業するまで女子とは口をきかない」と公言した。今振り返ると、本当は女子に興味があり過ぎて、何かの拍子に制御不能となり面目を失うことを恐れていたのだと思う。硬派として天下国家を論じ、仲間には常に大言壮語で力み、他校生徒とのいさかいには必ず先頭に立つという私が、女子と話しながら頬を染める訳にはいかないからだ。特にひそかに憧れている子の前で、感動のあまり声を震わせたり目を潤ませたりしたら私の人生はそこまでだ。同窓会にはその意中の人も出席していた。半世紀ぶりに見る彼女は小紋を着こなしすっと伸びた背筋などいまだ往時の魅力を失っていなかった。私は生まれて初めて話しかけた。含羞（がんしゅう）の人であった私もいつの間にかずうずうしくなっていたらしい。「かつてあなたに憧れていたんですが、話しかけることすら出来ませんでした」

彼女は艶然と微笑みながら「あーら。うれしいっ。そうだったんですか。あーあ、もっと早く言って下さったらよかったのに。本当に残念」と言った。

久しぶりの天にも昇る気持ちで帰宅し古女房に得意満面で言った。「僕と彼女は何と相思相愛、互いに秘めた恋心を持っていたようだ」「あなたほどお目出度い人は珍しいわ。そんなに美しいなら彼女、皆に同じことを言っている筈よ」「いいや彼女のつぶらな瞳は真実だった」「お目出度い人はいつも幸せでいいわね」。女房の方が正しいような気がしないでもないが、何と言われようと幸せでいたい。

お久しぶりのマナー

乃南アサ

五、六年に一度くらいしか利用しない駅に降りて、改札口の傍で仕事の電話をかけていたら、隣に立っていた女性が「じっ」とこちらを見ている。気のせいかと思って電話に集中したのだが、振り向くと、やはり見ている。やがて女性はそっと近づいてきて、小声で私の名を呼んだ。
「――え？」

まったく見覚えのない人だった。読者の方だろうか。だが「ため口」だ。ジェスチャーで「ちょっと待って」と伝えて電話を済ませ、改めて向き合うと、彼女は高校時代の同級生だと言った。

「ええっ？」

名乗られて初めて「そういえば」という気になったが、それでも信じられなくて、私は、今度はシゲシゲと相手を見てしまった。

「今、どうしてるの」

「う、ん。まあ、普通よ」

そういえば高校時代からどことなく謎めいて、自分のことは語りたがらない人だったことを思い出した。三十数年ぶりで再会しても、そこは変わっていないようだ。結局、私たちはお互いの連絡先を教えあうこともないまま、別れることになった。その気になれば同窓会名簿でも見ればいいことだ。

味気ないようだが、偶然の再会としてはむしろ上出来だったのではないかと、後になって思った。何しろ、こういう偶然を無邪気に喜んでいられない再会が珍しくないことを経験済みだからだ。

ある時は電車の中での再会だった。懐かしさも手伝って「また会おうね」などと言って別れたら、もう翌日には電話をかけてきた人がいた。そんなに喜んでくれたのかと、つい嬉しくなって待ち合わせの場所に行ってみると、何と宗教の勧誘だった。

同様に、化粧品や高級鍋セット、保険の勧誘だったこともある。すべてが偶然の再会とは限らないが、とにかく「久しぶり」と言って近づいてくる人の中には、そういう目的を持っている人がいる。かなりの数。

悪いというつもりはない。年月は人々を様々に変えていくし、どういう職業についていようと、それも人生だ。皆が必死で生きている。

ただ、残念に思うのだ。純粋に再会を喜んだものにしてみれば、何か裏切られた、または騙されたような気分になってしまう。無論、必要なら買うだろうが、大抵は押しつけられた不快さが残る。つい懐かしいなどと思ったばっかりに、ただの愚か者になったように感じる。その人との思い出さえも薄汚れたと思う。

セールスの仕事などをしている方には覚えておいていただきたい。「懐かしさ」を逆手に取れば、自分も必ず失うものがある。最初から「実はね」と正直になって次の約束を取りつける方が、ずっと近道になる場合も、あるのではないだろうか。

視線のマナー

藤原正彦

電車内の人は、大てい目を閉じたり、本を読んだり、ケータイでメールやゲームをしていたりする。他の乗客と視線の合うのがイヤだからだろう。私もそんな一人だ。年長者を見つめるのは失礼にあたるだろうし、若い男性と視線が合ったらからまれそうだし、美人や若い女性を見つめたら疑われそう、などと思ってしまう。普通のおじさんやおばさんはもともと見る気にならない。子供なら安全というわけでもない。子供好きの私はよく彼等の表情や行動を観察するが、最近は警戒の眼差しで見返されたりすることも多くなった。その点、赤ちゃんは比較的安全と言える。ただし、電車内の赤ちゃんは、私と同程度にヒマを持て余しているらしく、微笑みながら見つめる私を、逆に見つめたまま決して目を離そうとしない。全神経を集中させて私を見る澄んだ瞳に何となく気圧され、大ていは私の方から目をそらす。10秒ほどして、もういいかなと再び目をやると、まだ見つめていたりする。まばたきもせず見る様がなぜかおかしくなって笑ってしまう。そして目を離す。10秒ほどたって、もういいだろうと思いそっと視線を戻すと、まだ必死に見ている。今度は赤ちゃんの異変に気付いた母親と一緒にこちらを見ていたりする。だからいくら可愛らしい赤ちゃんでも、思う存分目で可愛がるわけにもいかない。

他人から見つめられることも最近は多い。「知人かな」と考えていると、どこかで私の写真を見たことがあるのか、電車内や路上で会釈されたりする。私のファンだからだろう、中年以上で教養と品のありそうな人が多い。時にはつかつかとやって来て挨拶したり握手したりするひともいる。知的でいかにも前途有望そうな青年が多い。

アメリカの大学で教えていた頃はこう見えてもよく妙齢の女性に路上で微笑みかけられた。素直で愛くるしく清純そうな人が多かった。日本で女性にとんともてなかったのは、私の顔がアメリカ人向きだったからだと分かった。もっともアメリカ通の友人に話したら「向こうでは自分が敵ではないことを示すために微笑むだけだよ」と冷たいことを言った。「僕への微笑みが真実のものであることは、彼女達のどこかうるんだ瞳から明らかだ」と反論したら、「それは君の瞳が邪念でうるんでいただけだろう」と言った。男の嫉妬は女よりすごい。

大学以外の場所で若い女性に見つめられることは日本では皆無だ。私の顔が日本向きでないから仕方ない。先日、電車の座席でケータイメールを送っていた私が、終えて目を上げると前の座席にいたジーンズに眼鏡の若い女性が、私を凝視していた。「誰だっけな」と私も見つめたので数秒ほど見つめ合うことになった。と彼女は首を振りつつ何かを言いながら視線を落とした。口の動きは「キモーイ」だった。

読書のマナー

酒井順子

なぜ、我々は本にカバーをかけるのか。本屋さんで本を買って、「カバーおかけしますか?」と問われる度に、そのことが何となく気にかかっていたのです。

映画などで、外国人が読書するシーンを見ると、その本にカバーがかかっていることは無いようです。対して日本人は、本のカバーが大好き。

それは、読んでいる本がスレたり汚れたりしないように、という配慮でもあるのです。かつて日本の家庭では、トイレットペーパーホルダーから電話器まで、あらゆるものにカバーがついていたものですが、その「物を大切にする」という精神が本にも及んでいたのでしょう。

しかし電車の中で本を読んでいて、ふと思ったのです。本のカバーには、「私の個人としての裏事情を、不用意に他人様にお見せしてはならない」というたしなみのような意味も、込められているのではないか、と。

カバーなしのむき出しの本を電車の中で読んでいる時、私は少し、恥ずかしいのです。本のタイトルが見えているということは、私が何に興味を持っているか、何を知りたいと思っているかを明らかにしているということでもあります。それは心の中の引き出しを他人様に開陳しているということでもある。

他人の心の中の引き出しなど見たくない、と思う人もいるでしょう。いい大人がエロマンガをニヤニヤと読んでいる姿とか、自己啓発本に没頭している姿を見ると、「見なくてもよかったなぁ」という気になるもの。

我々は、自分のプライバシーを不用意に他人様にお目にかけるのは失礼、という意識を持っているのだと思います。ヨーロッパに行くと、アパートメントの窓のカーテンをあえて閉めず、室内の様子を道行く人に見せるという姿勢があります。が、日本においては、見られたくないしお見せするのもナンだしということで、カーテンはきっちり閉めておくのでした。

何の本を読んでいるかについても、同じなのでしょう。中間管理職は、「部下の心を掌握する方法」を読むところを部下にも上司にも見せたくないし、若い女性は「あなたも一ヵ月で結婚できる」を読むところを、男友達にも女友達にも見せたくない。「お見せするようなことでもありませんので」と心の奥にそっとカーテンをひくように、私たちは本にカバーをするのです。

堂々と本のタイトルを見せながら本を読む人を見ると、胸の谷間を堂々と露出している女性を見るような気分になる私。それは「全く悪いことではないのだけれど、目のやり場に困る」という感覚なわけで、そのいたたまれなさを他人様に与えないために、人は本にカバーをかけるのだなぁと思うのでした。

玄関先のマナー

東直子

自分が子どもだった昭和時代、家にいるとよく誰かが訪ねてきた。つくり過ぎたおかずを配ったり、回覧板を回したりなど、近所の人がふらりと訪ねてくるような、事前連絡なしの訪問の方が多かったように思う。祖父母の田舎の家では、家族ではない人がいきなり縁側から、ごめんなさいよ、などと言いながら上がってくることがあって驚いたものである。

平成も二七年目を迎えた今では、ほとんどの用事はメールですませ、家を誰かが訪ねてくることは滅多になくなった。事前連絡もなしに来る人は、まずいない。私はフリーで仕事をしているので、一日中誰とも会わない日も多い。家の中の私は、とても油断している。家にふいに訪ねて来る人は、宅配の荷物を届けてくれる人くらいである。本や書類など、受け取るべき荷物は頻繁に届く。ドアホンから「宅配便でーす」の声がしたとき、寝巻き姿の時がある。

マンションなので、「他の部屋を回ってから行きますので」というときは、着替える時間があるのだが、ダイレクトに我が家に来てくれるときは、そんな時間もない。カーディガンやショールなどをあわてて羽織り、三〇%くらい開けた玄関のドアからハンコを持った手をぬるりと突きだすのであった。

今や玄関先は、ハンコを持った片手を突きだすための場所となりつつある。

家の顔である玄関に立つのだから、できればもっと堂々としていたいものだ。ドアは全開にして、満面の笑みで荷物を運んできてくれる人を出迎え、ご苦労様です！　と元気よく言いながら、小学一年生の子が担任の先生にもらう、桜の花の形をかたどった「よくできました」のハンコのように、晴れ晴れと受領ハンコを押したい。

ところでこの受け取りに使うハンコ、以前は机の中に入れていたのだが、どこかに持ち出したりしてときどき行方不明になり、あたふたと探し回って時間を取り、迷惑をかけてしまっていた。そこで玄関先用のハンコを作り、靴の棚の片隅に置いている。最初は空き缶に自転車の鍵などと一緒に入れていたのだが、これも何かの拍子に行方不明になることがあったので、百円均一的な店で買った、ハンコを立てておける吸盤付きの土台に設置している。靴の棚を開けるたびに、ピンクの土台がちらりと見え、いるな、と思う。玄関先の訪問者を迎えるための、唯一の助っ人である。

最近は、宅配の人にも女性が増えてきて、きゃしゃな身体で重い荷物を軽々と運ぶ様子には、ほれぼれしてしまう。近所を歩いていて、その人がいくつもの段ボールをカートでぐいぐい押している姿を見かけると、なんだか胸が熱くなる。

半開きのマナー

乃南アサ

先日、銀行に寄ったときのこと。貯金を下ろして外に出たら、目の前に制服姿のガードマンがこちら向きに立っていた。厳めしい顔をして手を後ろ手に組み、そして、彼は口を半開きにしていた。

ちょうど彼の背後にベビーカーを押した家族連れが通りかかった。だが、ガードマンが邪魔で通れない。若い夫婦は困惑した様子で立ち止まった。傍にいた幼い子の足がベビーカーの車輪とからまりかけたことで初めてガードマンは家族連れに気づき、場所をあけたのだが、その間もずっと、口は半開き。

大抵の場合、半開き状態というものには独特の「そそる」感じがある。あれ、とつい人の足を止めさせる、ある種の魔力が生まれるらしい。

たとえば半開きの扉。半開きの窓。封筒。カバン。ポケット……ファスナーとか。

普通に閉じられていたら、または全開ならどうということもないのに、ほんの少し開いているというだけで、猛烈に興味をかき立てられる。妄想が渦巻く。それが自分とは無関係だと分かっていても、赤の他人の持ち物でも、中に入っているものを思い描き、どうにかして覗いてみたい誘惑に駆られる。

半開きとは、ある意味で「ほころび」「ほつれ」であり「風通し」ともいえる。本来なら密閉され、完結されているはずの場所が、半開き状態になることによって、ちょっぴり外界とつながるのだ。

それを逆手に取るならば、人の興味をそそりたいと思うときには、意図的に半開き状態を作り出すという方法がかなり有効だということも簡単に理解出来るだろう。

たとえば誰かに発見して欲しいヒミツなんていうのを、半開きの机の引き出しや手紙などで匂わせる、というのはサスペンスドラマなどでありがちな描き方だし、いわゆるグラドルの女の子たちが唇を半開きにして写真に納まるのも、明らかに「そそって」いるのである。半開きは「そそる」方法としては非常に有効だ。けれど一つ使い方を誤ると、実に悲惨な結果を招きかねないことも忘れてはならない。

覗かれたくない窓や扉を半開きにしておけば、泥棒を招き入れることになるし、半開きのカバンには手を入れられるだろう。半開きの封筒は中身を読まれ、半開きのファスナーは……。

そこで冒頭のガードマンに戻るのだが、当然のことながら、彼はべつに誰のことも誘ってなんかいなかったし、そんなつもりもなかったに違いない。第一、「ガード」と「半開き」では正反対だ。それなのに口が半開きだったから、とっても間抜けで無神経に見えたのである。どうやら半開きは、さり気ない演出として意識的にするとき以外は、失敗する可能性が高いようだ。

美容院のマナー

綿矢りさ

「あ、あっち方面に買い物があったから、ちょっと寄っただけですよ。でもあんまり、しっくりこなかったかな〜。やっぱりここが一番かも。今日はどうぞよろしくお願いしますね〜」

なんとも気を遣いまくった、まるで浮気を言い訳するようなせりふを、美容院を変えてまた戻ってきたときに使うのは、マナーというよりは罪悪感からの言い訳かもしれない。新年を迎えるにあたり、髪を切って身綺麗にさっぱりとしたい人は多いだろう。しかし、客と美容師の関係といっても、やはり人間同士、コミュニケーションが必要だ。昔から何度も通っている馴染みの場所なら、なおさら。

別の店で切ってもらったあと、また行きつけの店に帰ってきて髪を見せるときは緊張する。どうも美容師さんというのは、髪の切り口やデザインを見るだけで、自分の作品かそうでないかが分かるらしい。カット中にときどき「これ私のやり方じゃないから、スタイル整えにくいな」などと呟いたりする。

私はあんまり前回の別の美容師さんのアラを探さないでくれと願っている。アラを指摘することによって、暗に自分の方が上手い、みたいなことを言われると、出来うんぬんの前に、すっとその美容院への愛が冷めてしまう。なんていったって、私はその髪型で2か月、もしくは3か月暮らしていたのだから。

「はい、できましたよ」

鏡に映る、髪を手入れしてすっきりした自分。ほぼ100パーセント、注文は付けずに「あっ、これでいいです」と納得しておしまい。

美容院を決めるにあたって、もっとも重要視されるのは出来上がりのはずだ。しかし、されるがままの環境にいるせいか、美容院には他に印象的な思い出が多く、出来上がりがよっぽど変でさえなければ、居心地の良さで通うか決める。

いままでに色んな美容師さんと出会ってきた。忘れられないのは、髪を整える細ゴムを結んだあと、常に歯で噛み切る人だ。商売柄はさみはあふれるほどあるのに、毎回歯を使う。耳元近くのゴムを噛み切られるときなど、キチッという音がリアルに聞こえて、なんかセクシーなような、そうでもないような気分になって困った。

あとは、行くたびに、私を街で見かけたという美容師さん。私が絶対に行ってないような場所で私を見かけ、声をかけようと思ったがやめた、と言う。ちょっとこわくなって、通わなくなってしまった。

髪はまた伸びてくる。その分美容師さんとの思い出はまた増える。余計な気は遣わずとも、最低限のマナーは守ってゆっくりとくつろぎたい。願わくば美容師さんのキャラクターではなく、髪型の出来上がりに興味を持てるようになりますように。

風邪のマナー

酒井順子

先日、ある劇場で観劇していたところ、近くに座っていたおじいさんが、時折「ごほっ、ごほっ」と咳き込んでいたのです。

その時おじいさんは、手やハンカチを口に当てることなく咳をしていました。「前に座っている人、気になるだろうなぁ」と思っていたところ、何回目かの咳の時、おじいさんの前に座っていたおじさんがクルッと振り返り、

「咳をする時はハンカチを当ててくださいっ!」

と、ぴしり。

新型インフルエンザ騒動が起こって以来、私たちは風邪に対して神経を尖らせるようになりました。電車の中で、咳をしている人が隣に座ったりすると、あからさまに嫌な顔で席を立つ人もいるのです。

手洗い・うがいの励行、マスクの着用、咳やくしゃみをする時は手やハンカチを口に当てて……といった「インフルエンザ予防ルール」が盛んに言われている昨今。しかしそれでも、公共の場で派手に咳をする人はいるものです。その手の人というのは、おそらく風邪に対して昔風の考えを持っているのではないでしょうか。昔は、少しくらいの風邪で学校や会社を休むのは軟弱、という考えがありました。風邪を押して出社し、ごほごほ咳をしながら残業

するような人こそがサラリーマンの鑑とされ、本人も、「大丈夫ですか？」「無理しないでくださいね」などと周囲に労われながら働く自分に酔っていたところがあった。

派手に咳をする人というのは、その頃の気分をまだ持っているのだと思うのです。「私は風邪です」とアピールすることによって、その手の人は周囲に気遣ってもらいたいのではないか。

しかしこのご時勢において、風邪なのに無理して出社しても、誰も誉めてはくれません。かえって「なんで来たの？」と口に出しては言われないまでも、隣の人にこれみよがしにマスクを装着されたりすることになる。

風邪の時に咳をすると、確かに「私ってかわいそう」と、「風邪の自分」像に酔うことはあるのです。しかし咳やくしゃみというのは排泄行為の一種であり、排泄行為というのは何であれ、本人にとっては気持ちが良くても、他人にとっては迷惑なもの。「風邪の自分」像にうっとりできるのは、自分だけなのです。

風邪以外にも、最近は「無理をする人」に対する視線は厳しくなりました。何事においても、倒れるまで頑張るような人は、昔は称賛されたかもしれないけれど、今や「自己管理がなってない」とされるように。

風邪をひくのも、風邪を治すのも自己責任の昨今。風邪をひいたなら、同情されたい気持ちはグッと抑えて、おうちでおとなしくしているのがよいのでしょう。

沈黙のマナー

東直子

　誰かと一緒にいて、沈黙が続くと気まずい。なにか話題がないかと焦る。そして、別に答を知りたくもない質問をしてしまう。花見には行かれましたか、とか。え、ああ、行きましたよ、とか、バーベキューもしました、とかの答が返ってくるわけだが、最初から知りたくもなかった情報を得ただけなので、ああそうですか、という感じの、人にものを尋ねたにしてはやや失礼なテンションで受け、すぐにまた沈黙の時間がやってきてしまう。

　さっきよりタチの悪い沈黙になった気がして嫌な汗が出る。そこでまた新たな質問を、と思うが、すでに失敗しているので言葉に迷って声がでない。そんなこちら側の焦りを感じとったのか、沈黙の相手もなにか質問でもせねばという義務感まるだしで、普段どんな音楽を聴いていますか、という人間のセンスが問われる難易度の高い質問を飛ばしてきて、さらに焦る。

　いっそ黙っていればよかった、と思う。雉も鳴かずば撃たれまい、と昔話の中の少女も言っていたではないか。

　私は、そばに誰かがいるとしたら、のべつまくなしにしゃべる人よりも、あまりしゃべらない静かな人の方がいい。みながてんでに話をしているときでも押し黙り、沈黙を深めている人には、神秘的な魅力を感じる。

沈黙は金である、という格言もあるくらいだ、どんなに沈黙が続いても気にせず沈黙を続け、沈黙の底にあるものを沈黙しつつ考え、沈黙をとことん味わえばよいのだ。

「黙っていても、ぜんぜん気まずくなくて心地いいから」と、恋人、あるいは配偶者に選んだ理由を述べる人がいるが、彼らの間に流れる沈黙は金、ということなのだろう。「黙っていても、わかってくれる」が「黙っていたら、わからない」にアレンジされる日が来たとしても、沈黙は金、だろう。

世の中すべての人が、一斉に沈黙を守る場面を想像する。テレビの中の人物は動かず、ラジオは無音になる。いわゆる放送事故状態である。しかし、人類沈黙中とあらば、誰もクレームを発することはない。沈黙の時間はひたすら続く。動くな、というわけではないので、黙ってできる仕事や食事など、必要に応じて行動はする。そのときに立つ音が、やけに鮮明に響くことだろう。そんな沈黙は……沈黙は……とても苦しい。沈黙終わり、と想像の世界の沈黙を破ると、とても解放された。

にぎやかにしゃべる人がいるから、沈黙の人が輝いて見えるのだと思う。沈黙が上手にできる人のことをKさん、と呼ぶことにする。Kさんの沈黙のコツはただ一つ、微笑みである。含み笑いでも、思い出し笑いでもない。そう、千年も沈黙を続けて崇拝され続ける偶像のような。

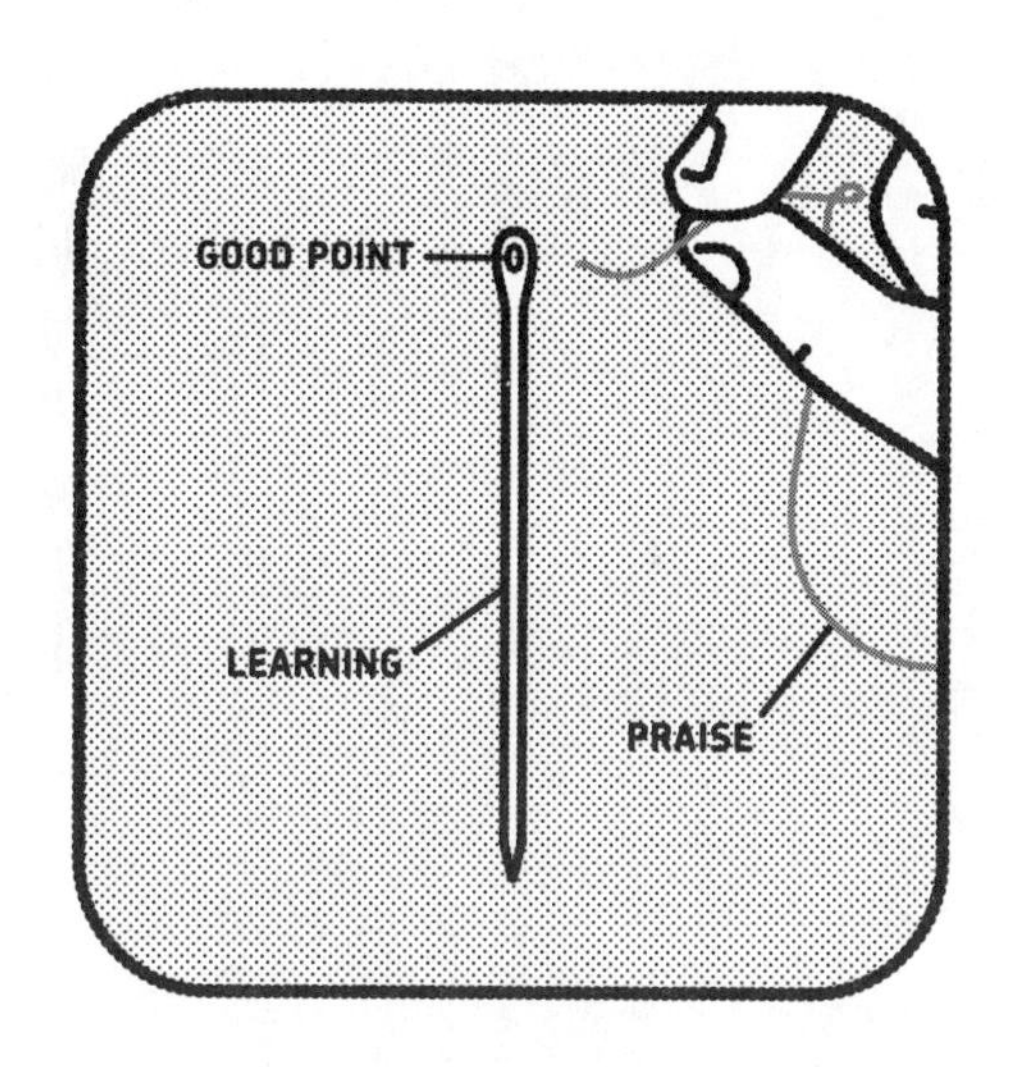

プロが魅せる
マナー

休暇明けのマナー

福岡伸一

8月ももう終わり。子供たちは、楽しい夏休みがあっという間に終わったことに夕焼け空に似た寂しさを感じ、また学校が始まることにため息に似た憂鬱さを感じていることだろう。しかし、である。夏休み明けは、実は、生徒以上に先生の方が憂鬱なのである。それは教わる側から、教える側の職業についてはじめてわかった。生徒にとっては各学年、思い出を刻んだ夏が過ぎ、くっきりした輪郭の夏が終わるけれど、先生にとっては、いつもの凡庸な夏が過ぎ、いつもの暑い夏が終わる。

とはいえ、である。それを悟られないようにするのが先生。憂鬱を押し殺し、つとめて元気にふるまってこそ先生。君たち、充実した夏になったと思います。さあ、新学期もがんばっていきましょう、と。

というのも、小学校から大学にかけて、私が教わる側だった頃、1度として、先生たちから休み明けの憂鬱さを感じとったことがなかった。みんな、私たち生徒を鼓舞し、溌剌と語りかけてくれた。それがたとえ自らを鼓舞し、無理にでも溌剌さを装ったものだったとしても。さすがである。内田樹さんじゃないけど、やっぱり先生はえらい！

私も教員の端くれとして、このマナーを見習わなくてはなるまい。私たちにとっては繰り返しであっても、彼ら彼女らにとっては各学年、1回限りの夏休みと新学期なのだから。

しかし、先生たちの名誉のためにひとこと付言するとすれば、夏休み期間中、先生は決して無為に過ごしているわけではない。むしろ忙しいくらいなのだ。テストの採点や教材の準備、生物学研究なら培養細胞や実験マウスは待ったなしだし、論文書きなどまとまった時間を使ってしかできないことがいくらでもある。

それから多くの大学では、入試問題は夏休み期間中に作られる。印刷・確認・校正などを何度も繰り返すため夏から作らないと間に合わないのだ。その上でオリジナルであり、かつミスは決して許されない必死の作業となる。それゆえ、その年の秋以降に起きた事件、書かれた文章、発見された事実などは翌年の入試にはまず出題されることはない（まあ、これは都市伝説のたぐい程度に聞き流して下さい）。

さて、休暇といえば、私が1番あこがれた休暇はなんといっても「2年間の休暇」である。ジュール・ベルヌの名作として日本では「十五少年漂流記」の邦題の方が知られている。ニュージーランドの寄宿舎の仲間たちが船で遊んでいるうちに離岸し、そのまま無人島に流れ着く。自治を目指して協力するが、やがて内部に抗争が生じる……。こんなに読書の愉悦を味わったことはなかった。たしか私はこの本をある年の夏休みの終わりに読んだのだった。

トップのマナー

荻野アンナ

ありえない「もしも」を考えるのが好きだ。

「もしも私がフランス大統領に就任したら、フランス語のアクセントを全廃します」

教室から拍手が起こる。フランス語は動詞の活用とアクセントの使い方が難しい。自分のゼミで、活用とアクセントを禁止する「実験」を試みたことがある。

『フランス人権宣言』を、このやり方で書き直させた。全員の提出物が意味不明だった。やはり必要な物は必要だ、という凡庸な結論に達した。

トップとヒラ、という大雑把な分類をさせてもらう。

教室のトップであった私は、よけいな提案で、ヒラを迷走させたことになる。

日本のトップは、とりあえず首相だろう。私が子供のころは、首相といえば眼力の強い、口が「へ」の字の老人だった。いったん権力の椅子に座ると長かった。

佐藤栄作元首相が「栄ちゃんと呼ばれたい」と発言した時は、心底驚いた。国民に愛されたい、という発想は、当時のトップとしては斬新だった。しかし本人のギョロ目と発言の間に、超えられないギャップがあった。

その後の40年で、首相や大臣や社長や博士の意味するところが激変した。

教授がテレビのコメンテーターをやったりする（って私もそうだが）ご時世である。

いわんや首相をや。トップの軽さと代替わりの早さにおいて、日本は未曽有の領域に達しつつある。

実質を伴わない重さは無論、不要だ。任期の長さも本質ではない。しかし、求められる最低限の資質はある。

反面教師を一例、取り上げる。普天間を訪れた鳩山前首相の発言だ。当初「(米)海兵隊の存在は必ずしも抑止力として沖縄に存在する理由にならないと思っていた」が、「学べば学ぶにつけ海兵隊部隊と連携し抑止力が維持できるという思いに至った」。

これで、昔の流行歌の歌詞を思い出した。

あなたの過去など　知りたくないの

一夜漬けで勉強した過去など、知りたくないの、と国民は言いたい。

嘘をついてはいけない、と聖書にはある。嘘も方便、ともいう。必要とあれば嘘をつくのが、トップのマナーである。

実現不可能な正論を吐くのは易しい。金権政治を改める。CO_2を削減する。核兵器は全廃する。その権限を持たない人間が主張するのを、嘘とは呼ばない。

権限のある側が実行せずに主張すれば嘘になる。嘘つきになりたくないから主張を変える正直者よりは、嘘を引きうけて少しずつ事実に近づけていく嘘つきが社会には必要だ。

正直者の私は、学習の末、フランス語のアクセント賛成派に寝返ったけれど。

ほめるマナー

高野秀行

その昔、教育・指導の現場では、とにかく「叱る」（今で言えば「ダメ出し」）一辺倒だった。それがここ十年くらいだろうか、「ほめて伸ばそう」といった声をよく耳にするようになった。

誰しもほめられれば嬉しいし、励みになる。次も頑張ろうと思う。その効果は大きいが、それは「ほめる」意義の半分でしかないと思う。もう半分は「それが正しい」というメッセージを送ることだ。

私は物書きなので、仕事上の付き合い相手は多くが編集者である。最近はともかく、まだキャリアが浅かった頃は、私自身の技量が低かったこともあり、原稿がうまく書けず苦しむことが多かった。結局自分では解決できず、担当編集者に見せると、案の定、「赤」がたくさん入って原稿がかえってくる。その大半はダメ出しだ。「説明っぽい」とか「流れが悪い」、「意味がよくわからない」などなど。まあ、説明っぽくて流れが悪く意味がよくわからない文章を書いている私が悪いのだが、しかし、こんな「赤」を見ても途方に暮れるだけだ。

ダメ出しというのは、道路標識でいう「通行止め」みたいなもの。そこかしこで「ここは通れません」と言われても困る。こっちは道に迷っているのだ。じゃあ、どっちに行けばいいんだ？　となる。今、必要なのは通行止めではなく、進路を示す標識である。

意外かもしれないが、その最も有効な標識が「ほめる」ことなのだ。どんなにダメな原稿にもよい部分は必ずある。その部分を具体的に挙げて「ここはすごく気持ちが伝わる」「これはいい表現だ」などと言ってほしい。それが何よりも信頼できる進路指示となる。そういうよい部分をイメージして、流れが悪かったり意味が伝わりにくかったりする場面を直していくことができるのだ。

編集者の人たちは、どうしてこういうことがわからないのだろうかと常々思っていたのだが、あるときハタと気づいた。「それは俺がほめないからだ！」

編集者の人たちも神様じゃないから、どの場面でどういう風に言えば、相手に伝わるのか常にわかっているわけではない。だからこそ、アドバイスを受ける側が「今の指示はよかったですよ」「その言い方はすごくわかりやすかったですね」とほめるべきなのだ。そうすれば、編集者も、相手にこう言えば伝わりやすいのかと理解できる。少なくとも、（技量が低く、面倒くさい性格の）私にはどう接すればいいのかわかる。

ところが、肝心の私は、いつも自分の原稿で手一杯で、編集者をほめる余裕などない。それに指示される方が指示してくれる人を「ほめる」のは、やりにくい。気づいたときにはタイミングを逸しているという場合も多々ある。

ほめることはダメ出しより、はるかに難しいのである。

名前間違いのマナー

綿矢りさ

名前の書き間違いは絶対に記憶が合っている、と思っているときこそ起きる。人名は正確に書くのがマナーなので、不安な場合は何かしらの方法でちゃんと確認してから書く人がほとんどだろう。確認なんて必要ないと思っているときこそ、うっかり落とし穴にはまる。

中学生のとき一番仲の良かった友だちに年賀状を書いて、新学期の始まりに「もらった年賀状、苗字も名前も漢字が一文字ずつ違った」と言われたとき、「まさか」と信じられなかった。毎日いっしょに過ごしている彼女の名前を間違うわけないと、彼女の家まで行って年賀状を確認したが、ばっちり間違っていて、平謝りした。友だちだから気軽に教えてくれたものの、これまでも何度か間違ってきたのだろうかと思うと恐ろしくなる。

最近はメールで人とやりとりする機会も多く、宛名の文字を打つときに、気がゆるんで部首や意味の雰囲気の似た漢字をなんとなく選んで間違う場合もある。もらったメールからご本人の名前をコピーして使うのが一番確実だ。

自分が名前を書き間違うことは冷や汗ものだが、逆に間違われるのはちょっと愉快だ。うろ覚えの脳の不思議さが垣間見えて興味深い。

私は「綿矢りさ」という筆名なのだが、手紙などでは「綿谷りさ」と間違われることがもっとも多い。他の苗字だと「ヤ」は「谷」が多いから、まさか「矢」だとは思わない人が多いのだろう。読み方で言うと「メンヤ」と言われることも多い。おみくじ感覚で次はどんなのが出るかなと楽しみなのは、「綿」の方の間違いだ。「絹」や「錦」など、「綿」よりも生地の質がアップしているときがある。

「絹矢りさ」や「錦矢りさ」という名前を眺めていると幸先の良い、おめでたい予感がする。「錦屋りさ」と両方間違えてたバージョンもあり、こちらも上等の着物を売ってそうな豪華さだ。この人の場合は私のことを「ワタヤ」と読み方で覚えていたのではなく、漢字の字面の方がなんとなく頭に入っていたのだろう。

反対にずっこけたのは、一度だけだが「錦失りさ」と書いてあったときだ。せっかくの「錦」を失う、と壮絶な人生を暗示するような名前に一瞬慄いた。封筒での宛名だったが、いただいた手紙はありがたい応援文だったのでホッとした。素でこういう間違いができる人は貴重だと思う。

人名の書き間違え、読み間違えはマナーの点から考えるとあまりよろしくないのは分かるけど、「なんでそう思った（笑）」とくすりとしてしまうのが多いのも事実だ。いつか特大の珍間違い（もちろん天然の）に出会えたらいいなと楽しみにしている。

仕事発注のマナー

酒井順子

多くの仕事は、誰かが誰かに発注することによって発生します。自主的に何かを作って、「よかったら買ってください」というやり方もありますが、そのやり方だと効率が悪い。私がこの原稿を書いているのも、依頼主からの発注に基づいて行う仕事であるわけです。

発注側と受注側では、発注側の方が何となく偉い感じがするものです。発注側には「仕事を出してやっている」という意識が、そして受注側には「仕事をいただいている」という意識があったりして、発注側の尊大さに泣かされている受注者も多いもの。

一受注者である私はつねづね、「発注にもマナーあり」と思うのでした。発注側は、自動販売機にコインを入れてボタンを押せば品物が出てくる、くらいの気持ちでいる時があるようですが、仕事をするのは人間。たとえ機械であったとしてもメンテナンスは必要なのだからして、人間相手であればなおさら、気持ちよく仕事をしてもらうための気遣いがあった方がいいのではないか。

たとえば、期日。時間的なしわ寄せは、仕事の末端部を引き受ける人にきやすいものですが、金曜日に発注して、「じゃ、仕上がりは月曜日で」となったら、「では土日は働けということですね」ということになる。

発注側に、たとえ「それくらいやって当然だろう」という意識があったとしても、この時

「土日にかかってしまって本当に申し訳ないのですが」という一言があったら、受注側としてはずいぶん、仕事をする時の気分が違うことでしょう。

いざ仕事が完成した時、発注側に最も求められるのは、感想力とでも言うべきものだと私は思います。出来上がった品なり企画なりを、納品したりプレゼンしたりした時、その仕事に対して、たとえ一言であっても感想を言うことが、発注側の最低限のマナーではないか。

受注側は、発注側がどのような感想を述べるかによって、発注側の人となりを知ることができます。仕事が終わったことを確認しただけで何も言わない人には、「そういう人なのだなぁ」と寂しい気持ちに。対して、こちらのツボをつく感想を言ってくれた人には、「この人のために、次も頑張ろう」と思う。

家庭内での業務においても、同じことが言えるのではないでしょうか。ルーティンワークである炊事や掃除を妻が担当しているとしたら、発注書は無いかもしれないけれど、それは夫から妻に発注された仕事。ちょっとした感想を毎度言うことによって、受注者の仕事に対する意欲は、グッと上がるものなのですけれどねぇ……。

宣伝のマナー

さだまさし

マナーについて何かを書くというのは誠に面白いテーマだ。

勝手なことを思いついては無理矢理マナーにこじつける自分の足掻きも楽しいし、時々加藤タキ姐から「あれはバカだけど面白い」「あれは真面目だがつまらぬ」などと励まされてきたのも楽しかった。

手前味噌で恐縮だが映画『風に立つライオン』が公開された（2015年3月）のでそのことについて書かせていただく。

実は今から40年ほど前、実際にケニアの長崎大学熱帯医学研究所で奮闘し、帰国したばかりの柴田紘一郎医師と故郷長崎で出会い、僕は彼の語るアフリカに惹かれた。

彼の語る〝アフリカ〟を歌に出来ないかと思うようになったが、ようやく歌に出来たのは実にそれから15年後の1987年だった。

さしたるヒット曲ではなかったにもかかわらず、この歌は作者の手を遠く離れ、沢山の人々の心に拡がってゆき、海外で働く日本人や、青年海外協力隊の方々、また医療に携わる方々の心に強く働きかけ、僕自身も「この歌を聴いて医師になる決心をした」という医師に沢山出会うようになった。

たった一つの〝歌曲〟がこれ程沢山の人生に働きかけることがあるのかと、作った本人が一番驚き、感動する。

この歌を俳優の大沢たかおさんがとても気に入ってくれ、「映像化したいので是非とも原作小説を書いて」と依頼されたのが凡そ7年ほど前のこと。

数分間で完結しているその歌のテーマを、もう一度心の中でほどいて、新たに結い直す作業は、実はとても大変なことだ。

既に沢山の人に愛して貰っている歌であるから、それを裏切ることも出来ない。

アフリカで頑張る医師の話を書こうとすれば僕自身にも最低限の「医学的な知識」が要る。

それでアフリカの病気を勉強するところから始め、僕は2年がかりで小さな小さな「生命」の、或いは「志」のバトンが繋がって行く物語を書いた。

大沢さんの熱意あってこその物語だ。

すると今度は彼の熱意に動かされた制作スタッフが志を繋ぎ、今をときめく名匠、三池崇史監督がまことに素晴らしい「生命を描く」名画に仕上げてくださった。

きっとこの映画が、誰かの志を突き動かし、更に善き魂の連鎖を繋いで行くと僕は信じている。

是非ともご覧あれ。

怠け者のマナー

福岡伸一

カール・マルクスは『資本論』を書き上げたとき、その1冊をチャールズ・ダーウィンに献本した。ダーウィンは礼状を書いた。2人は同時代を同じロンドンで生きたのである。1883年、マルクスが死んだとき、盟友エンゲルスは、次のような弔辞を読んだ。「ダーウィンは地球上の生物界の発展法則を発見しました。マルクスはそれに従って、人間の歴史が自らを動かし発展させていくあの根本法則の発見者でした」

働くことは労働者の権利であるとマルクスは論じたが、皮肉なことに、マルクスの娘婿、ポール・ラファルグは、怠けることこそが人間本来の権利であるといった。

「しかしわれわれが目にしているものはいったいなんだろう。機械が改良され、段々高度になる速度と精密さの点で、人間の仕事に機械が打ち勝っていくにつれて、労働者は閑暇を相応に伸ばすことをせず、まるで機械と張り合うように、刻苦勉励の度を加えていく。なんと馬鹿馬鹿しい、殺人的な競争であることか」(平凡社ライブラリー『怠ける権利』より)

集団生活を営んでいる社会性昆虫の研究は興味深いことを教えてくれている。生物学者の長谷川英祐(はせがわえいすけ)さんの著書『働かないアリに意義がある』(メディアファクトリー新書)によると、アリのコロニーを観察すると、ある瞬間、なにもしていないアリは7割ちかくもいる。1か月以上、観察を続けても、だいたい2割くらいのアリはさぼりつづけている。さぼっているアリを排除しても、残りの集団の中からまたさぼるアリがでてくる。働き者と不届き者はあらかじめ遺伝的に決定されているのではなく、社会的な関係性の中で必然的に生じている。

これは、コロニーの中に一定数の「遊軍」を常に温存しておいた方が、いざというときに有利だから、と説明される。しかし、いざというときは、永遠に来ないかもしれない。未来のどこかで役立つことが、あらかじめ準備され、それが自然選択を受けると考えることはなかなか難しい。

むしろ生物は、もし何もしないでいられるのなら、できるだけさぼろうとしている、と見ることができる。私は、遺伝子はある程度の遊びをいつも許容している、と考えてみたい。さぼることに対して遺伝子は罰を積極的に与えているわけではない。遊びをせんとやうまれけむ、である。

勤勉は美徳で、怠惰は悪徳だ。あるいは仕事を見つけることが最大の自己実現の方法だ。おそらくこれは誰かが作り出した物語なのだ。あるいは、為政者が思いついた徴税の論理かもしれない。

働きアリは実は、さぼりアリだった。怠けることは生物の本来的な生き方のマナーなのである。ラファルグは正しかったのだ。

肉筆のマナー

鎌田實

人は弱い動物だ。1人では生きていけない。いろんな人と生きていくためにはコミュニケーションが必要だ。

コミュニケーションの手段は、情報技術の進歩で多様になった。それなのに、多くの人が孤独感を抱いているように思えるのはなぜだろうか。

ぼくは、用件のみのときにはメールを使うが、心を伝えたいときには、筆で手紙を書いている。

岩手県宮古市は、あの大震災で大きな津波の被害を受けた。そのまちの少年から手紙をもらった。足の骨に腫瘍ができて、3回手術をし、車いす生活を送っているという。「プロ野球選手になりたかったのに、足が悪くなって車いすになり、やりたいことが少なくなりました。人に迷惑をかけてまでして、なぜ生きなければならないのですか」と書いてあった。そんな彼がぼくの『雪とパイナップル』と『アハメドくんのいのちのリレー』の2冊の絵本を読んで、生きる勇気がわいたと鉛筆で書いた手紙をくれたのだ。

ぼくはすぐに「うれしかった」とハガキいっぱいに、大きな字を、筆で書いて送った。

宮古第一中学校の先生から「学校中が驚き、うれしさでいっぱいになりました」という肉筆の手紙が返ってきた。それに対して、ぼくは再び返事を書き、「教科書にない1回だけの命の授業」をすることになった。

学校の玄関に下がった歓迎の垂れ幕に迎えられた。「勇気」「自由」「感動」の大切さを語った。質問時間の40分間、子どもたちから質問が飛び交う。舞台から子どもたちの真ん中に降りて、1つひとつ質問に答えた。白熱教室になった。

その授業から2週間後、子どもたち全員の手紙が届いた。まだまだ質問が続いている。「ありがとう」という言葉もいっぱいあった。「津波に負けないで元気に生きます」と、決意の手紙もあった。

雪とパイナップルを国語の先生が泣きながら読んだらしい。その感動が子どもに伝わった。手紙でいろいろなことがわかってきた。字なんか汚くてもいい。一葉一葉がぼくの心に届いてきた。

骨の病気になった少年は、車いすから立ち上がって、足を引きずりながら歩けるようになっていた。大好きな野球部の練習に加わって、バッティングピッチャーをはじめたという。彼はもう「なぜ生きなきゃいけないのか」なんて悩まなくなっていた。

ぼくたちは弱い動物だからこそ、人と人のつながりが大事である。つながる手段は多様にあるが、その場にあったコミュニケーション手段を選びたいものだ。心を伝えたい時は、手紙がいいなあ。手紙を何度もやりとりすると、なぜか情が深まる。

「また来年行きましょう」なんて言葉を、うっかり書いてしまった。遠くても、ぼくはまた、宮古へ行くだろう。

筆記用具のマナー

藤原正彦

筆記用具として何を使うかは人により異なる。私の場合、高校生までは鉛筆だった。大学に入り筆箱を携帯するのが面倒となりボールペンに変えた。

大学3年の頃、数学科の先輩で天才の誉れ高い人が悠然と鉛筆をナイフで削り使っている姿を見て、ああなりたいと鉛筆とナイフに転向する級友が出て来た時は私も少し迷った。ナイフで鉛筆をゆっくり削る余裕こそが数学の本質に到達する極意かもしれない、などと思ったからだ。私は意地を張ってボールペンを貫いた。

以来、数学をする時は必ずボールペンで横線の入ったA4用紙に書く。色まで決まっている。日本では常にブルーのボールペンに白色の用紙、アメリカやイギリスの大学では黒のボールペンに黄色の用紙だった。

30代中頃から数学以外の文章も書くようになったが、しばらくは慣れ親しんだ数学用のボールペンと用紙を使っていた。ただこれでは字数が大雑把にしか分からないので、律義な私は書き上げたものを縦書きの原稿用紙に清書した。

50を過ぎた頃から書く量が増えたので、清書作業を省こうといきなり原稿用紙に書くようになった。ところがボールペンだとたった数枚で手が痛くなる。数学では少し進んでは立ち止まって考えこむ、ということが多いから手が痛くなることに30年間も気付かなかったのだ。

原稿執筆は父と同じ極太用のモンブランの万年筆にした。手が全く疲れないので助かった。

ただ、原稿用紙にいきなり書くと余白という余白に書き込みが溢れ、あちこちに矢印が走るという原稿になる。編集者はそれでもいいと言うが、思いやりの人でもある私は結局清書する。長めのものは愚妻に頼みパソコンに入れてもらう。ただしそのためには色々とお世辞を言ったり、時には原稿料より高いファッションを買わされたりするから面倒だ。

「初めからパソコンに書くよう練習すれば」と愚妻はしきりに勧めるが、井上ひさし氏の言葉「パソコンで書き始めたら文章が変わった」が気になる。私のような完全無欠な文章の場合、「変わった」は堕落を意味するからだ。そもそもパソコンで『雪国』の「国境の長いトンネルを抜けると雪国であった。夜の底が白くなった」という文章が書けるとは思えないのだ。

最近、知人にパイロットの極太字用万年筆を薦められたがすこぶる気に入っている。吸引式なので指先を時々汚すが書き味は抜群だ。横書きには西洋の万年筆が優れ、縦書きには日本の万年筆が優れているようなのは面白い。

今後ともパソコンには身を汚すまい。2本の万年筆を頼りに、清い身体のまま、これからの実り多い、末長く多幸な人生を送ることにしている。

ひとことのマナー

東直子

「では、この本をひとことで言い表すとしたら、どういう言葉になりますか」

そんな質問を受けたことがある。う、と答につまり、しばらく一生懸命考えてみたが、結局なんの考えも浮かばず、ひとことでいうと人は生き物である、ということですね、などと、トンチンカンなことを述べてしまった。

ああ、また下らないことを口走ってしまった、としばし落ち込んだあと、落ち込みの海底からゆっくり上昇しつつ、ふつふつと怒りに似た感情が泡をたてはじめる。

「ひとことで言い表せないから、一冊を言葉で埋めつくしてるんじゃないか！」

いわゆる逆ギレと言われかねない現象だが、間違ってはいない、気がする。

「監督、今回の映画は、三時間半にわたる大作ですが、あえてひとことで言いあらわすとしたら……」といった映画監督へのインタビューが行なわれることもある。「ひとことで言えないから、三時間半もフィルムを使って表現しているんだ！」と監督も怒ってかまわない場面かと思う。

ひとことでまとめる、という作業を否定しているわけではない。小説や映画には、その作品を未知の人に知ってもらうための「あらすじ」がつきものである。どんな内容なのか、受け取る側としては、身銭を切る前にやはり知っておきたい。そこで作る側は、消費者が興味を引きそうな部分を示しつつ、一番肝心な部分はあえて伏せる。つまり、ネタバレはしないように内容のまとめを行なうのだ。

ひとことで言えないことをたくさんの言葉を用いて描くことも、逆に、たくさんの言葉を用いて表現したことを凝縮してひとことで述べることもまた、作る側の仕事の一つなのだ。

しかし私は、「ひとことで述べる」ということが、ほんとうに苦手だ。いつもとても緊張する。

「では、最後に一人ひとことずつお願いします」

パネリストとしてさんざん話したあと、最後にそんな課題が割り当てられる。やはり慌てる。慌てたあげく、主語も目的語もない、もにゃっとした「ひとこと」しか口から出てこない。

しかし、最後のひとことでびしっと核心を言い当てたとしたら、それまでの討論の意味を帳消しにしてしまう可能性がある。討論していた長い時間は、一人の口から出たその結論のために消費された時間となってしまうのだ。侃々諤々（かんかんがくがく）の時間が真空地帯へと葬り去られる……。

ふと、「彼の人生をひとことで言うと……」という、人生最後のセレモニーでの発言が頭に浮かぶ。たとえその先に素晴らしい「ひとこと」が出てきたとしても、いろいろあるから人生なのだ、と、ひとこと言いたい。

盛装のマナー

藤原正彦

初めて親元を離れアメリカへ行く29歳まで私はすべて母親の買ってくれたものを着ていた。だからアメリカに渡り、困った。衣類など買ったこともなかったからだ。郷に入りては郷に従えと、普段はジーンズで通した。若手研究者と同じく授業も研究発表もジーンズだった。暑い夏の日などは学生をまねて上半身裸で歩くことさえあった。その頃は腹もきりりと締まり胸毛も7本ほどあったのだ。

月に2度くらいは教授宅でのパーティーに呼ばれたが、こちらは打って変わってドレスアップした。半ズボンから毛ズネを出し悪びれないアメリカ人数学者のまねはしなかった。ダンディーで有名だったテレビ司会者ジョニー・カーソンと同じジャケットを軸に、店員に選んでもらったネクタイで身を固めたから、どのパーティーでもベストドレッサーの名をほしいままにした（かもしれない）。

十数年後に暮らしたイギリスではアメリカとは違い、ちょっとした公式の会合やパーティーへの招待状には必ずドレスコード（服装規定）が書いてあった。大抵の場合はディナージャケット着用とあった。友人数学者に尋ねたらタキシードのことだった。面倒と思ったがどこも大概これでよいのでかえって手間が省けた。正装した私を見たベビーシッターの若い娘も「オー・ユー・ルック・パーフェクト」と言ったから押しも押されもせぬ英国紳士に見えたのだろう。

男に比べ女はまず何を着ていても大丈夫だ。アメリカでは主任教授主催のパーティーで、50代の夫人がそばかすだらけの乳房を半分以上露出して愛嬌をふりまいていた。イギリスも女には甘い。私たち夫婦で公式パーティーに招かれた時など女房は躊躇なく振り袖を着た。日本でなら独身女性しか着ないものだがイギリス人がそんなことを知るはずもないと、ずうずうしく持参したのだ。ベビーシッターの「ソー・ワンダフル・ソー・ビューティフル」は無論お世辞だが、ホールで祈りのために全員起立したときは見ものだった。ディナースーツに黒マントという黒一色の教授陣が陣取るハイテーブルの紅一点、橙と緑の派手派手な振り袖に全学生の視線が集中したのだ。振り袖の迫力は周囲のすべてを圧倒する。3人の子持ち女でも居並ぶノーベル賞学者たちを圧倒するのだ。

数百人の若い男性に見つめられたのは振り袖なのに、なぜか勘違いした女房は有頂天になり飲めないワインをぐいぐい飲み、食事が終わるや気分が悪くなった。そのうえ招待してくれたフィールズ賞受賞者で生涯独身を通してきた老教授の部屋で、なんと彼のベッドに振り袖のままもぐりこみ休養する、という失態を演じたのだ。教授は驚天動地の事態に青ざめ、私は不始末への怒りで赤くなった。

ロック歌手のマナー

さだまさし

『第二楽章』というタイトルの新しいアルバムが出来た（2014年9月リリース）。

このアルバムでTHE　ALFEEの高見沢俊彦（たかみざわとしひこ）君に2曲のアレンジをお願いしたのだが、これが凄い。ピンク・フロイドやキング・クリムゾンとコラボレーションしているかのような曲に仕上がった。いわゆるプログレ・サウンドだ。

「プログレ」はプログレッシヴ・ロックの略だそうだが、日本で生まれた言葉だという説もある。〝プログレッシヴ〟を直訳すれば「進歩的な」という意味のようだが「理想主義的な変革を目指す」と解釈される場合もあるようだ。1960年代後半にイギリスで生まれたロック・ミュージックの一つの方向性を指す言葉で、ロック音楽に古典音楽やジャズの要素、また、音楽以外に哲学的な要素なども積極的に取り入れる、という態度を示す音楽上のカテゴリーの一つなのである。

さだまさしをロック歌手だと思っている人は少ないだろうと思われるが、初めてTHE　ALFEEの高見沢君と会ったときに彼はいきなり「さださんって、プログレですよね」と言い放ったのだ。

ロックという概念は当然、人によって異なるが「ロックとは音楽形式の呼び名ではなく〝世の中がヘンだ〟と思うことを世の中に向かって〝ヘンだ〟と言える勇気のこと」というイーグルスのドン・ヘンリーの言葉を思い出す。

高見沢君が言った「ロック」はそういう意味だったのだろうと、実は少し嬉しかった。

実際、グレープを始めた頃、相棒の吉田政美と憧れていたのはジャズロック・バンドTHE FLOCKだった。今にして思えば、イギリスではなく、アメリカ大陸生まれのプログレの先駆けバンドだった。

高見沢君に依頼した2曲はまさに「プログレ・サウンド」なので、『精霊流し』や『無縁坂』だけをさだまさしだと思っている人には驚きの音だろうが、コンサートまで来てくれている多くの「理解者」には〝待ってました〟の音だろう。

このアルバムのクリエイティブ・ディレクションを現代のトップランナー箭内道彦氏に打診すると「よっしゃ」と二つ返事で引き受けてくれた。現代のトップ・クリエイターが何故さだまさしを面白がるのかしらと不思議に思っていたら初対面の時に言われた。

「さだまさしはロックです」

当代一流のクリエイターの仕事はやはり凄かった。

ジャケットといい、プロモーションビデオのアイデアといい「腰が抜ける」か「膝が折れる」かの個人差はあるだろうが、思わず、こいつ天才だ！　と叫んだ、見事な「鳥肌モノ」だった。

ロックとは「人が思いつかないような凄いこと」を次の世代の「普通のこと」に変えるエネルギーの別名かも知れないと改めて思う。

僕はロック・シンガーでありたいと思う。

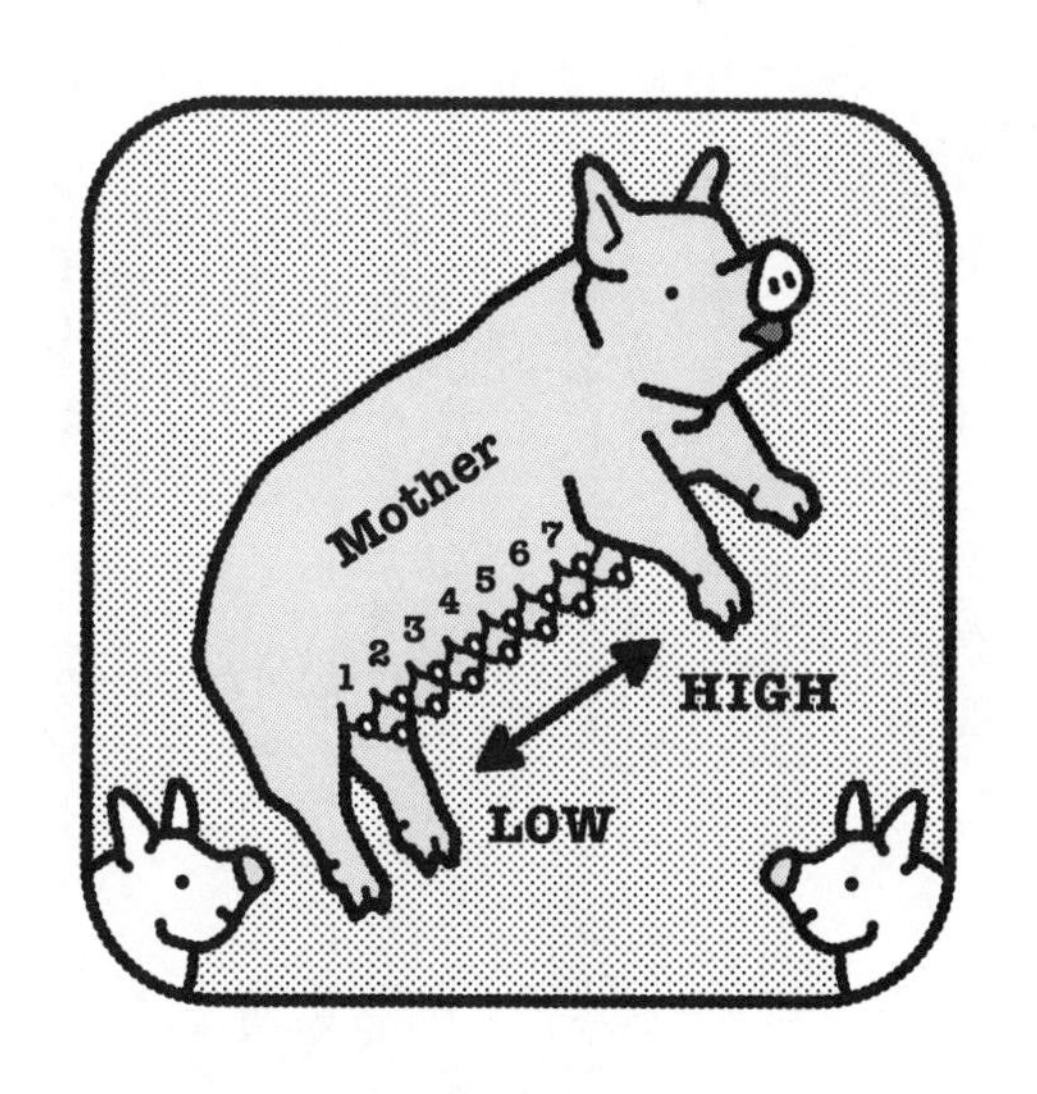

ちょっと
待ってよ！
マナー

ヤンキーギャルのマナー

綿矢りさ

ヤンキーほどマナーというか、規律に厳しい人はいない。中学時代、身なりのチェックで怖いのは、私にとっては生活指導の先生ではなく、同級生や先輩のヤンキーギャルたちだった。彼女たちは先生たちがスルーする地味な存在だった私の、制服の乱れを許さなかった。

「チッ、シャツをスカートにしまえよ。ボタンも2番目までちゃんと閉めろ、スカート短すぎ」

ある日下校の際に校門から出たら、学校の外でヤンキー座りしている女子のグループに、直接ではないが、ちょうど聞こえるくらいの音量の声で注意された。驚いたことに校門から出てきて1秒も経たないうちに、彼女たちは先生が見逃してきた私の微妙な校則違反をすべて見抜いた。シャツをスカートに入れながら、へらへらと追従笑いしつつ足早に去ろうとしたら、

「ちゃんと先輩に挨拶していけよ！」

と怒り出したので、全速力で逃げた。いま思えば彼女たちほど校則に詳しい女子はいなかった。一つ違反するごとに先生に怒られ、しかし反抗して特別な権利を勝ち取る。彼女たちの序列を守りつつも自分の主義を押し通す、厳粛なマナーは、ある意味校則を守るよりよほど難易度が高い。

いまではほとんど接する機会のない彼女たちだが、たまにふらっと入った美容院で担当者になったりする。真夏の池袋の美容院で担当してくれた女の子は、肌色はアーモンド、渋めの銀髪、とても痩せてパープルのカラコンの入った目の周りは真っ黒だった。かゆいところはありませんか？　って聞かれたとき、ビビらずちゃんと言えるかなと若干緊張しながら、頭を洗ってもらったが、意外にも彼女の母性を感じた。毛布というより粗めに編んだかごのような、風通しの良い母性。

先週末は友達のマンションの廊下でバーベキューをしたという彼女の話の内容は、それけっこう煙すごそうですよね、近隣の人から文句出なかったのかな……と共感できなかったが、頭を洗うさばさばした手つき、外見からは想像できない頼れる感じにリラックスした。私より年下だけど、すでに私より成熟している部分がある。それは彼女だけでなく、ヤンキーっぽい外見の女の子に昔からときどき感じてきた。

彼女たちが自分の人生から学んできたものの深さや重さを、何気ない瞬間に感じる。私は小説や漫画を読んだりして、さらには書いたりまでしているので、フィクションの世界にいる時間が1日の半分を占めている。でも彼女たちは常に現実の人間関係と向き合っているから、常識というよりサバイバルスキルを身につけている。学生のときは逃げていたが、いまさらになって彼女たちのマナーを教わりたい。お礼に私も教えますよ、バーベキューするのに適切な場所を……。

ほめ方のマナー

乃南アサ

つい先日、言われた。

「乃南サンって本当に、自分の目で見てきたようなこと、平気で書きますよね」

これ、どう思います?

そりゃあ私は作家です。見てきたような嘘をつくのが商売。でも「それ、褒めてる?」と、つい聞きたくなるような言葉だと、少なくとも私には感じられた。

ところが本人はもう、思いっきりニコニコの笑顔なんである。著者に直接そういう感想を述べられたことが嬉しくてならないといった様子。

また違う時、べつの人物から言われた。

「乃南サンって、どっかヘンな人にばっかり、それも異様に好かれません?」

どうですか、こちらは。

その人も「敬服します」と言わんばかりの顔つきで大真面目に言っているのである。前述の会話といい、これといい、私はとてもではないが「ありがとうございます」と素直に笑うことは出来なかった。

こういうことが最近何となく多いのだ。しかも、必ず年下の人から言われる。いくら私が鈍感だからって、嫌みかどうかくらいの見分けはつく(つもりだ)。だが、前後のやり取りを考えてみても、その人との関係から言っても、相手としては精一杯の親しみをこめて、しかも賛辞のつもりで言っている。そう思わざるを得ない。その証拠に、たとえば私が「それ、どういう意味ですか」などと聞き返したとしても、向こうは決まってきょとんとするばかりなのだ。

「えっ、だってそうじゃないですか。それって簡単にできることじゃないですよ」

せっかく褒めているのに、どうして素直に喜ばないのだと言わんばかりの顔つき。

どうせ褒めてくれるのなら言葉の選び方というものがある。「見てきたようなことを平気で書いているのではなく、「生き生きと目の前に浮かんできそうな場面を、いとも容易く」くらいの言い方をしてくれれば「あら、それほどでも」と照れることも出来るし、「変な人にばっかり異様に」ではなく「かなり強烈な個性の人たちにも、珍しいくらい」などと言われれば、「えへへ」と笑うことも出来るというものではないか。

彼らがせっかく、まず相手を褒めることでコミュニケーションの潤滑油にしよう、より快適な人間関係を築こうとしているらしいのは分かる。けれど、どういう表現を使ったら相手が心地良く感じるかが、まるで分かっていない。ただ単に語彙が貧困だとか気が回らないとか、そういうことではないように思う。

「直感だけで生きてるところが乃南サンなんですよね」

つい最近、またもや満面の笑みで言われた。親切で無邪気な年若い人たちのこういう発言にどう対処したらいいのかが目下の悩みである。

ピースのマナー

酒井順子

二歳になる姪の誕生会を家族でおこなった時、皆で写真を撮ろうということになりました。その時、姪の祖母、すなわち私の母親が、

「はい、ピース！」

と言っているのを聞いて、私は思わず、

「ちょっと、やめてよぅ」

と言ってしまったのです。最近の子供や若者たちの写真を見ていると、ピースの頻度が異様に高い気がしてなりません。強制されているのではないかと思うほど、全員揃ってピースをしている。


私が子供の頃にもピースの習慣はありましたが、全員が必ずというわけではありませんでした。少しふざけた時のポーズとして、ピースがあったような気がするのです。

チャーチル起源説、ベトナム戦争起源説など、ピースサインの起源は色々と言われているようですが、今、日本の子供が写真に撮られる時にピースしないではいられない理由は、羞恥心なのではないかと私は思います。テレ屋の日本人は、写真に撮られるために笑顔を静止させるという恥ずかしさから何とか逃れるため、ピースサインでカメラのレンズと自分の間にバリアを作るのではないか。

ピースが流行する前の日本人は、仏頂面で写真に写っていることが多いものです。可笑しくもないのに笑うなどということが、昔の日本人にはできなかったのでしょう。

しかしピースサインは、笑顔の言い訳をしてくれます。「こんなお茶目なポーズをしているのだから、笑っていて当然」という具合に。

ピースサインはまた、一緒に写真に写る人たちとの一体感づくりにも役立っています。全員がピースを作ることによって確認できるのは、「私たちは仲間」という意識。五人で写真に写る時、三人までがピースをしたら、あとの二人も同調圧力に負けて、ピースせざるを得ないのでしょう。

今の子供たちを見ていると、写真撮影時にピースをするのはマナーかのように思っているきらいがあります。小さい頃から、写真を撮るとき「ピース！」と言われ続けると、ピースせざるを得なくなってしまうのか。それとも、ホームビデオだのデジカメだのプリクラだのと、幼い頃から〝写されるストレス〟にさらされ続けている子供たちは、ピースをすることによって、そのストレスに対抗しているのかもしれません。

大人の場合、ピースすることがマナー違反に見えたりするもので、ピースは若者の特権です。しかし子供がカメラの前で全員ピースしている姿を見る度に、どうも気持ちの悪い感じを覚える私。姪には、「ピースはマナーではない」と教え込もうかと思案中なのですが、「ピースをしない子供」は、それはそれでいじめられたりしてしまうのでしょうかねぇ……。

おっぱいのマナー

竹内久美子

ドテッと横たわるお母さんブタ。子ブタたちは満足気にお乳を吸っている。

ブタは普通、一度に10頭くらいの子が生まれ、対する母親の乳首は7対（14個）ある。子ブタが乳首にあぶれることはない。

ところが乳首ならどれも同じかというと、そうではない。前の方が後ろの方よりも、お乳がよく出るのだ。

ある研究によると、前3対のうちのどれかの乳首を吸った子ブタは、後ろ3〜4対のうちのどれかを吸った子ブタよりも、平均で80％以上も多くお乳を得られたという。

こんなにも違うのなら、断然前の方のおっぱいだ。子ブタたちは激しい争奪戦を繰り広げる。生えたばかりの門歯や犬歯で激しく争う。しかし早い場合で2日、遅くとも6日くらいで争いに決着がつき、各人の〝定位置〟はその後、まず変わることはない。

こうしてできる順位を「乳つき順位」という。

しかし実のところ、前の方のよいおっぱいを占めるのは、たいていは生まれたときの体重が重かった者であり、争いはしたが、結果は初めから決まっていたようなものなのだ。

この、生まれたときに体重が重いということだが、母親のお腹の中にいたとき、胎盤を通じての栄養争奪戦に勝利したことを意味する。おっぱい争奪戦の勝利者は、実は生まれる以前の戦いで、既に勝っているのだ。

こうして、よいおっぱいを手に入れた子ブタはますます体を発達させ、他との差を広げていく……。

何だか、不公平ではないだろうか？　腑に落ちない気もする。

麻布大学の田中智夫教授らは、乳つき順位が決まった後、子ブタをすべて母親から引き離し、1頭ずつ母親の元へ戻すという実験をした。どの子ブタにとってもおっぱいの選び放題。特に後ろの方のおっぱいを定位置にしている者にとっては、またとないチャンスだ。

ところがそれでも彼らは「マイおっぱい」に拘った。とすれば、普段の状態なら、もっとマイおっぱいに拘っていることになるだろう。

子ブタよ、なぜおとなしく不利な立場に甘んじている？

その答えは……争うともっと損になるから。

争うことはエネルギーのムダだし、もはや生まれたときよりもさらに体の大きさに差がついている。負けは確定だ。それよりも今のおっぱいで手堅くいこう。しかもこの場合、争う相手が血を分けたキョウダイだ。

前の方のおっぱいによる利益を享受しているキョウダイは、もし父親も同じであるなら、自分の遺伝子の半分を共有している。

その利益は、いわば半分の自分が受けているのだ。

ちろちろのマナー

乃南アサ

今さら「人前で化粧」がマナー違反だなんて書いたところで、「ふん」と鼻であしらわれるのが関の山。いつの間にかそういう時代になってしまった。つい先日など喫茶店のカウンター席で、隣に座っていた私と同年代とおぼしき女性が、突如として化粧落としから始めるのに遭遇して、開いた口がふさがらなかったほどだ。シートタイプのクレンジングを使ってスッピンに戻り、新たに下地から塗り始めて完成形まで。ほほう〜。なるほど。ああいうお顔が、そういう仕上がりになるわけですね、というのをつぶさに見学させていただいた。

通勤時間帯に電車に乗っていれば、ほぼ間違いなく化粧にいそしむ女性を見かける。最初にこういう話題が上った頃は、確か「近ごろの若い子ときたら」といった感じで、二十代前半の女性たちに関する問題として取り上げられていた記憶があるが、彼女たちの年齢がそのまま持ち上がったからなのか、はたまた「常識」の範疇(はんちゅう)が変わったせいか、最近では三十代、四十代の女性でも涼しい顔して鏡を取り出し、ものすごく面白い表情を見せてくれる。ことに揺れる車内でビューラーやらマスカラ（共にまつげに施すものです）を使う姿など見ていると、その確かな手つきに感心させられるほどだ。

ことここにいたって「みっともない」だの「恥ずかしい」だのと言ってみたところで、もはや手遅れの感がある。基本的に恥ずかしいなどと思っていないのだから、いくら注意したところで「ぽかん」とされるのが落ちだ。

一方、男性の方だって彼女たちのことを言えた義理ではない。通勤電車内で缶ビールやチューハイを呑む人がいるし、携帯電話に向かって声を張り上げている人も珍しくない。何よりも、車内で堂々と週刊誌のヌードグラビアやスマホのエロサイトを覗いている人、あれは本当に近くにいて不快になります。

要するに近ごろの電車は、多くの男女にとって「茶の間」と変わらなくなっているらしい。本来ならば壁で囲まれ、他人の目には触れないはずの「生活」の部分を、どんどんさらけ出してしまっているのだ。飲食し、ゲームに興じ、電話で会話して化粧もする。他人に見せるべきでない姿を、あまりにも無防備に見せすぎている。それの、何が悪いのか考える気すらない。

勝手にしろ、だ。

その代わり、私はそういう人を「ちろちろ」と観察し続けることにしている。ムカついてもらう筋合いはない。別段その人の「茶の間」に入り込んで覗き見しているわけではないのだ。それでも不躾(ぶしつけ)に「じろじろ」と見るのではない分だけ、こちらはマナーを重んじているのだと思っていただきたい。小心なせいもあるのだけれど。

年齢のマナー

酒井順子

韓国では、初対面の人にはまず年齢を聞くのが普通なのだという話を、韓国に行った時に聞きました。「それは失礼にはならないのですか？」と問えば、「年齢がわからないと、敬語で話した方がいいのかどうか、わからないから、年を聞くのです」とのこと。

「初対面の人に年齢を聞くなんて、失礼」という西洋文明の影響で、私たちは通常、初対面の人に年齢を聞くことはありません。とはいえ、我が国にも敬語文化は確実に存在し、だからこそ私達は、相当親しくなるまでは、互いに敬語で話しがちなのです。

対して韓国では、初対面で年齢を聞いたら、年上の人はすぐ、年下の人にタメ語で話すわけです。「親しくなるスピードは、そちらの方が早いだろうなぁ」と、私は思う。年齢などというものがこの世に存在しないような顔をするのが、西洋風のマナーのようですが、敬語が存在する国でそのマナーを遵守するのは、ちと無理があるような気がしてなりません。

「年齢なんて関係ない」というフリをしつつも、実は年齢にものすごくこだわっているのが、日本人です。若ければ若いほど良いという風潮が強まる最近は、「何歳になっても、老けこまないための努力を怠ってはならない」という空気が横溢しており、実年齢よりも若く見せるため、男女ともに汲々としている。それはつまり、実年齢が常に頭から離れないということでもあるのではないでしょうか。

そんな今、最も相手を困らせる台詞が、「私、いくつに見える？」というものです。

この台詞を言う人はたいてい、「私は実年齢よりも若く見える」という自負を持っているわけです。当然、「相手は、実年齢よりもうんと若い数字を答えるだろう」という期待が、そこにはある。

しかしこの台詞を言われる側は、「てことは推定年齢よりも五歳は若く言わないと失礼になってしまうのかも……」という気遣いをせねばならず、「実は○歳なの」などと言われた後も、大仰に驚いたりしなくてはなりません。「若く見えますねぇ！」というフレーズが、何歳の人に対してもこの上ない誉め言葉となる、日本。しかし若く見えることがよしとされるのは、果たして幸せなことなのかと、私は思うのです。それは、「年齢なんて気にしない」という理想とは逆に、年齢に永遠に支配されるということなのではないか。

初対面の人の歳を聞くのは失礼、というマナーの元には「年齢というのは恥ずべきものだから、隠さなくてはならない」という意識があるのかもしれません。となると初対面の人にいきなり歳を聞くという、年齢から逃げ隠れしない姿勢が、むしろ清々しくも思えてきた私。だいぶ年齢を重ねてきた私としては、この習慣は意外と日本にも向いているのかも、と思うのでした。

物書きのマナー

藤原正彦

我が家で物書きとなったのは母が最初である。昭和24年に満州（現中国東北部）からの引き揚げを綴った『流れる星は生きている』がベストセラーになった。真面目一方に気象学の研究をしていた父は、母を訪ねてくる編集者へお茶を運ぶことに屈辱を感じたこともあり、間もなく自ら書き始め、翌々年には『強力伝』でサンデー毎日大衆文芸賞をもらった。父は中央気象台の同僚に「奥方に書いてもらったんじゃないか」と言われ、「読んでもらったが下手糞と言われただけだ」と答えたが信用してもらえなかったらしい。

私は昭和52年にデビュー作『若き数学者のアメリカ』を書き、翌年エッセイスト・クラブ賞をいただいたが、その頃、学会で久しぶりに会った大学時代の同級生に、「あの本、読んでみたけど面白かったよ。どうせ親爺さんに書いてもらったんだろう。な、そうだろ。頑張らないでそろそろ白状しろよ」とニコニコしながら言われた。数学者が文章を書けるはずがない、という先入観をすべての人々が持っているのか、このような言葉があちこちで私の耳に入った。父が昭和55年に急逝してからも書き続けたことで、やっと疑いをかけられることがなくなった。

右も左も理系という家族に育ち、結婚当初、文章などほとんど書けず手紙一つに何時間もかかるほどだった女房が近頃、エッセー集を出すようになった。私の書きなぐった原稿を初めての読者として結婚後30年も読まされ、批評を強要され続けているうちに、自然と文章の呼吸をつかんだらしく、こう言うのも何だがなかなかのものを書く。そんな女房からつい先日、仕事場で原稿を書いていた私に電話がかかってきた。「ひどいのよ。ある人からメールで、『あなたの近刊はご主人の加筆があったらしくとてもよく書けている』だって。ホント、腹が立つわねえ。失礼しちゃうわよ」とカンカンになっている。物書きの家で物書きを始めた者の宿命なのだが、余りカッカとしているから、少しからかってやろうと「それはひどいね。そんなに大幅な加筆はなかったのにねえ」と言ったのが悪かった。「何よ、大嘘つき。あなたなんて、テニヲハを1つか2つ直しただけじゃないの」と上ずった声で怒鳴り始めたのであわてて謝った。そのままではとても夕飯にありつけそうもないからだ。気の毒だが女房はこれからもずっとそういった疑いに悩まされるだろう。私が死んだら間もなく疑惑は晴れるのだろうが、そうはいきそうもない。私は一回り下の女房よりはるかに長生きし、どんな小言も嫌味も叱責も罵倒もない自由な天地で、今度こそは従順で、私を尊敬し、三つ指をついて私の帰宅を迎えてくれるような美女と血湧き肉躍る人生を愉しむ予定だからだ。

カンニングのマナー

福岡伸一

ふと気がつくと、かれこれ20年以上も大学で寄る辺なき教員生活をしていることになる。だからその間、大小あわせると数えきれないほど試験監督を経験した（先ごろカンニング事件が発覚した京都大学の入学試験監督も何度かやった）。

教壇側から教室を見渡すと、意外なほど受験生の様子がよくわかる。特に、誰かが他の受験生と異なった振る舞いをするとたちまち目を引く。皆が一心に問題用紙に向かって顔を伏せ、必死に鉛筆を動かしているなかで、ひとり顔を起こしあくびをしたり、あるいは鼻くそをほじっていたりするだけで、いやでもめだつ。きみきみ、その鼻くそはどうするつもりなんだい、と。

だから入試問題が試験時間中にネット上の質問掲示板に流されたというニュースを知って心底驚いた。

いったいどんなハイテクが使われたのだろうと想像を巡らせた。メガネに仕込んだ特殊な秘密盗撮装置と通信装置？　発信された情報を外部で受け取ってネットに書き込む共犯者との緊密な連携プレイ？

ところが蓋をあけてみると、犯人は股のあいだに隠した携帯電話を操作してこっそり自力で打ち込んでいたという。ほんとうですか。今でも信じられない。

信じられない第1点は、不等号や絶対値、ベキ数などを含んだ複雑な数式や長い英文を、短時間で正確に入力できたその技が。

信じられない第2点は、携帯電話を操作するという不自然な行為を、試験監督（常に複数が配置されている）にも、周りの受験生にも、見とがめられずにいたことが。

しかし、かりになにか不審な行為を発見したとしても、そこから先はそれはそれでたいへんな事態となる。ただちに受験生の机に直行し、犯行の証拠を保全しなければならない。むろん多くの場合、本人は否認する。携帯電話ならまだしも、小さなカンニングペーパーの類ならとっさに隠されたり、飲み込まれたりでもすれば、大学の先生なんて威力も腕力もないので、どうすることもできない。しかも騒ぎになって他の受験生の試験を妨げることも避けなければならない。

証拠を押さえ、犯行を認めさせたとしても、入試なら不合格で済むが、たとえば大学の定期試験のようなケースではいかなる処分をどう下すか、連日連夜の査問やら会議となる。

実のところ、幸いなことに私はこれまで一度もカンニングの現場に出会ったことがない。もちろん常に最大限の注意を払って試験監督を行ってきた。

観測できない存在は非存在。受験生ならびに学生諸君はマナーをきちんと守ってくれたわけである。

ゆるしあう
マナー

高貴のマナー

竹内久美子

「ノブレス・オブリージュ」とは高貴な者の義務の意。

身分が高く、経済的に恵まれている者が、その有利な立場と引き換えに、身分が低い者や貧しい者に尽くすことだ。福祉の世界などがまさにそれ。

ところが本当の意味での「ノブレス・オブリージュ」はそんな程度では済まされない。『王室・貴族・大衆』（水谷三公著、中公新書）によると、第一次世界大戦でのイギリス貴族の戦死者の割合は18・95パーセントに上る。

片や全将兵の死亡率は8～9パーセントであったという。倍以上の開きがある。貴族はおっとりしていて逃げ損ねているわけではない。貴族の義務として、危険な最前線で戦わなければならなかったのだ。

かのフォークランド紛争の際、英王室のアンドリュー王子は、敵のミサイルのおとりとなるヘリコプターに搭乗する任務まで果たしている。

なぜ、それほどまでの危険を冒し、高貴な者の義務を果たさねばならないのか？

一つのヒントとなるのは、アラビアヤブチメドリというスズメの3倍くらいの大きさの鳥だ。イスラエルのA・ザハヴィの研究によると、彼らには厳格な順位があり、メスの直線的順位の上にオスの直線的順位が存在する。木の枝に一列になって眠るとき、第1位のオス（α

オス）と第2位のオス（βオス）は両サイドに陣取るという。

まさに最前線、命の危険に最もさらされる場所だ。天敵はハヤブサなどである。

エサを分けてやる場合にも順位が重要で、その際、劣位が優位に分けてやることはありえない。あくまで優位が劣位に対してだ。

ちなみにエサを施す際には独特のトリル音を発し、「皆さん、私は今、劣位の者に施しをしています」とアピールまでする。

そんな「義務」の先にあるものとは、何か。

他でもない、メスとの交尾権である。順位の高い者ほど、実際に多くのメスと交尾できるのだ。

高い順位のオスは、オレたちは日頃から危険な任務についているし、エサもあげているのだから交尾しても文句ないでしょ！　と解釈できるかもしれないが、こういうふうにも考えられるだろう。

順位の高いオスほど危険な目にあいつつも、まだ死んでいない。劣位の者たちにエサを与えつつ自分の分も確保している。

つまりはそういう行為自体が、オスとしての資質が勝っていることのアピールになっている。

よってメスはそういうオスとの交尾をよく受け入れる。

貴族や王室のメンバーたちも、繁殖の際には一歩も譲らないはずである。それがノブレス・オブリージュの本質！

寄生のマナー

福岡伸一

ミトコンドリアや葉緑体。これら細胞内の小器官は、もともと独立して生活していた細菌やラン藻が、別の単細胞生物の中に入り込んで、相互に協力関係を築いた結果生じたのではないか。そんな考えがある。

普通、単細胞生物は、食べられると、細胞内で消化され溶かされて養分となってしまう。しかしあるとき何のはずみか、消化されずにそのまま生かされた。ご恩に、細菌はエネルギーを作り出し、手渡しはじめた。これがミトコンドリアとなった。一方、ラン藻は、光エネルギーを用いてでんぷんを作り、酸素を出しはじめた。これが葉緑体のはじまり。次は、葉緑体を細胞内にもった方の番である。わざわざ日当たりのよい場所を求めて移動し、光合成をしやすくしてあげるようにまでなった。

これはなかなか美しい仮説であり、細胞内共生説と呼ばれている。大学の講義でこの共生説を話すとき、私はまず学生に次のように言う。君たちが親の家にいて、部屋も食事も風呂もタダで、掃除も洗濯もしてもらい、授業料まで出してもらっているのなら、それは共生ではなく寄生です。もし、君たちの中に心あるものがいて、バイトで稼いだお金を少しでも家にいれているのなら、それはそれで立派な共生です。

寄生と共生の生物学的定義は実はちょっと難しい。複数の生物がひとつところに同居しており（外側にくっついていることもあるし、内側に潜り込んでいる場合もある）、片方が他方から栄養なり便益を一方的にいただく反面、自分はなにも与えない。これだけではほんとうの寄生ではない。寄生には他方に対する不利益、被害が存在しないとならない。害がない、単なる便乗には、片利共生という言葉がある。

ジンベイザメのような大型の魚のお腹あたりに、小魚が追いすがっておこぼれにあずかろうとするようなケース。ジンベイザメが何の痛痒も感じないなら片利共生。しかし、もしジンベイザメが食べようとしている餌を横取りしたり、吸盤でお腹にくっついて遊泳に負担をかけたりすれば、それは寄生となる。ところが実は、小魚はジンベイザメの皮膚に取りついたそれこそホンモノの寄生虫を食べてくれているのかもしれない。もしそうなら互恵的な共生である。つまり生物の作用は、つねに相対的なもので、そのあり方も動的である。

そこで君たち。なにも食費なんて入れなくとも、君たちの存在が、君たちの成長ぶりが、何かを家族にもたらしているのなら、それがたとえため息や一抹の寂しさであったとしても、その関係性こそが共生的なものといえるのです。つまり寄生も、ある意味で共生の一形態ということです。

交換のマナー

竹内久美子

ヤドカリは体が成長すると借りている殻（巻き貝）が窮屈になってしまう。そこで殻交換という、彼らに独特の行動を披露することになる。

何も殻を交換しなくても空の貝殻を探せばいいのにと思うが、そうもいかないらしい。空の貝殻は波によって陸上の高い所へ打ち上げられるか、海底の砂の中に埋もれ、ヤドカリが活躍する波打ち際や磯には意外なことに少ないのだという。

ならば「中古物件」である殻を交換などせず、新しく家をつくってはどうかとも思う。「新築物件」は、生きている巻き貝を襲い、中身をつまみ出すことで得られる。

1匹のヤドカリが巻き貝を襲っていると、何匹ものヤドカリがどやどやとやってくる。彼らも襲撃に参加するのだが、それは親切心からではないことはもちろんだ。

新築物件は最初に襲った者どころか、1番働いた者の手に渡るわけでもない。1番なまけていた者が入手に成功することもしばしばだ。

ともあれ誰かが新築物件に入居する。すると、ヤドカリの数に対して殻が1つ多い状態になり、残りはいわば、逆イスとりゲームと化す。最後には1番ぼろい殻がぽつんと残されるのみである。

こうしてみるとヤドカリにとって新たな殻を調達する一番手っ取り早い手段は、殻を交換することになるわけだ。

殻交換は体の大きい方から仕掛ける。これをAとし、相手をBとする。

Aは左右のハサミをBの殻に突っ込んで引き寄せ、殻どうしをすりあわせた後、自分の殻をぶつけ始める。コッコッと7〜8回続けると少し休み、またコッコッとやる（これをラッピングという）。

こうしてBを出て来させようとするのだが、Bが粘って出て来ないこともある。

今福道夫（いまふくみちお）さん（京大名誉教授であり、故日高敏隆先生の弟子）の研究によると、ラッピング中のヤドカリ、21例中、相手が出て来なかったのは11例、出て来たのは10例だった。が、この相手が出て来て相手の殻に入った10例中、また自分の殻に戻ったのが2例あった。入ってはみたものの、殻の質がよくなかった、あるいは思ったほど大きくはなかった、ということだろう。

殻をぶつけるラッピングは、相手に対する威嚇だと考えるのが普通だ。しかし今福さんは必ずしもそうではなく、殻をぶつけ、相手の殻の大きさを査定しているのではないかという。となれば、それは殻を巡る争いではなくなる。自分にあった殻を、文字通り「打診」しているだけだ。

何でも争いだと考えるのは人間の悪いクセだ。大きすぎる殻と小さすぎる殻を交換し、双方が得をする、ハッピーエンドも多々あるのである。

おごられるマナー

角田光代

私が学生だった昭和60年代、デートの場合は男の子が食事をおごることが暗黙の了解だったらしい。らしい、というのは、私はそういう男子と遭遇しなかったので、いつも割り勘だった。学生ではなくなってもやっぱりおごる男子と遭遇しなかったので、そのまま成長して中年になった。今までおごられたことはもちろんあるが、それは引っ越しを手伝ったとかノートを貸したとか恋の仲立ちをしたとか、もしくは仕事を頼まれるとか厄介ごとを頼まれるとか、労働に対する報酬の、後払いか前払いみたいなものだった。

だから未だに、おごられることに慣れない。おごる、と相手が言うと、どんな労働をさせられるのかと反射的に身構え、どうやら労働は介在しないと理解するやいたたまれない気持ちになって、「そんな、ただ飯は食えませんって」と執拗に遠慮してしまう。

数年前までは、友人も仕事相手も同世代か年上の人が多かったのだが、年々まわりの人の年齢層が下がっていって、私もおごる機会が多くなった。自身がおごるようになると、それにさほど意味はないと気づく。自分がこのなかではいちばん年上で、ものすごく高額でもないから払っておく、というような意味合いである。酔いすぎて、わり算ができないという場合もある。が、こういうときに、必ずかつての私のような人間がいて、「そんな、払います」と財布片手に騒ぎ出す。おごると言っても、払いますと譲らない。こういうとき、自分のことは棚に上げて、苛々する。財布持って言い合うのは恥ずかしいし。

若く美しい女の子とおごられ問題について話していたところ、彼女は「レストランを出るとき財布を出さなきゃいいのです」と言っていた。しかし、それもどうか。おごられて当然、という顔をされると、おごる気持ちがちょっと濁る。いや、若くて美しければ許されるのかもしれないが。

先だって、町でばったり会った年輩夫婦とお茶を飲んだ。会計の際、ここは出しますと勘定書をつかむと、「私たちが払うわ」と妻が手を伸ばし、しかしその手を夫が止めた。「せっかくこう言ってくれているのだから」とちいさな声で妻に言っている。彼らはあえておごられてくれるのだ。なるほど、おごる、おごられるというのは金銭のやりとりばかりでなく、社交という文化でもあるのだなと気づかされた。彼らのようにスマートにおごられるようになるには、私ももう少し学習が必要なのに違いない。どうぞみなさん、労働と無縁のところで、私にじゃんじゃんおごってください。私払いますでもなく、おごられて当然でもない、スマートなおごられかたを学習しますから。

ドジのマナー

荻野アンナ

オギノではなく「ドジの」アンナ、と言われる。

学生時代、机の上にティッシュを出したつもりが生理用品だった。

教師となって、遅刻して教室に突進すると、別の先生が授業をやっている。

先月のパリ出張は、父親の病気で、滞在は最低限にきりつめた。17日夜の便で、朝の4時半にパリに到着する。出発当日の成田で、セキュリティー・チェックを通過して、歩きだしたとたん、後ろで声がする。

「誰かパスポート、忘れた人いませんか?」

ハイ、それは私です。その後が思いやられた。

12時間半後、降り立ったパリは、闇にオレンジの灯が滲んでいる。

「現在18日、朝4時半です」

アナウンスに「ぎょえ」と飛びあがった。17日の夜に発って、17日の朝に着く、とその時まで固く信じ込んでいたのだ。私は空気だけではない、時差の読めない女……。

しかし本物のドジは、発想の切り替えが早い。モットーは、「起こったことは、みんないいこと」。

時差の読み違いで、まる1日ソンして、どこが「いいこと」か。パリ滞在が1日短くなったぶん、病気の父には親孝行になる。トレビヤーン。屋外の空気をほとんど吸えずにパリは終わり、21日の昼、チェックインぎりぎり（実は2分遅れ）で空港に。

「もう席がありません」

搭乗口で宣告された。実際の席数より多めにチケットを売ってしまったらしい。

こういう場合、ドジは「なんですってっ！」と相手につめよらない。自分がヌケているぶん、他人には寛容だ。人間（ことにフランス人）は、攻撃的な相手には「わたしのせいじゃない」と防御にまわって事態が紛糾する。

まったり構えた私を尻目に、カウンターの女性は猛烈な勢いで電話をかけまくっている。

「商業倫理上、正しくないわ！」

シルヴィーというその女性は、遅れてきたドジ（私）に直行便を確保すべく奔走したが、結局、北京経由の乗り継ぎ便に変更になった。

一段落したところで「商業上の倫理」について聞いてみた。会社の組織編成で、上部と現場の間にスーパーバイザーが入った。彼らはお客さまと直接接していないため、今回のような場合に融通がきかない、とシルヴィーはため息をついた。北京経由でゴメン。でもビジネスに格上げして、おいしい料理を出すからね。次回に使える値引き券ももらった。

もらっていちばんうれしかったのは、シルヴィーの名刺だ。ともだちになれそうな予感がする。ドジの周囲に悪人なし、と信じるのがドジのマナーなのである。

支えのマナー

鎌田實

人を支えるということに興味をもった。25年前からチェルノブイリの汚染地域の子どもを守る支援を始めた。101回医師団を送ってきた。11年前からはイラクの子どもたち、4年前からは東北へ支援を続けている。やり始めたら、長く支え続ける。これが支援の作法だ。

自分が被災者なら、いま何をしてもらいたいかを考えながら支えてきた。2011年3月の福島で、屋内避難の命令のため、炊き出しができず、あたたかいものが食べられていない地域があった。レトルトのおでんだと思った。

薬と聴診器とおでん。少しだけビールを積み込んだ。アルコールをもっていけば、批判がでるのはわかっている。少数の批判はつきもの。漁師のおじさん達を元気づける必要があった。ボランティアをするときは、空気に負けないこと。ビールは喜ばれた。

家を流され、家族を亡くし、眠れない夜が続いていたが、今日は眠れるかもしれない、ありがとうと言われた。相手の身になった支えが大切。

震災後3週間目に石巻に入った。上下水道が壊され、多くの人が風呂に入っていなかった。相手の身になった。千人風呂プロジェクトをはじめた。

ある化粧品会社が化粧品を送るという。断った。装飾品や化粧品は、まだ早いと思ったのだ。鎌田先生は女の気持ちはわからないといわれた。結局いただいた。

風呂のあと、化粧品を配った。喜ばれた。避難所が明るくなった。相手の身になるって、けっこうむずかしい。反省した。

時には、子どもや障がい者や高齢者の身になることが大切。妻が夫の身になると、仕事で疲れている夫は救われる。もちろん、夫が妻の身になって、「今晩のおかず、おいしいな」なんて言えば、奥さんは1週間は機嫌がいいだろう。相手の身になるって大切なんだ。

おもしろいことに気がついた。東北を応援したくて、全国の障がい者に鎌田實と東北へいこうと呼びかけた。250人の車椅子や末期がんやうつ病の人が集まった。

「いつも支えられるだけだったおれたちが来ただけでこんなに喜ばれた。うれしいよ」。だれでも役に立ちたいのだ。

福島に何度もかよっているうちに親戚みたいな家ができた。「ご飯食べていけ」「泊っていけ」と声がかかる。迷惑をかけてはいけないと断ってきたが、甘えることにした。被災者だって支えられるだけでなく支えたいのだ。

支えたり支えられたりが大事。

「外の人を支えるのはいいけど、たまにでいいから、ウチを支えてよ」と家族は思っているかもしれない。でも、これでいいのだ。困っている人を助ける。これがぼくの生き方。

分かちあいのマナー

竹内久美子

チスイコウモリはヨーロッパの吸血鬼伝説のモデルだと言われている。けれど彼らはヨーロッパにはいない。いるのは中南米だ。

夜の間、メスとその子どもたちは10頭前後からなる集団をなしている。彼らがターゲットとする、ウマやラバがいる牧場近くの木の洞に、だ。やがて〝狩り〟に出かけて行くのである。チスイコウモリは毎晩、50グラムほどある体重の半分か、ときには体重と同じくらいの血液を飲まないといけない。

もし、2晩続けて吸血に失敗すると、死んでしまう。結構きりきりの生き方をしているわけだ。

若い個体だと、だいたい30パーセントくらいの確率で失敗するというから、その危うさたるや想像以上だ。

ところが彼らは、この容易ならざる状況をこんな見事な方法で切り抜けている。吸血に成功した者が失敗した者に、口移しで血を分けてやるのだ。

それは、たとえば5ミリ・リットルくらいである。

これだけの量を満腹に近い状態にある者が与えるとすると、当人にとってはダメージには違いないが、すぐさま死につながるわけではない。

ところがこの同じ5ミリ・リットルが、もらう側にとっては、乾いた大地に恵みの雨が降ったようなもので、大いに命拾いすることになる。与えられた側は翌日に吸血に成功すればセーフなのだ。同じ量なのに、こんなにも果たす役割が違っている。

とはいえこの場合、与える側にしても確実に死に近づいている。これほどまでに自分の生存の危険を冒し、他個体のために尽くすという行動は、血縁者の間でしか行われないというのが動物行動学の原則である。

しかしチスイコウモリは血縁者でなくとも、同じ集団のメンバーなら血を分けてやる。なぜだろう？ チスイコウモリは優しいから？

皆さんの期待を裏切るようだが、動物の世界では優しさは禁物である。いや、無邪気で、無防備な優しさは、というべきか。

そこにあるのは取引だ。今回は私があなたに血を分けてあげるけれど、私が窮地に陥ったときにはちゃんとお返ししてね、と。

ただし、こういう取引が成立するには、お互いがとても長い間にわたってつきあう必要がある。血を分けてやった相手が、恩返しをしてくれることなく集団を去ってしまう。そんなことがあっては元も子もない。チスイコウモリのメスどうしは、少なくとも年の単位でつきあっている。

人間ならどれくらいのつきあいで、血を分けるに値するほど自分を危険にさらす行動がとれるのだろう。

優先席のマナー

逢坂剛

電車に、〈優先席〉や〈シルバーシート〉なるものができたのは、たぶん1970年代の前半だろう。JRが、まだ日本国有鉄道、と呼ばれていたころのことだ。

〈優先席〉の設置は、高齢者や身障者、妊婦などをいたわる意味で、おおむね好意的に迎えられた、と記憶する。一方、そういう人たちを見かけたら、だれでも、いつでも席を譲るべきであり、限定された〈優先席〉など必要ない、という否定的意見も出た。いじわるな見方をすれば、〈優先席〉以外では譲る必要がない、と受け取られる恐れがある、というわけだ。

また、欧米では譲るのが当然だから、〈優先席〉など端から存在しないと主張する、訳知り顔の国際派もいた。むろんそれは誤りで、わたしはイギリスの地下鉄で日本と同じ、限定の〈優先席〉を目にしたことがある。むしろ欧米の方が、日本のまねをしたのではないか、とさえ思われてくる。

ただ、全席が〈優先席〉とされた場合は、はた目に分かりにくいことが、あるかもしれない。わが国でも、横浜の市営地下鉄がそうらしいが、これは結局のところ「お年寄りや、体の不自由なかたに、席を譲りましょう」という形式的な呼びかけと、大差ないように思われる。案の定、期待したほどの効果が上がらなかったのか、ここへきて〈最優先席〉なるものの設置を検討中と聞いた。こうなると、話がよく分からない。

わたしは、前期高齢者（65歳から74歳）の仲間入りをしたが、あまり年を取ったという意識がない。ソフトボールや草野球を、現役でやっているせいかもしれないが、〈年寄り〉意識のあるなしは、体力だけの問題ではない。人はみな、働いたり遊んだりする意欲があって、実際にそれを実践しているかぎりは、年齢を意識せずにいられるのだ。平均余命が伸びたこともあろうが、押しなべて自分を〈年寄り〉と自覚する年齢が、遅くなっているような気がする。

実際、定年退職しても働き続ける人は、まだたくさんいる。混んだ電車に乗ったときだけ、急に年を取った気分になるのは、いささか手前勝手だろう。立ちっぱなしで疲れるのは、男女を問わず、また子供もおとなも老人も、みな同じである。席を譲るかどうかは、そのときの状況や自分の体調、それに相手の様子で決めてもよい、と思う。譲られて当然、といった顔で催促されたら、だれでも気持ちよく譲れなくなる。

わたしは、席を譲られても「老人扱いされた」と、気分を害することもないし、譲られないのを「けしからん！」とも思わない。

高齢者が、そうした自然体でいられるためにも、〈優先席〉はなくてもいいというのが、わたしの持論である。

遠慮のマナー

竹内久美子

マントヒヒがすんでいるのは、エチオピアからアラビア半島にかけての乾燥した草原である。草や花、アカシアの実などを求め、彼らは日に何度も移動する。

その移動の単位は数十頭から百頭くらいであり、いくつものハレム（1頭のオスが数頭のメスとその子どもたちを率いている）が集まったものである。これをバンドという。

夜になるとバンドがいくつも集まり、切り立った断崖絶壁の岩棚で眠りにつく。捕食者であるヒョウなどから逃れるためだ。この大集団はトループと呼ばれる。

マントヒヒではこのように、ある単位が集まって次の単位をなし、それが集まってまた次の単位をなすという重層的な社会を作っている。人間以外ではマントヒヒとゲラダヒヒにしかない社会構造だ。

このようにお互いが接近し、入り組んでいる社会では、オスたちはメスを巡ってややこしい関係になりはしないだろうか？　マントヒヒの野外研究で名高い、スイスのハンス・クンマーはおそらくこのような観点からだろう、こんな実験を行っている。

同じトループからオスを2頭捕らえてくる。互いに面識がある。一方をA、他方をBと名づける。

片や、AとBが属するのとは違うトループからメスを1頭捕らえてきてCと名づける。C

はA、Bとは面識がない。

そしてCをAと同じ檻に入れ丸1日過ごさせると、2頭はすっかり仲良しになる。やがて別の檻に入れられているBが、2頭が入った檻の前へ連れて来られ、彼らがいちゃつく場面を見せられる。

その直後にAとBとは少し広めの柵に入れられる。どうなるか？

何も起こらない。

そこへメスCが放たれる。

Bは何らアクションを起こすことはなかった。

実験をAとBの立場を逆にし、別のメスを使って行ってもまったく同じだった。

ここでポイントになるのは、オスどうしが顔見知りだということである。そうでない場合には激しい争いに発展した。

マントヒヒのオスのマナー……互いに顔見知りなら、相手の彼女には遠慮する。

とは言うものの、それは相手の目の届く範囲内での話。メスは彼氏の目を盗んで〝実行〟しているらしい。何しろオスの体重は約24キロ、睾丸は70グラム。片や人間の男（モンゴロイド）の場合、睾丸は左右あわせて20グラムしかない。体重で半分もない彼らが、睾丸で3倍以上。それほど彼らは、精子を作る必要に迫られているのだ。

実はこれぞ1頭のメスが何頭ものオスとこっそり交わり、卵の受精を巡って精子どうしを争わせている証拠。オスが受精に勝利するには精子をどんどん作るしかないのだから。

お薬のマナー

さだまさし

西アフリカ諸国で大流行しているエボラ出血熱の話。これは勿論ひとごとではない。拙著『風に立つライオン』の映画化に尽力してくれている大沢たかおさんや三池崇史監督らがこの（2014年）秋、ケニアにロケに出掛ける。

現在のところ、東アフリカには拡がってはいないようだけれども、いったん爆発すると病気がどのような形で拡がるかは想像も出来ないもの。

まして今やケニアの首都ナイロビは世界でも南アのヨハネスブルクに次いで二番目に治安が悪いといわれる危険都市。現地の人に聞けば、危険と言っても窃盗や強盗の類いで、戦争地帯でテロも多いイラクやシリアとは危険の質が違う、とのこと。

そう言われても、こちらも生身の人間となれば、どうか安全に、とロケ隊の無事を願うばかりだ。「こんな病気があると分かっていても自分たちには喫緊の危険性がない」と感じる病気、或いは「仮に特効薬を作ってもその病気に悩む人達の多くが低所得者で薬が売れない」となれば製薬会社では大金をかけてまで薬の開発をしない。

これらは「貧者の病」とも言われるものだ。

エボラ出血熱の場合、致死率が高いと言うことと、欧米人の感染者が出るまで拡がったから、おそらくこれから根治へ向けての活動が進むだろう。

「貧者の病」はスーダンで独り、現地での医療活動を続ける川原尚行医師が帰国した際、一緒に食事をしたときに教わったことだ。

「指や掌の皮がポロポロ剝けてるでしょう？」と川原医師は自分の手を見せながら言った。「水虫みたいでしょ？ でもこれ、痛くも痒くもないんですよ。ただ、こうして皮が剝けるだけ。この病気の病原体の意図が分からない」と笑う。

川原医師はラガーマンらしいさっぱりとした硬骨漢だ。「これ、人から人にはうつらないんです。ハエが媒介するらしいんですけどね。薬はありません」と言った。

「仮に薬が出来たとして、幾らで売れると思いますか？ また、アフリカで飢餓に苦しむ人達がそれを買えると思いますか。売れないものは作らない。するとね、その病気は永遠に消えないんですね。これが貧者の病です」と。

研究費として巨額のお金を注ぎ込む以上、元を取らねば困るというのは企業として当然の話だ。

しかし僕は信じている。

此の世のどこかに、貧者の病を治すためにコツコツと努力している小さな化学者や医学者がいることを。

華々しく話題にはならなくとも、そっと貧者に寄り添う、そんな医学者は現実に日本にも居る。

大きく繫げられないか。

ご機嫌取りのマナー

竹内久美子

家族が集まって村ができる。村が集まって町ができる……というように、ある単位が集まり、次の単位ができる社会は、重層的だと言われる。この重層的社会をつくるのは人間以外では2種だけで、以前紹介したマントヒヒと今回紹介するゲラダヒヒだ。

そして入り組んだ社会で、皆が何とか安心して暮らしていくにはルールが必要だ。特に性についてのルールが。

人間しかり、マントヒヒしかり。マントヒヒの場合には、仲良くしているオスとメスを目撃したオスは、そのメスに（少なくともそのオスの前では）ちょっかいを出さないというルールがある。

ゲラダヒヒはどうなのか？

ゲラダヒヒはエチオピアの高原にすんでいるが、社会の1番小さい単位はワンメール・ユニットと呼ばれるものだ。リーダーオスが3〜5頭のメスとその子どもたちを従えている。ところがワンメール（メールはオスの意）と言いながらここには、もう1頭のオスがいる。リーダーとは血縁関係のない、セカンドオスと呼ばれるこのオスは、リーダーの補佐役であり、生殖能力があるにも拘らず生殖活動を行っていない（ことになっている）。よってワンメール・ユニットと呼ばれるのである。

彼が許されているのは、リーダーの第2夫人と仲良くしてもいいということ。もちろん毛づくろい程度のことであり、交尾などもっての外だ。

では、セカンドオスには次のリーダーの座が約束されているとか、何か展望が開けているに違いないと思うと、そうではない。次のリーダーの座には、現リーダーと戦って勝った、オスグループの中心人物が収まってしまう。

セカンドオスは一生惨めな補佐役なのだろうか？　それとも……？　その答えのヒントはゲラダヒヒ研究のパイオニア、河合雅雄（かわいまさお）氏（京大名誉教授）の観察にある。

ワンメール・ユニットは毎日のようにオスグループに襲われる。とはいえそれはほとんどの場合、儀式的なもので、ギラと名づけられたリーダーオスは、いつものようにオスたちを追って丘の向こうへ消えていった。

セカンドオスのケンにはつい出来心が生じてしまったようだ。彼はノラというメスに近づき、彼女の尻に両手をあてて持ち上げ、交尾を促した。ノラは応じようとしない。

とそこへ、突然ギラが戻ってきた。ケンは慌ててノラから飛びのくと、しきりに唇めくり（リップロール）をした。唇を上へめくり、歯茎という弱い部分を見せて相手に敵意がないことを示す、ゲラダヒヒに特有の行動だ。

ギラはケンを睨みつけると、いつもの3倍の、30秒もの時間をかけてノラと交尾した。

ケンよ、次回に期待しようではないか！

絆ぐるぐるのマナー

鎌田實

ぼくは11年前からイラク戦争で傷ついた子どもたちを助ける活動をしてきた。毎月300万円ほどの医薬品をイラクの四つの病院に送っている。震災後は福島の子どもを助ける活動も加わった。

その活動資金を得るために、チョコレート募金をはじめた。2000円を寄付していただくと、缶入りチョコレートを4個プレゼントしている。毎年16万個のチョコレートが、イラクや福島の子どもたちのための薬や活動資金になっている。

今年のチョコ募金のテーマは「絆ぐるぐる」に決めた。だれかのために、ほんのちょっとでも役立ちたいという思いが、見知らぬ人のところに届き、それが巡り巡って戻ってくる。はじめは小さな絆かもしれないけれど、それを回転させ、大きくしていきたいという思いを込めた。

このチョコレートは、たくさんの人の協力でできている。

チョコレートは、北海道のお菓子メーカー・六花亭がおいしくて安全なチョコを、原価で分けてくれている。

チョコレートの缶を作っているのは草加市にある小さな製缶工場。「3か月分ほどの仕事になる」と喜んで引き受けてくれた。

発送は共同作業所のはなみずきにお願いした。働きたいという障がい者に、協力したいと思ったからだ。

缶の絵は、毎年、チョコ募金をしていただく方から好評で、楽しみにされている。

今年は、イラクの白血病の8歳の女の子、イマーンちゃんが描いてくれた、福島の郷土玩具、赤べこの絵だ。ぼくたちがプレゼントした赤べこの首をふるところが気に入ってくれたようだ。

白血病が再々発して厳しい状態だが、なんとかイマーンちゃんを助けてあげたいと思っている。

ぼくたちのNPOでは、イラクの子どもの支援活動とともに、3年前からシリア難民の妊婦さんの支援も始めた。シリアが内戦状態になり、たくさんの難民がイラクやヨルダンに出てきている。

ぼくたちNPOは東北の被災者支援もしているが、この話をすると、石巻や福島の被災地に集まって使われなかった衣類を、シリア難民のために届けてほしい、と協力を得た。

「たくさんの日本人のチョコ募金で助けてもらった」というイラクの女の子は、成長してバイオリンを弾くようになり、今年の夏、東北など日本各地でお礼のコンサートを開いてくれた。

絆がぐるぐる回りはじめている。

人は弱い動物だ。一人では生きていけない。だから、絆が大事。相手を縛らないようにゆるゆると絆を結びながら、次から次へぐるぐると回していくことで、人は何倍も強くなれると思う。ぐるぐるの作法は、世界を平和にし、子どもたちに生きる力を与えることができると信じている。

旅のマナー

さだまさし

僕は中学一年生の時からバイオリン修行のために単身上京し、下宿生活をした。

当時、帰省に使われるのは急行列車が主流で、東京—長崎間は『急行雲仙号』が23時間57分、ほぼ一日掛けて走った。夏はそれほどでも無かったが、冬の、殊に正月の帰省列車の混雑は酷く、乗車率150％をはるかに越えた。

当時の急行列車は座席指定の1人用リクライニングシートの『一等車』が一両。あとは二人用の直角座席に向かい合って四人が座る自由席の『二等車』だった。

混雑期には自由席と言えども、徹夜で並ぶ覚悟が無ければ座るのは難しい。

大混雑の帰省列車は通路に新聞紙を敷いて座る人、寝る人、トイレのあるデッキ周辺も人で埋まり、実際車両の真ん中あたりに座った人はトイレに行って戻るのに半時間以上掛かったくらいだ。

勿論僕は徹夜で並んで座席を確保し、必ず一番トイレに近い席を選ぶようにした。

蒸気暖房はあったがクーラーなど無い、思えば息苦しくなるほどの混雑の中で、よくぞ眠れたものだと思うけれども、誰も彼も公共心に篤かった時代だ。

夜になれば大声で話す人も無く、理性的に少しずつ互いに譲り合い、誰かが困っているとみんなで助けた。何しろペットボトルや缶ジュースなど存在しない頃だ。せいぜい夕方駅弁と一緒に買ったお茶を少しずつ口にして朝まで凌いだものだ。それでも喉が渇いて泣き出す赤ちゃんや子どもの所へは誰かの水筒の水が届く、そんな温かな時代だった。

今は飛行機で2時間足らず。新幹線でも博多まで5時間を切るほど日本は狭くなり、交通機関はただの移動の手段に過ぎなくなった。

奇妙だが豊かになると同時に個人主義が主流になって、他人とは没交渉という人も増え、いわゆる旅の風情もすっかり変化した。

公共心よりも、誤った『個人の自由』が幅を利かすようになった。

列車の中でも子どもは好き勝手に騒ぎ、その子をたしなめるべき祖父祖母は一緒に大声ではしゃぎ、孫の機嫌を取る。子どもがぐずらぬようにゲーム機やスマホを与え、ピポピポという音が周囲の乗客を不快にさせていることを慮る親は少ない。こちらが少しでも嫌な顔をしようものならにらみ返す。

自宅のリビングを公共の場に持ち込む『愚かな親』『愚かなじじばば』がいつの間にかそこら中に満ちている事に驚く。

帰省列車の『お互い様』や『人として共に旅を過ごす』という、風情に満ちた人と人との温もりが恋しい。

『されて嫌なことはしない』、それが『自由』の約束、基本なんだけどなあ。

みんなが貧しかった頃の方が互いに助け合えたんだなあ。

豊かさとはなんだろう。

マナーのマナー

荻野アンナ

最近、気になることがある。

「いらっしゃいませコンニチハー」

コンビニのみならず、たいていの店で挨拶がコレになった。「いらっしゃいませ」と「こんにちは」を合体させるのはいかがなものか。違和感を覚えつつも、そのうち慣れた。しかし、「いらっしゃいませコンニチハー」とペアで広まったお辞儀の仕方には、いまだに戸惑う。

女性に多いのだが、まず、右足と左足を少しずらして立つ。次に、右ひじと左ひじを90度の直角に曲げる。両手はおへその辺りに重ねる。この状態で背筋を伸ばしたまま、深々と頭を下げる。町中だけではない。テレビをつければ、アナウンサーからCMのタレントまで、一律コレをやっている。

キャビンアテンダントあたりが発端ではないか、と勝手に想像している。彼女たちの制服は上着の丈が短めなので、裾をおさえる形でお辞儀するようになったらしい。

挨拶はマナーの基本であり、基本は親や上司が教える。ある学生が、コンビニでバイトをした。夜勤だったので、「いらっしゃいませコンバンハー」を連呼した。

「『コンバンハー』の『ハー』は、語尾を上げてね」

というのが店長の教育的指導であった。

たしかに挨拶の語尾を下げられては感じが悪い。お辞儀も無いよりあったほうが良い。しかし、痛々しいほど丁寧なカタチを見せられると、少し引いてしまう。

客にサイボーグのような対応をした後で、店員同士がキャッキャしていると、客は仲間外れにされたようでわびしい。マニュアル化したマナーが鎧になって、生身が隠れている、と感じる。

飲食店のトイレで、たまに出くわす貼り紙がある。

「いつも清潔に使って頂き、ありがとうございます」

微妙な押しつけがましさにムカつく、という知人がいる。そもそも「そんなに『いつも』来てないよ」と思うそうだ。

同種の「ありがとう」も、やり方によっては相手に届く。旅先の路線バスで吊革につかまっていると、広告の間に「感謝状」が一枚、はさまっていた。

「ついつい吸いそうになったタバコを、『バス停ではな…』と思い直してくれたあなた、ありがとう」

実物そっくりの感謝状には、「××バス株式会社　社員一同」とある。ちょっとしたシャレ心で、マナー広告に特有の臭みが抜けている。気配りをするよう相手に求める側にも気配りが必要、ということだ。

マナーは、相手あっての生モノだ。挨拶は人類に共通だが、挨拶の仕方は時代と風土で異なる。こわばらず、押し付けず。この原稿に「まぁなー」と寛大に頷く柔軟さがマナー、かな？

ハイテクは
つらいよ
マナー

ネットネタのマナー

綿矢りさ

　一般受けはしないが、自分はめちゃくちゃ好き、という話題がある。そういう話に限って、聞いてもらいたくて、良さを分かってほしくて、たまらない。しかしみんなの反応はうすいと予測がつくし、強引に話し続けてもしらける。以前はそこらへんのマナーは、わりとシビアに守っていたつもりだが、最近は話してから気づき、落ち込むことが多い。

　原因は分かっている。ネットを常用しだしてから、どこからが一般的な話題で、どこからがマニアックな話題なのかが分からなくなってきた。

　最近では、海外のとんでもなくカロリーの高いジャンクフードの画像をネットで見るのにはまっている。バターにホットケーキミックスの衣をつけて揚げたフライドバター、着色料てんこもりの虹色のケーキ、ハンバーガーの乗ったピザ。すべてが規格外で、見てるとハイになってくる。ほとんどの人がよく知らないだろうし、興味がないとは思うが、ネットには同じ趣味の人がたくさんいて、画像がどんどん集まってくる。

　ネットには膨大な量の情報や知識がつまっていて、人気トピックスにはたくさんコメントがつき、閲覧数も万を超える。それらのホットな反応を読んでいるうちに、自分が特異な検索ワードでたどり着いた記事だと忘れて、世間的にも盛り上がっている話題だと勘違いしてしまう。

たとえば新聞なら、どれが本日のビッグニュースなのか、何面に載るかや見出しの大きさなどですぐ分かる。しかしネットだと、どのニュースも扱いはあまり変わらない。

一方、もう絶版で図書館にしかない本なら、マイナーな本を自分は読んでいるという意識がある。しかしネットだと、どんなサブカルな知識でも異様に詳しい人がわんさかいる。どうしても聞いてほしかったら、相手の興味ある事柄と接点のあるトピックスを話題に選べば、相手もノッてくるかもしれない。

私の場合、ハイカロリーフードについて話したかったら「ダイエットしたい」というような話題が出たときに、「そういえば、こんな食べ物もあるみたいでさ」と紹介すれば、スムーズに会話に盛り込める。相手が興味を持てばくわしく説明すればいいし、無ければ潔く話をやめる。

ここで気をつけたいのは、話が弾んだ場合、やたらうれしそうにイキイキと解説し始めたら、(ああ、この話をしたかったのね)と見抜かれるので、あくまでさりげなく。

あとはその場で携帯のネットなどで、はまってる動画やサイトを見せてしまうのも手だ。しかし、このとき、おもしろポイントがなんのリアクションもなくスルーされると、自分がすべる以上に手に汗を握るので、注意したい。

ゴシップのマナー

荻野アンナ

世の中はトラ年からウサギ年に改まったのに、パソコンの前の私は、猿のままだ。

昨年、学生に「2ちゃんねる」の見方を教わったのが運のつき。誰かが世間を騒がせるたび、私はラッキョをむく猿と化した。

おまけに昨年はゴシップの当たり年だった。盆に結婚の市川AB蔵が、暮れにボコボコにされた。首相が交代し、経済も外交もぐらぐらで、通称「イラ菅」の現首相は、あっという間に「ずるカン」、「あきカン」、「すっからカン」となった。

昼間は仕事でテレビが見られないから、夜中のネットサーフィンが長くなる。あの記事この記事と、読み散らかす。

ラッキョはむいても皮ばかり、中身がない。ゴシップも同じで、情報量が増えるにつれ、達成感から遠ざかっていく。ゴシップは、いわば情報のジャンクフード。満腹感がないのに、中性脂肪だけ着実に付く。

それなら見たり読んだりしなければよい。ポテトチップやハンバーガーが無くても困らないのと同じで、「灰皿テキーラ」を知らなくても、生活に不便はない。

分かっちゃいるけど止められないのはなぜか。理由は簡単で、暮らしに潤いが欠けてくると、カサカサの心の保湿剤として、ジャンク（情報&フード）は有効なのだ。

私生活が充実すれば、ゴミに囲まれる必要はない。たとえば私の充実とは、近所のボクシングジムに通い、銭湯に入ること。こんなささやかな幸せでも、つかむには握力がいる。私がゴシップ猿だった1年は、父を介護し見送った1年と重なる。仕事と病院の後に、ジムで汗を流す気力はなく、テレビを肴にビールを飲んだ。

結果、筋肉が脂肪に変わり、脂肪がみるみる増えた。

「お元気そうで」

久しぶりの挨拶に、よく言われる。体ぷよぷよ、心カサカサの「元気」が、この社会には溢れている。

酒の席で殴られた被害者のはずが、大バッシングを受けたあの人も、今ごろ、心はカサカサのきわみであろう。日本の有名人は大変で、ワッショイワッショイと胴上げが続いていたのが、あるとき一斉に手が引いて、すとんと落ちる。褒めるモードの間は一切の批判を許さず、貶(けな)すモードに切り替わったとたん、一切の擁護を許さない。

戦中の「鬼畜米英」が、戦後「アメリカさんにハローと言いましょう」に裏返った伝統は、健在である。安易なマスコミ批判は、「他人の不幸は蜜の味」という真理の前では無力だ。ゴシップに対応する最良のマナー、それは自力で小さな幸せの蜜を集めることだ。

携帯メールのマナー

角田光代

友人から携帯電話にメールがきた。用件ののち、「ところで元気?」と書いてある。これは質問か、社交辞令か。しばし考えたのち、近況を書いて返信した。すると数秒後、返信の返信がきた。そのラストに、「今度飲みにいかない?」とある。これは質問か、社交辞令か。また考え、返信の返信に返信。するとさらに返信がきて、いったいこのメール合戦はいつ終わるのかと途方もない気持ちになりつつ、ちっこい数字ボタンをフニフニと打ち、はたと気づいた。私たち、返信のやめどきがわからなくなっている!

かように、携帯メールにはいまだに慣れない。携帯電話の存在しない青春期を送ったからか、携帯電話はそもそも若者の道具、という意識がある。あのちっこい番号ボタンを、間違うことなく素早く押し文章を作る、というのは、若者だけが発達させた運動能力なのだと思っている。でも、便利である。だから、使う。使うのだが、流儀がよくわからない。そして先ほどのような、プチ悲劇が起こる。

携帯電話にメールがきた場合、私は即座に返信する。次の瞬間にはメールをもらったことを忘れてしまうからである。しかしいつも、即座に返信したのち、なにとはなしにくよくよする。「こんなに速い返信、相手をビビらせないだろうか」「すっごい暇人と思われないだろうか」「メール依存症と思われないだろうか」などと不安になるのだ。

さらに、数字ボタン押しに慣れない私の文は短く、改行と句読点が極端に少ない。それも不安。「怒っていると思われないだろうか」「文筆業なのに文章が変と思われないだろうか」「頭が悪そうと思われないだろうか」と思い悩む。絵文字を入れれば短文の素っ気なさも和らぐと思うものの、ぜったいに入れたくない。なんだか痛々しい若作りをしているような気分になるからだ。

流儀がわからないとき、私は人の真似をする。だから他人のメールのしかたをよくよく観察しているのだが、年齢と流儀の関係・統一性はないようである。若くても絵文字いっさいなし、返信二日後、という人もいれば、私より年長なのに絵文字満載、即返信という人もいる。

文は人なり、という言葉があるが、平成風にいえば、携帯メールもまた、人なり、である。返信二日後の若者は悠然としたマイペースなのだろうし、絵文字満載の年長者は、いかに外見がおっさんでも、中身はお茶目であるに違いない。だから私も開きなおろう。即座に返信、短文、改行なし、打ち間違い多し、絵文字なし。忘れっぽい、せっかち、さらに返信後のくよくよも含め、たしかにそれは、まごうことなき私である。返信の返信に返信を書いてしまったりする融通のきかなさも、またしかり。

撮るのマナー

さだまさし

趣味は何ですか？　と聞かれることが多い。

運動ならゴルフ、と答えるのもありきたりでつまらないと思うので、最近は「カメラです」と答えることにしている。それに対して「どんな写真を撮るのですか？」と聞いてくればしめたもの。「写真ではなくカメラが趣味なんです」というとみんな一瞬の間を置いて爆笑する。

写真を撮るためでなく、カメラを集めるのが趣味なんですよ、と笑って貰うことにしている。

最近はどのメーカーもほとんどデジタルなので、とにかく撮っておいて、自分でプリントアウト出来るし、気に入らないものは「消去」すればいいのだから随分便利になったけれども、お陰で町の写真屋さんが追い詰められた訳だ。

カメラを集めるのが趣味、というのは事実だが、下手くそながら写真を撮ることも好きだ。

僕の日常はほとんどコンサートツアーという旅の中なので、わざわざ撮影旅行を企画しなくても各地でシャッターチャンスに巡り会う。

フルサイズ機はかなりの重量になるので旅先に持ち歩くのが辛いけれども頑張って持ち歩くようになったのは「ああ、今カメラがあれば」と悔やむシーンがあるからだ。

仲良しのカメラファン、照屋林賢（てるやりんけん）がある時呟いた一言が胸に沁みる。「持ってなければカメラじゃない」。そりゃそうだなあ。以来、どこへ行くにもカメラを持ち歩くようになった。

ただ、東日本大震災の直後に被災地へ入る時だけはカメラは持たずに行くようにした。

アマチュアカメラマンが興味本位でシャッターを押すべきでないと思ったからだ。

写真を撮るという行為にもマナーがあると思うのだ。いや、ルール、と言い切っても良いと思う。

僕にはあの悲惨な被災地を撮影する正当な理由はない。

人に大切な何かを伝える仕事ではあるが、カメラを向けるのは「領分」を踏み外す事になる、と判断した。自分の卑劣な好奇心を僕のカメラで撮りたくなかったからだ。

悲惨な事件事故、或いは災害の現場で断りもせずに無遠慮に携帯電話のカメラを向ける人たちに僕はいつも胸の中で問いかけている。

それ、撮ってどうするんですか？　記念撮影ですか？　と。

僕ら芸能人には常に無遠慮なカメラが向けられる。

空港にいても、駅にいても、仲間と食事をしている時にも、だ。

あなた方は撮られるのも仕事のうちでしょう？　という撮る人の心の声が聞こえる。

少しでも迷惑そうな顔をすればそれで批判される。

今や携帯電話の数だけカメラがあるから敢えて世間に問いかけようと思う。

それ、撮っても良いものですか？　と。

それを撮ってあなたの心は痛みませんか？　と。

映像のマナー

逢坂剛

１９６０年代にはいって、わが国ではテレビの急速な普及とともに、映画館へ足を運ぶ観客の数が、しだいに減り始めた。

今思えば、映画の全盛期ともいうべき１９５０年代に、お茶の間ならぬ映画館にかよいつめ、古きよき時代の作品と出会えたのは、幸せなことだった。それなのに、近ごろはめったに映画館に、足を運ばなくなった。その理由は、どうしても映画館で見たい、と思うほど魅力的な作品や、俳優が少なくなったからだ。

そうした状況は、映像処理技術が格段に進み、映画の仕掛けが派手になったことと、無関係ではない。新しい技術の開発、導入には多大の経費がかかるので、脚本の練り上げや俳優の演技力、監督の演出力などへの投資が、二の次になる。その結果、映画が本来持つべき魅力が、失われてしまったのだ。

むろんわたしも、CGやVFXを駆使した、大がかりなアクション映画やスペクタクル映画を、否定するわけではない。それどころか、すでにクラシックになった『エイリアン』や『インディ・ジョーンズ』『バック・トゥ・ザ・フューチャー』などを、大いに楽しんだ口だ。

しかし、仕掛けの大きなもの、派手なものは、初めのうちこそ目新しいが、すぐにあきられてしまう。必然的に、作る側は観客にあきられまいとして、いっそう大がかりな仕掛けを、工夫しなければならない。これはもう、いたちごっこである。俳優は演技をしながら、最終的に映像処理が施されるまで、どんな画面になるか、自分でも分からない。これでは、演技もくそもない。あとにはただ、派手な画面と空虚なストーリーが残るだけ、ということになる。

近年で、もっともばかげた技術の一つは、3D映像だ。

これはまさしく、1950年代に〈立体映画〉、いわゆる〈飛び出す映画〉として、大々的に売り出された映像技術の、焼き直しにすぎない。〈飛び出す映画〉は、最初こそ話題をさらったものの、すぐにあきられてしまった。むろん、そのころに比べて今の3Dは、格段に技術が進歩したから、ものが違うという意見もあるだろう。しかし、眼鏡をかけて見る、という原理は同じである。眼鏡なしで見られる、などというキワモノ技術にも、目が疲れるだけだから興味はない。

驚きあきれたのは、テレビまでもが3Dに、参入したことだ。昨今の、液晶テレビの衰退をみれば分かるが、電機メーカーの勘違いは、甚だしいものがある。生活者が求めているのは、ハードでも映像技術でもない。あくまで、コンテンツなのだ。ハード、ソフトとも、映像ビジネスにたずさわるみなさんは、〈技術よりも内容〉を旨として協力し合い、往年のパワーを取りもどしてもらいたい。

０１２０のマナー

乃南アサ

　テレビでもよく宣伝している、ある有名会社に電話した。最近はほとんど「０１２０」の、いわゆるフリーダイヤルを設けている会社が多い。不思議なものでフリーダイヤルを利用する場合、私たちは大抵、対応するオペレーターが「いい感じ」に違いないと思い込んでいる。通話料さえ取らないんだもの、サービスを心がけてるに決まってるし、電話応対のプロに違いない、と。

　で、私は電話をした。やっぱり、すごく感じのいい女性が出た。テキパキしていて話の進め方も明快、こちらの希望の日時を言ったら家まで来てくれることになった。

「前日までに確認のお電話も入れさせていただきますね」

　彼女は言った。間違いなく。

　ところが、確認の電話は来なかった。私は自分が聞き違いでもしたのだろうかと考えた。ひょっとすると「予定が変更になった場合は電話します」と言われたのかも。

　そうして約束の日、待てど暮らせど誰も来ない。

「そんな馬鹿な」

　約束の時間を三十分ほど過ぎたところで、またフリーダイヤルに電話してみた。すると今度は、ものすごーく暗くて覇気のない中年男性の声。

「えぇー、本当ですか……。困りましたねえ」

困っているのは私の方だ。だがその男性の声は、まるで逃げるように「担当の支店から電話させますから」と言って電話を切ってしまった。陰気なおじさんと話すよりはマシだと思って、私は電話を待つことにした。

「ははあ、今日の一時にね。確かに、そういうことにはなってたらしいですけど、困ったねえ、もう約束の時間も過ぎちゃってるし」

ところが支店からかかってきた電話では、また違うおじさんが、ぞんざいな口調でこうのたまうではないか。すみませんのひと言もない。

「もう今日はねえ、予定が一杯なんでねえ。何とか行けても、夕方過ぎるかな」

かっちーん! やる気あるのか、オヤジ! 私は「それなら結構」と電話を切り、もう一度、代表のフリーダイヤルに電話をかけた。また違う女性の声。元はと言えば一番最初の女性が悪いのかも知れない。だが、私がここまで気分を害したのは、今日の男性たちの対応のまずさだ。

来られないと言っていたはずの支店から若い営業マンがすっ飛んできたのは、それから一時間もたたないうちだ。彼は最初から最後まで平身低頭、気の毒なくらいだった。自分よりずっと年上の、使えないおじさんたちのせいで。

今のこのご時世、そう甘くはない。「こんな仕事」と思っていたら、それはすぐ声に出る。顔が見えないから余計に伝わるのだ。どうも中年男性の方が、そこのところを理解していないように思う。

八つ当たりのマナー

逢坂剛

若者世代を中心に、本を読む人が減ったといわれ始めてから、すでに久しい。

本だけではない。新聞を読まない若者も、増えてきた。ことに、一人暮らしの若者の多くが、新聞の自宅購読をしていない、という。

いつも、こうした現象の主犯として挙げられるのが、携帯電話の普及だ。まして、昨今はスマートフォンなるものが登場し、猫も杓子もスマホという時代になった。なんでも、小型のパソコンを持ち歩くのと同じだそうで、歩きながらでも電車の中でも、必要な情報をすぐに入手できるらしい。その上、好きな音楽を好きなだけ聞けるし、いろいろなゲームで暇つぶしもできるから、本など読んでいる暇はない、というわけだ。まことにもって、シアワセいっぱいの若者たちではある。

われわれ戦中生まれは、何かを手に入れるのに足を使わないと、ありがたみがわかない。たとえば、神田神保町の東京堂書店に足を運び、新刊書の平台を見渡してみよう。あるわあるわ、新刊書が手に取ってくださいとばかり、ずらりと並んでいる。それを、ひとしきり眺めるだけで、今人びとが何に関心を抱いているかが、一目瞭然に分かる。新聞もまた、朝の食卓でぱっと広げたとたん、世間で今何が起きているか、立ちどころに判明する。

しかるに、近ごろはタブレットとか○×パッドとか称して、ちまちました液晶画面で読むメディアが、普及し始めた。これはもともと、〈0と1〉〈アルファベットたった26文字〉しか持たない、単純素朴な連中が開発した、おもちゃである。平仮名と片仮名に加えて、何万もの漢字を使いこなす、わが国の高度の言語文化とは、本来なじまないものだ。アニメとか、ビジュアル系の雑誌等は別として、印刷メディアで育った世代には、このおもちゃで本を読む気は起こらない。日本の出版社は、よそ者に市場を奪われてたまるかと、しきりに対抗策を講じているが、何も心配することはない。今こそ、日本の活字文化の底力を、見せつけてやれと言いたい。

スティーブ・ジョブズが、どれだけ偉いか知らないが、わたしにとっては縁もゆかりもない、ただ小才のきくオジサンにすぎなかった。そういう自分も、どこかで彼の発明品？の世話になっているではないか、と指摘する向きもあろう。しかしそれは、当方からお願いしてそうなったわけではなく、向こうが勝手に押しつけてきたのである。世話にならなくても、わたしは痛くもかゆくもない。いっそ、貧しかったけれども明るい希望に満ちた、戦後の闇市の時代にもどるなら、それはそれで悪くないではないか。

もっとも、それは今のシアワセな若者には、とうてい耐えられないことだろう。

エコのマナー

荻野アンナ

テレビで、雑誌で、新聞で、「エコ」という文字を目にしない日はない。「地球に優しい」という表現も跋扈している。おそらく地球に1番面倒がかからないのは、人類が滅亡することだ。産業をすべて捨て去って、自給自足の生活に戻ったとする。たとえ有機農業であっても、土を切り崩して生態系を変える人工的な営みである。

そのためか、農業の起源にまつわる神話には、死の影がつきまとう。『古事記』ではオオゲツヒメが切り殺され、その死体から穀物が誕生する。神話の時代には、自然をいじる罪悪感を文明の始まりに置いた。健全なバランス感覚だと思う。

「地球に優しい」は、人間の上から目線であり、本音は「人間に優しい」というエゴだ。エゴでもエコでも、実践が必要なことに変わりはない。

たとえばトイレに行ったとする。最近の洗面所は、ペーパータオルかエアータオルだ。ペーパータオルをくしゃくしゃポイするたび、資源を無駄にした罪悪感を感じる。エアータオルだと、環境に貢献したつもりになる。あるとき、はたと気がついた。エアーを出すための電力と、使い捨ての紙タオルと、どちらがより多くのエネルギーを消費しているのだろう。それなら自前のハンカチを使えば良い。しかし、たまったハンカチの洗濯にも水と電力がいる。どうしたものやらと、濡れた手で頭を抱える。

これでも数年間、エネルギー関係の取材をし、コラムを書いていた。大は原子力から、小は牛糞を発酵させたバイオガスまで。北は北海道の雪冷房から、南は沖縄の太陽光発電まで。くまなく調べ歩いたつもりでも、日常の実践で何が本当に有効なのか、分かっていないことに愕然とする。

もう1つ、例を挙げる。「エネルギー学」を提唱する手塚哲央（てづかてつお）先生を取材したことがある。先生は工学出身だが、エネルギー問題を解決するためには、理系と文系（経済学、法学、社会学）の協力が必要だという。

石油が主流のころは、石炭を液化させ、ガソリンにする研究があった。脱石油の今は、電気自動車や燃料電池に力が入る。時代の流れと経済効率を読むのも技術である。

東南アジアでは、サトウキビから燃料を作る研究が進んでいる。サトウキビは発酵させれば簡単に酒になるが、エタノールへの精製には、よほどの手間がかかる。地球規模で考えれば、エネルギー不足より食糧問題が先にくる。食糧をわざわざ燃料にするよりは、飲むなり食べるなりしたほうが、というのが手塚先生の意見で、私も同感だ。

エコのマナー、それはエゴではなく、ヒューマニズムに徹すること。人類の幸福と地球の幸福が重なる地点に未来はある。

カーナビのマナー

藤原正彦

　こう見えても私は常日頃安全運転を心がけている。だから半世紀近く運転してアメリカで1回、日本で6回しか白バイやパトカーに捕まってないし、何より無事故だ。

　運転上の欠点と言えば方向音痴だけだ。

　高円寺から自宅のある吉祥寺へ向かったのだが、気が付いたら新宿の高層ビル街にいたこともある。角を2度曲がると方向を失うのだ。3度曲がるともっと失う。

　女房に言わせると、私が右と言えば正解はいつも左で、左と言えば正解は右らしい。「毎回確信を持って正反対を言うんだから見事なものね」などと感心してくれる。「毎回正反対ならマイナスをかければ全部正解だ」と数学者らしい理屈を言うと、「そんなに方向感覚が悪くてよく幾何ができたわね」と首を振る。

　ところが近頃、車の中での夫婦喧嘩がなくなった。カーナビのおかげだ。

　私の車のカーナビは実に賢く、最短時間で目的地へ達するルートを画面と声で教えてくれる。それに曲がるべき交差点が近づくと、運転席前のガラス下部にも進むべき方向を表示してくれる。渋滞情報まで教えてくれる。道を間違えても女房のようになじらず、冷静に次善のルートを教えてくれる。

　不備を一つだけ挙げれば、幹線道路が渋滞の時に裏道を教えてくれることだ。余計なことだ。私は道も人生も正々堂々と猪突猛進するのが好みなのだ。

先日、たまには素直にしようと表示された裏道を行ったら、踏切で10分以上も待たされ会食に遅刻した。電車の動きを把握していないからだ。

それでも地方でレンタカーに乗る時など、大いに助かる。すばらしい文明の利器だ。

と言っても日本のカーナビだけだ。フランスのレンタカーは、電話番号で案内する仕組みがなかった。イタリアではなぜか初めから信用しなかったから助手席の女房が地図を開いていたのだが、カーナビはトスカーナ地方に疎いらしく道をよく間違える。

指示を無視して地図を優先すると「ターン・ラウンド（Uターンしなさい）」を繰り返す。それでも無視すると「すぐにUターンしなさい」と叱る。5キロ先まで行ってもまだ同じことを言っていたから、このカーナビは出発時に決めたルート以外を通ると狼狽するようにプログラムされていたのだろう。

ただし、どんなものでも1つくらいは取り柄がある。指示する女性の声が異様にセクシーだったのだ。「リリー・マルレーン」を歌うマレーネ・ディートリヒのような、「再会」を歌う松尾和子のような、やるせない吐息にも似た私の胸をしめつける声だったのだ。

途中から当てにならぬ画面は一切見ず、ナビの声に感動する私だった。イタリア式悩殺カーナビも悪くない。たまにならば。

電子機器のマナー

逢坂剛

　文明の利器の発達は、政治や経済、文化を含むすべての社会活動に、劇的な変化をもたらした。それによって、わたしたち個人の生活も、いちじるしく合理化された。

　ただし、機械が人間の代わりを務め、生活が便利になればなるほど、わたしたち自身が持つ力、すなわち人間力は相対的に衰える、という事実を、忘れてはなるまい。

　飛行機はおろか、電車、自動車、自転車もなかった江戸時代、人びとの陸上移動はほぼ、徒歩に限られていた。馬や駕籠（かご）はあったが、決して安価ではなく、楽な乗り物でもなかったから、よほどの事情がないかぎり、一般庶民は使わなかった。

　してみれば、当時の人びとの脚力は相当なもので、現代人の遠く及ぶところではなかった、と推察される。明治以降、栄養状態が改善されたとはいえ、脚力を中心とするわたしたちの基礎体力は、それ以前に比べてかなり衰えた、とみていいのではないか。

　体力だけの問題ではない。事は、わたしたちの心のあり方や、脳の力にも関わってくる。

　20世紀後半にいたって、コンピュータなるものが開発され、あれよあれよという間に、世界を席巻した。それによって、確かにわたしたちの生活レベルは、飛躍的に向上した。今や、いながらにして全世界の情報を入手し、株の売買や商取引をすることも、自由にできる。知らない人と好き勝手に、チャットすることも可能だ。要するに、めんどうな人間関係にわずらわされず、自分だけの世界を築くことが、普通になってしまった。いきおい、人との付き合いが苦手になり、社会性に乏しい者も出てくる。

身近なところでは、電卓や電子辞書の普及も、すなおに喜べぬものがある。これらの機器は、何も考えずにとにかくイコール記号、決定ボタンさえ押せば、たちどころに答えが得られる。カーナビも同じで、画面の指示どおりに運転していけば、目的地に連れて行ってくれる。いずれも、便利な機器であることは、間違いない。

しかし、これらの機器に頼ることで、脳の力は確実に衰える。まず電卓は、暗算の能力を奪うだろう。電子辞書で調べた単語は、繰り返し呼び出しても、覚えられない。カーナビでたどった道は、一度では頭にはいらない。楽に手に入れたものは、簡単に脳から出ていく。人にとって、10代は脳を鍛える重要な時期、といってよい。そうした成長期に、人は生きるための知恵を、学習するのだ。その大切な時期に、電子機器に頼って脳を鍛えることを怠れば、結果は見えている。

18歳未満の青少年には、少なくとも電卓と電子辞書の使用を、控えさせるべきだと言ったら、暴論にすぎるだろうか。

学びがしみるマナー

自由研究のマナー

福岡伸一

夏休みの宿題は自由研究。そう相場が決まっている。昆虫少年だった私は、小学校低学年の頃から蝶の飼育が自由研究のテーマだった。

めったに見つからない蝶、あるいは高い場所をすばやく飛翔し、捕獲するのが非常に難しい蝶でも、卵を見つけるのはおどろくほど容易なことがある。それは蝶によって、産卵する植物が厳密に限定されているからだ。孵化した幼虫はその葉っぱしか食べない。どんなにお腹が空いていても彼らは他の植物を食べようとはしない。栄養的には変わらないはずなのに。匂いや味が違うのだろうか。ウマノスズクサ、ウスバサイシン、カンアオイ。私は変わった植物名に詳しくなった。

幼虫はやがて蛹になる。蛹は徐々に色が移ろい、その内部で起こっている劇的な変容を予感させる。殻が薄くなり、翅の文様がうっすらと浮かび上がる。私は眠らずにその瞬間を待つ。蛹の背が裂けて、蝶が姿を現す。まだくしゃくしゃだ。せわしなく脚をうごかして体勢を保つ。まもなく前後の翅に力が充満し、つややかに開く。

自然のありようを探求することが研究であるとすれば、たとえそれが小学生の手によるものであっても、研究とは自分の興味の赴くまま、本来的に自由自在のものであるはずだ。なにゆえにわざわざ〝自由〟研究と銘打つのだろうか。

その自由さについてあらためて考えてみたい。それは昆虫少年が大人になり、研究を職業としてみるとそのあまりの不自由さに辟易することになるからである。自由な研究なんてどこにもない。やがてそれに徐々に自ら馴化し、しまいには何も感じなくなってしまうからである。

まず研究にはお金の負荷がかかる。実験施設、機材、試薬、研究員給与。税金をいただくには不自由な学界の力関係に気を配り、また納税者への説明責任が生じる。社会に役立つ研究としての。民間スポンサーから資金を仰げば、スポンサーのご意向への特段の配慮が生じる。

そして研究には理論の負荷がかかる。流行りの分野があり、流行りの手法がある。その時流に乗った研究がもてはやされる。理論に沿ったデータが注目される。さらには理論に合った結果しかみえなくなる。

そんな風に思い返すと、夏休みの自由研究という言葉は、後になって初めてわかる、無垢さへの憧憬のようなものではないだろうか。説明も、配慮も、理論も関係ない。興味を持ったことを勝手に進める自由。夏の空や風とつながることの自由。学校の先生や大人たちの評価なんかどうでもいい。だから、ただ君がそのことを好きでありさえすればいい。

宿題のマナー

角田光代

子どものころ、夏休みの宿題は早めに終わらせるほうだった？　ぎりぎりに泣きながらやるほうだった？　と、大人になるとかならず話題に出る。私は「ぎりぎり派だよ」と答えるが、しかし実際のところ、夏休みに宿題をやった記憶がまったくない。「夏休みの友」なるものがあったと友人は言うのだが、それも見聞きしたことがない。私の通った学校は宿題を出さなかったのかもしれない。そんな私がなぜ「ぎりぎり派だ」と平気で答えるのかというと、ひとつだけ夏休みの宿題の記憶があって、それはぎりぎりに仕上げたからだ。

小学校のときの美術部の宿題である。夏休みに1枚、絵を仕上げる。美術部では日本画か油絵を選択するようになっていて、私は油絵だった。そして、絵を描くことが好きだった。夏休みのあいだ、宿題を忘れていたわけではなくて、何を描くべきかずっと考え、考えすぎて描き出すことができなかった。

夏休みは終わり、キャンバスはまだ真っ白で、美術部の活動がある直前の週末に、何を描くか決められないまま、とにかく仕上げねばならんと短時間で焦って描いた。描いたのは、自分の部屋の棚におさまった熊のぬいぐるみ。時間がないのと、描くべきものを決められないパニックが、そんなつまらない題材となった。棚は影になっていて暗く、ぬいぐるみは茶色だったから、キャンバスはほとんど黒と茶で塗りつぶされた。

宿題の講評の場で、美術部の先生は私の絵を見て「きったねえ絵だな」と言った。それだけが感想だった。私は絶望的に後悔した。直前にパニックに陥って短時間で汚い絵を描いたことを悔やんだ。ぎりぎりに何かを仕上げることの、取り返しのつかなさを思い知った。中学に上がってもう絵筆に触れなかったのは、この記憶があるからだ。

宿題というものは、期日までにぜったいに終わらせねばならないことが前提となっている。大人になって締め切りを多々抱える私は、夏休み最後の日を毎月迎えるようなものである。ここでもまた、ぜったいにその日までに終えてなくてはならぬというルールがある。小学生のとき、絶望的な後悔を味わった私は、ぎりぎりに仕上げないことが唯一のマナーだと思っている。

締め切りに遅れて、編集者や印刷所の人に迷惑をかけたくないという、他者に対するマナーではない。やっつけ仕事でしっぺ返しを食らいたくないという、自分に対するマナーである。冒頭の質問、だから私は今現在「早めに終わらせ、夏休み最後まで何度も見なおす派」なのだが、もちろんそんなことは言わない。そんな模範的な回答、大人たちは白けるだけなのだ。「もちろんぎりぎり派だよ」、これは大人の会話のマナー。

夏休みのマナー

荻野アンナ

学校は、そろそろ夏休みに入る。ヤッホー、とバンザイしているのは、学生も教師も同じだ。できれば夏休みの前に梅雨休みが欲しい。湿気と雨でいちばん重苦しい時期に、少しは休んだ方が効率が上がるのではないか。

授業中、この話をすると、学生たちの目が輝く。

「私が首相になったら、不快指数85％以上の日は自動的に休講にします」

拍手が起こる。気をよくして授業を再開する。とたんに空気がよどむ。そんなこんなで、ようやく夏休み。小学校なら1か月ちょいだろうが、大学（文系）の場合は2か月近い。

「うらやましいなぁ」

聞いた知人は恨めしそうな顔をする。「すみません」と私が謝ることもないのだが、それでも相手の顔には「許せん」と書いてある。個人的な事情だが、教師と作家、二つの肩書のうち、作家の方にようやく集中できるのが夏休みなのだ。その意味では「夏働き」しているだけ、と言いたい。

ネタがない、と頭をかきむしっている点で、私の夏休みは小学生と同じだ。書くことを仕事に選んだ私でも、昔の絵日記には苦しんだ。

「僕は夏休みの日記、なかったです」

その学生が通った小学校は、夏休みや祝日以外の日、つまり普段の登校日に、必ず日記を書く義務があった。

「もっと大変じゃない！」

「そうなんですよ。男の子は野球をするかゲームをするか、どちらかですからね」

別の学生は朝顔の観察日記に苦しんだ。

「朝顔は動物と違って、動きがないんですよね」

たしかに対象が、小学生にとってはシブすぎる。

したくない観察や、作る気のない工作や、読みたくない課題図書の尻ぬぐいは両親と、昔から決まっている。さらには日記のネタ、あるいは新学期の自慢のタネにと、お盆の渋滞の中、家族旅行をする。あとは塾の夏期講習か。昼と夜、2食分の弁当を持たせて送り出す母親は頭が痛い。

日本のサラリーマンの夏休みは、長くて1週間。支える主婦は無給かつ無休だ。欧米のヴァカンスは1か月、と比べても無駄。休みは量より質、と思いたい。いわゆる観光地で、分刻みのスケジュールで予定をこなせば1日はあっという間に過ぎる。ところが近所の空き地で雑草を眺めてぼーっとしていれば、同じ1日が1週間にも感じられるはずだ。

夏休みに1日でいい。家族が義務（仕事・家事・勉強）から解放される日を作ろう。思い切り呆ける両親の面倒は、子どもたちに見てもらう。名づけて親子逆転デー。この案、国会で通らないかな？

研究費のマナー

竹内久美子

2010年、根岸英一氏と鈴木章氏がノーベル化学賞を受賞！　我々日本人が最も得意とするのはサイエンスだと思っている私にとって、ここ数年のノーベル賞自然科学部門の受賞ラッシュは爽快なことこの上ない。

が、今回はもう1つ、これと同じくらい喜ばしい出来事があった。

アンドレ・ガイム氏の物理学賞受賞だ。彼は共同研究者である、コンスタンチン・ノボセロフ氏とともに、グラフェンと呼ばれる物質の研究を行った。

グラフェンは炭素原子一つ分の厚みしかない、炭素だけでできたシート状のものである。電気と熱を伝えやすく、透明。しかも薄いのに強いという素晴らしい素材だ。

彼らがグラフェンの研究論文を発表し始めたのは2004年頃である。しかしその4年前の2000年、ガイム氏はイグ・ノーベル賞の物理学賞を受賞している。彼は、イグ・ノーベル賞と本家のノーベル賞の両方を受賞した初めての研究者。その点が喜ばしいのである。

イグ・ノーベル賞は1991年から始まったノーベル賞のパロディ版で、様々な賞が揃っている。私の見るところ自然科学部門については、2種類のパターンがあるようだ。

1つは、本当にバカな研究。

もう1つは、確かにバカ。こんなことをしていったい何の役に立つのかわからない。でも面白い、という研究。

実は後者こそが本当の科学。ただ単に知りたい、面白いから研究する、何かの役に立つかどうかなんて知らない、というのが科学の本質なのだ（動物行動学者の故日高敏隆先生の受け売りです）。

そんなわけでイグ・ノーベル賞の自然科学の分野で、後者のタイプで受賞した人が本家のノーベル賞を受賞したらどんなに爽快だろう、科学の本質を世に知らしめる絶好の機会だと思っていたのである。

ガイム氏が受賞したイグ・ノーベル賞の研究は、カエルを生きたまま磁力によって空中に浮かせるというものだ。磁石には物をくっつける作用がある一方で、物を反発させる作用がある。反発させる方の性質は反磁性と呼ばれる。反磁性を示す物質の代表例は金、銀、銅、鉛などだが、何と水もである。よって水をたっぷり含んだカエルも磁石から反発され、浮き上がる。

とはいえカエルには大変な磁場がかからないと浮き上がらないので、生きたまま浮くということ自体、驚きだ。

グラフェンの研究もこれと同じように、ただ面白いからという発想から始まったのではないだろうか。が、グラフェンはその特徴から、熱に強いプラスティック、透明なタッチパネルなど数限りない応用が期待されている。

科学の研究者にはまず遊ばせる。そのための研究費はケチらないでほしい。

座席のマナー

藤原正彦

　教室での席は、大学ばかりかどんな学校でも最初の授業でほぼ固定してしまうようだ。アメリカでもイギリスでも同じだった。どこに座ろうと学生の自由なのだが、なぜか学生は初日の席から移ろうとしない。初日にたまたま座った席がその学生のその教室での住処となるのだ。

　たまたまと言ったが実はたまたまでなく、彼らは自分の個性に合った所を特に意識しないまま選んでいる。だからどこに座っているかでどんな学生かがおおよそ分かる。最前列にいる学生は真面目な勉強家と決まっている。ここに坐っていると私のような忘れっぽい教官に、「先週はどこまで話しましたっけ」などと授業の始めに尋ねられたり、授業中に突然「君、どうしてだか分かりますか」などと指名されたりすることがあるからだ。きちんと復習をしていない学生にとって前方2列は危険地帯なのである。

　一方、最後列に座る者に勉強家はまずいない。遅刻や早退の常習者とか遊びやバイトに忙しく勉強に怠けている者などが、やや後ろめたい表情でたむろしている場所だ。ただし時たまだが、大物が最後列で教室を睥睨しながらつまらぬ講義や無能な教官を冷笑していたりするから気をつけねばならない。たまには私のように大物ぶってわざわざ最後列隅に座る者もいる。

中間地帯にいるのは大体普通の学生だ。全学生の半数はここにいる。だから私などはこの辺りの学生の顔色をうかがいながら講義を進めることになる。普通の学生の理解が混乱しているかどうかだけが問題だからだ。中間地帯が理解していれば前方はもちろん理解しているし、最後方にいる者は元々どうでもよい。それにかわいい女子学生は大抵中間地帯にいる。

座席は学生ばかりか教官についても同様だ。教室会議や教授会でも各人の座り場所はほぼ決まっている。新入りのメンバーが会議で私のいつもの場所にちゃっかり座っていたりするとかすかにムッとする。「ここは私の席なのですが」と言いたくなる。ケンブリッジ大学で毎週行われる数論セミナーでも同じだった。新参者だった私は持ち前の心配りから特徴ある席を避け、後ろから3列目、窓から3列目という平凡な席に腰かけた。案の定、私の好きな最後列隅は、フィールズ賞受賞の老教授の指定席だったからホッとした。平凡な席に座ってよかったと思ったのはつかの間のことだった。鼻下から顎へと黒髭をモジャモジャさせた30代の天才的数学者が私の2列ほど前に席を構えるようになったためであった。彼には、世界中からケンブリッジを訪れてくる一流学者の講演を、黒板に背を向けて聴くという妙な癖があった。そしてしばしば彼は私を正面からじっと見つめたまま講演に集中していたのだ。見つめられる私の方は「見るな」とも言えずさっぱり集中できなかった。

日本語のマナー

逢坂剛

今さら、日本語の乱れを嘆いても、しかたあるまいと思う。しかし、だれかがそれを指摘し続けないと、やがては正しい用法が忘れ去られるのではないか、という不安を覚える。そこで、いささかの感慨を、述べることにする。

いわゆる〈ら抜き言葉〉については、昨日今日始まったわけではなく、戦前からあった。大正、明治にも見られたし、おそらく江戸時代から行なわれていた、とみて間違いないだろう。したがって、今さら咎め立てしても始まらない。〈来られる〉と言えば、可能か尊敬か紛らわしいが、〈来れる〉ならば可能に限定されるから、使い勝手がよいともいえる。わたしも、小説の中では正しく書くが、日常会話ではおそらく無意識に、遣っているはずだ。

飲食店などで耳にする〈こちらコーヒーになります〉や〈サラダでよろしかったですか〉〈千円からお預かりします〉という、ぎくしゃくした言い回しも、よく槍玉に上げられる。あまりに普及しすぎて、これも苦情を申し立てるには、遅すぎるだろう。〈なにげに〉も、最初は耳障りに感じたものだが、〈なにげなく〉と正しく言うと、舌を嚙みそうになる気持ちも、なんとなく分かる。舌に乗りやすい方に、言葉が変わっていくのは、自然なことかもしれない。〈せわしい〉と、一見否定語にみえる〈せわしない〉が、同じ意味で遣われたりするくらい、もともと日本語は融通無碍（ゆうずうむげ）なのだ。

とはいえ、相変わらず違和感をぬぐえないのは、以前も指摘した〈同級生〉と〈同期生〉の混用や、年齢の違いを〈～より2歳下〉でなく、〈2個（?）下〉という言い方だ。いつから始まったか知らないが、それならいっそのこと「わたしの年は23個です」と遣うように、統一してもらいたい。

先日、小説原稿に「前後五回蝦夷地に渡っている」と書いたら、〈合計5回〉ではないか、と指摘された。わたしは、よく〈合わせて〉の意味で、〈前後〉を遣う。不安を覚え、複数の辞書を調べてみた。すると、そういう意味での用法が、どの辞書にも見当たらない。わずかに、小学館の日本国語大辞典だけが、それに近い用法を載せていた。してみると、〈前後〉を〈合わせて〉の意味で遣うのは、間違いなのか。あるいは、単にすたれてしまったのか。それとも、辞書編纂者が見落としただけなのか。

いまだに解決がつかない。最後にもう一つ。

紋切り型の接客マニュアルは、外資系のサービス業から始まったらしいが、最近書店でもそれを取り入れるところが増えた。本を買うたびに、「またお越しくださいませ」などと送り出されるのは、正直なところわずらわしい。ハンバーガーでもあるまいし、ほっといてくれと言いたい。

個人レッスンのマナー

高野秀行

外国語会話を誰か先生について習うときは個人レッスンに勝るものなし、が私の持論だ。どこぞの英会話学校の宣伝みたいだが、現に私はこの方法でフランス語、スペイン語、タイ語、ビルマ語、ブータンのゾンカ語、アフリカのソマリ語などを習っており、特に初級のうちは絶大な効果をあげている。

会話というものは自分と相手とのコミュニケーションである。言語がわかるかどうか以前に、相手とどのような関係なのかが大事になってくる。例えば、現地に行くと、タクシーの運転手とか市場の物売りとか、こちらのことなど頓着しないでまくし立ててくる人たちがたくさんいるが、ああいう人と値段交渉以外の会話を成立させるのは難しい。

逆に、相手が自分の話をじっくり聞いてくれるような人だと見違えるほど言葉が通じるということはよくある。個人レッスンの先生がまさにそうだ。先生の方もこちらにわかりやすいように、根気強く話をしてくれる。

生徒が何人もいる教室では時間的にそうはいかない。ちなみに、先生はプロの語学教師である必要はない。学生や主婦などでも全然かまわない。時間に余裕があり、じっくり話ができる人であればいい。

もう一つ、個人レッスンを続けていくと、互いのバックグラウンドがわかることも大きい。

どこに生まれて、両親は何の仕事をしていて、学校では何を学んで、そのあとどんな職業について、今は彼女はいるけど結婚はまだだとか、サッカーが好きだとか、今の政権を支持してないといったことがわかると、意思は段違いに通じやすくなる。そのうち、互いの表現の特徴や癖も理解でき、会話のテンポがつかめてくる。

しかし、この個人レッスン、ある期間を過ぎると、だんだん弊害があらわれてくる。意思が通じすぎるようになるのだ。

今の私とソマリ語の先生の関係がまさにそうだ。彼はインターネットで「在日ソマリ人」と検索して見つけた。早稲田大学の学生だ。もう4年目になる私たちはすでに以心伝心の間柄。どんなにいい加減にしゃべってもわかりあってしまう。まるで長年連れ添った夫婦が「おい、アレどこだっけ?」「アレはタンスの上でしょ」とテレパシーのような会話をするのにそっくりだ。これでは言語の練習にならない。

こんなときは、思い切って先生をかえ、フレッシュな緊張感をもって勉強を再開すべきなのだが、慣れ親しんだ相手とのぬるま湯のような関係はなかなか解消できない。

それもまた夫婦と似ているのである。

ダメ人間のマナー

荻野アンナ

ゼミ合宿の飲み会で、女子に聞かれた。

「先生、ダメ男好きなんですよね？」

確かに。女性は父親に似た男性を探すものだ。その話をしようと思ったら、男子が割って入った。

「ダメな人間って、どういう人ですか？」

彼は2浪イチリュウである。「一流」ではなく一留。すなわち留年経験がある。

最初は与太郎を例にとるつもりだった。彼の瞳が真剣なのを見て、例を変えた。

私の小説（『殴る女』）に「ウジュムジュくん」が登場する。トルコ人とのハーフという設定だが、モデルはおにぎり顔の日本人だ。

少年時代は田舎の副番長だった。工場に勤めていたが、煙草の不始末で自宅を焼き、離婚され、別の町でタクシー運転手になった。負けん気が強く、あっという間に売り上げナンバーワンになる。とたんに燃え尽きる。酒また酒で、会社を休みだす。明日こそ、の連続が月単位になると、彼をタクシー会社に紹介した人物の顔が潰れる。

人物の部下が数人、家まで様子を見に来て、彼に無言の忠告を与えて（早い話がボコボコにして）帰る。さすがに復帰し、あっという間にナンバーワンとなり、さっそく出社拒否が始まる。

延々と繰り返しているうち、体を壊した。イチャモンの得意な彼は、入院料を半額にまけてもらって退院した。

そのうち病院で口から泡を吹いて倒れ、脳腫瘍と判明し、手術は無事済んだ。

手術で頭を剃ってある。再びドライヤーを頼んだら、当然拒否される。彼はパジャマを脱ぎ、裸で暴るためである。その彼がドライヤーを看護師に持ってこさせた。煙草に火をつけれたらしい。退院後は障害が残り、運転できない。生活保護を受け、病気療養（酒と煙草）していた。

ここまでの話を、学生たちは呆れたり笑ったりしながら聞いていた。

「ウジュムジュくん、どうなったと思う？」

シンとしたところで、私は十字を切った。彼はアパートのベランダで血を吐いた姿で発見された。まだ30代だった。

ウジュムジュくん系のダメ人間には共通点がある。「明日こそ」と念仏のように唱えながら今日にも明日にも無関心で、昨日を凝視している。昨日、すなわち運が悪く不幸な自分。これをサカナに飲むと旨い。学生たちは納得の表情になった。２浪１留の彼が質問した。

「僕はどうなんでしょうか？」

「それはね、10年後、20年後に答えが出るよ」

ダメにはダメの味わいがある。ただし自滅しない程度に、というマナーを守れば、さして迷惑はかけない。教師の私が自分にそう言い聞かせていることを、学生たちは知る由もない。

無知のマナー

酒井順子

劇場に行った時のこと。

「携帯電話をお持ちのお客様は、マナーモードではなく、必ず電源からお切りください」

というアナウンスが流れました。すると私の近くにいた六〇代くらいの女性達が、

「電源を切れったって、どうやって切るのよねぇ」

と言い合っていたのです。その話を聞いて私は、「知らないの？」と驚くと同時に、「そうだったのか！」と思ったのでした。劇場などで携帯を鳴らしてしまうのは、比較的高齢のかたが多いものですが、不注意で電源を切らないのではなく、単に「知らない」だけだったのかも、と。


電子機器の発達によって、私たちの生活はとても便利になりました。が、その手の機械は、何やら操作が難しいことが多い。であるが故に、とりあえず動かせるだけの知識しか持たない人も多いのではないでしょうか。私もパソコンに関しては、必要最低限のことしか知らないのです。

しかしその手の機器に関しては、時に「知らない」ということ自体がマナー違反になるのでした。携帯電話の電源の切り方を知らずに、緊迫した場面でビービー鳴ると、「知らないならしょうがない」とはならない。石川遼君も、携帯の音でミスショットをしたことがあり

ましたっけ。

パソコンに関しても、適切なウィルス対策をしておかないと、たくさんの人に迷惑をかけることになります。「そんなこと、知りません」では済まされないのです。

あまりに複雑な機能があるが故に、電子機器は持ち主の想像を超えたマナー違反を勝手に起こします。携帯やパソコンを、子供が親にプレゼントすることも多い昨今、プレゼントしっぱなしではなく、マナー違反をしないための丁寧な説明をすることも、親孝行の一環なのでしょう。

さらに私は、劇場で「携帯の電源の切り方を知らない」と言う女性を横目に、「この人は、飛行機ではどうしているのだろう」とも思ったのです。おそらく、「今さら電源の切り方を知らないなんて言えないし、そのままにしておこう」となるのでは？

「この人が結婚してるかどうかなんて知らないしー」と、誰かれとなく付き合うと、世は不倫だらけになってしまいます。「知らない」ことが惨事につながることは多々あるのであり、そうならないためにも、少しは知る努力をするのも、マナー。また知っている側は、相手が何を知らないのかを想像することが、優しさなのでしょう。劇場や飛行機では、係員が巡回して携帯の電源を切ってあげるくらいのことをしても、いいのかもしれません。

……というわけで、劇場にいたあの女性の携帯の電源を切ってあげればよかったなぁと、今となって後悔している私なのでした。

相手の身になるマナー

鎌田實

6月初め、ぼくは諏訪中央病院の緩和ケア病棟を回診した。72歳の純子さんは、すい臓がんで腹膜播種がある。痛みは薬でコントロールできていたが、身の置き所がないつらさを訴えていた。

だが、料理の話になると、純子さんの目は輝いた。アマチュアの料理研究家で、地域で料理を教えていた。

ぼくは、患者さんとのコミュニケーションを大事にしている。どんな仕事をしてきたのか。何かやり残したことはないか。患者さんとの話の中から、患者さんの「希望」を見つけようとする。

6月は彼女の誕生月。看護師や主治医からバースデーカードをもらったという。突然、彼女が言いだした。

「先生も6月が誕生日だそうですね。先生の誕生会をしてあげたい」

えっと思った。41年間、医者をやってきたが、患者さんに誕生祝いをしてもらったことはない。ぼくだけの誕生会では心苦しいので、純子さんの誕生会も一緒にしようということになった。

純子さんは嬉々として、誕生会の計画を練り始めた。元気な頃に料理を教えていた仲間に連絡をとり、メニューを決める。庭の林の中を会場に決めた。野外パーティーだ。

計画は着々と進んでいった。だが、病状は少しずつ悪化していった。純子さんは理学療法士とともに、歯を食いしばって歩く練習を続けた。どんなことがあっても誕生会を取り仕切るという並々ならぬ決意が感じられた。

誕生会の朝、回診に行くと、化粧をし、おしゃれをしていた。晴れやかな顔だ。

「先生、おいしいものをいっぱい用意しました。勉強に来ている医学生や研修医も呼んでください。死に近い患者がどんな思いでいるかを学んでもらいたい」

お昼の時間、庭へ行くと、テーブルの上にカレイの姿煮、野菜サラダなど、おいしそうな料理が山のように並んでる。極めつけは鯛めし。尾頭付きの鯛を入れたご飯は、薪で炊くこだわりぶりだ。

ぼくは、病院の庭でとったハーブの花束と、注文しておいたケーキを用意していたが、純子さんはもっと大きな手作りのケーキを用意していた。さらに、純子さんの仲間の合唱団まで来て、ハッピーバースデーを歌ってくれた。病院のスタッフやボランティアら約30人も集まった。2人の結婚披露宴みたいになった。

医師として、こんなにうれしい誕生会は初めてだった。そんなぼくを見て、純子さんはもっとうれしそうな顔をした。

だれかのために生きる時が一番うれしいのだ。相手の身になることの大切さを医師の卵たちに教えてくれた。

それから1週間ほどして、純子さんは亡くなった。最後の最後まで笑顔があった。

世界が
たまげる
マナー

水浴びのマナー

高野秀行

夏の間、私は家では毎日、水のシャワーを浴びている。お湯は使わない。それは若いときからアジアやアフリカで水浴びに馴染んでいるからだ。今でこそ温水器が普及しているが、1990年代、世界の熱帯地域では大半の人が水を浴びていた。「暑いから水浴びでいいんじゃない?」と思うかもしれないが、実はそう簡単な話でもない。

まず水浴びをするのはふつう早朝だ。田舎の村だと5時か6時、都市部でも7時ごろである。熱帯とはいえその時間帯に冷水を浴びるのはけっこう寒い。赤道直下でなければちゃんと冬もあるからなおさらだ。

私がかつて住んでいたタイ北部のチェンマイでは、1月から2月にかけては相当冷え込み、朝は息が白くなるほどだった。それでも水浴びである。

当時私は大学で日本語を教えていた。そしてタイの学校やオフィスでは朝必ず水浴びをして出勤するのがルールだった。でないと、すぐ同僚の人や学生たちから「くさい」と言われてしまう。しかたなく、毎朝ジョギングしたあと腕立て伏せまでやり、汗びっしょりかいてから、ようやく水のシャワーを浴びるという苦労を強いられた。毎朝水浴びのために1時間近く費やしていたのではないか。

寒いといえば、暑い時期でもスコールに遭ってずぶ濡れになるとこれまた寒い。こんなとき、一時期私がチェンマイで同居していたミャンマー出身のおじいさんは「水浴びしろ。でないと風邪をひくぞ」と言った。ずぶ濡れで寒いのに水浴び？　と訝ったが、言われたとおり水を浴びると、たしかに体が温まった。不思議だが、中途半端に濡れるより、全面的に濡れるほうが体の温度調整にいいのである。

逆に「暑いときには水浴びするな」と言われたこともある。ミャンマー奥地のジャングルを反政府ゲリラの兵隊と歩いていたときだ。

猛烈に暑い中、標高数百メートルの山岳地帯をひたすら降りては登るというひじょうにハードな行軍だった。ある日、谷を降りると、大きな淵に出会った。なみなみと冷たそうな水をたたえているので、「よせ」と兵士たちが言うのを無視して服のままドボンと飛び込んだ。

そのときは「もう死んでもいい！」と思うほど気持ちよかったのだが、水からあがって谷を登りだしたら、たちまち意識が朦朧、本当に死にそうになった。熱中症である。急激な温度差に体がついていかなかったのだろう。兵士の言うことは聞くもんだと思った。ちなみに彼らも水浴びは早朝か夕方に行っていた。

水浴びのマナー。それは一言でいえば、寒いときに水を浴び、本当に暑く感じるときには浴びないほうがいいのである。

狂歌のマナー

逢坂剛

狂歌は、和歌の歴史と同じくらい古い、知的な言語表現形式の一つだ。江戸時代にずいぶんもてはやされ、時世や政道を批判する落首にもなって、天明時代を中心に一世を風靡した。

狂歌師と聞くと、だれでも大田南畝（おおたなんぽ）を思い出す。それほど南畝には、人口に膾炙（かいしゃ）した歌が多い。その中で、もっとも有名なものといえば、これにとどめを刺す。

〈世の中に　かほどうるさき　ものはなし
　ぶんぶといふて　身を責むるなり〉

松平定信は、腐敗した田沼政治への反発から、謹厳実直な寛政の改革を行なった。その堅苦しさを、それとなく皮肉った秀歌だ。

もっとも、南畝は自著『一話一言』の中で、この歌を含む二、三の落首について、こう反論する。

「コレ大田ノ戯歌ニアラズ、偽作ナリ。大田ノ戯歌ニ時ヲ誹リタル歌ナシ。落書体ヲ詠ミシハナシ」

つまり自分は、「時世や政道を批判する、落首の類は詠まない」と、否定しているのだ。

当時南畝は、田沼意次（おきつぐ）の失脚に伴う騒動に関わり、お上に目をつけられていた。そのため、表立って狂歌を続けるわけにいかず、本来の役人の仕事に専念せざるをえぬ、厳しい状況にあった。

江戸時代は、正面切って時の政治を批判し、人心を惑わすものを公にするのは、ご法度だった。だからこそ、優れた知性と技術を必要とする、狂歌のような高度の表現形式が、生まれたのだ。

それに比べて、今はインターネットとやらの普及で、名もなき輩が言いたい放題。知性もマナーも、あったものではない。少しは、江戸人の爪の垢でも煎じて飲み、風流の精神を養ってもらいたい。

ちなみに、南畝作といわれる狂歌の中にも、色っぽいものがある。

とはいえ、さほど品を落とすことなく、言葉遊びとしてうまく処理している。

〈お富士さん　霞のころも　解かしゃんせ
　雪のはだえが　見たうござんす〉

歌意はともかく、〈霞〉と〈雪〉の対照、〈しゃんせ〉と〈ござんす〉のリズムが、実に巧妙ではないか。

この歌も偽作かもしれないが、才気を感じさせる狂歌はみな南畝、とされるところがすごい。

最後に、これも南畝作に擬せられる佳作を、もう一つ。

〈楽しみは　後ろに柱　前に酒
　左右に美人　ふところに金〉

その言やよし、これまた粋人のマナーであろう。

白熱講義のマナー

福岡伸一

村上春樹の「羊をめぐる冒険」の中ほど、主人公がいよいよ北海道に羊を探しにいく朝、「僕」とリムジンの運転手のあいだに議論が展開される場面がある。それは、猫にいわしと命名したことに端を発する、名づけることについての議論だった。

〈「しかしさ、もし名前の根本が生命の意識交流作業にあるとしたらだよ。どうして駅や公園や野球場には名前がついているんだろう？　生命体じゃないのにさ」「だって駅に名前がなきゃ困るじゃありませんか」「だから目的的ではなく原理的に説明してほしいんだ」〉

この小説を読んだのはもう20年も昔なのに、この部分だけは鮮明に心に残っている。というのも、その後、はからずも教員となり、白熱講義というほどのものではないけれど、学生たちを相手に議論をふっかける機会が増えると、必ず返ってくる答え方のパターンがあることに気づき、そのたびごとに、この会話を思い出すことになったから。

どうして脳死を人の死と考えてよいのか。そうでないと臓器移植が進まないからです。なぜ遺伝子組み換え作物が必要なのか。それがないと世界の食糧危機を救えないからです。それはそうだけど、私はそんな答えを期待していない。そうではなくて、もっと原理的に考えてほしいんだ。

アメリカに行って、そこでディスカッションすると、私はますますこの手の答えに頻繁に出くわすことになった。そして目的的な答え方には別のバージョンがあることがわかった。それは定義を問うとき顕著に表れる。たとえば、生命とは何か。それは動くものです。呼吸をするものです。細胞からできているものです。増殖するものです。

そうじゃないんだ。ある対象の属性を並べるのではなく、本質を探りあててほしいんだ。おそらく彼らは、いわゆるディベート力を鍛えるプロセスで言い負けないためには、答えに詰まらないようにするには、目的的、属性的な答えが議論するうえで反応速度的に有利であることを体得しているのだ。

しかし、である。何かの存在意義や判断の是非を問うとき、もしそうでなかったら、困る、不便だ、混乱するといった答え方、つまり目的的な議論は、その場では雄弁に見えても、結局、現状を肯定し、変革を回避し、そして根本から考え直すことを阻止してしまう。ある種の逃げでしかない。いくら属性で周りを包囲しても本質は見えてこない。

私は、ほんとうの白熱講義とは、熱くなることではなく、ディベートで優位に立つことでもなく、むしろ原理的な考察、属性ではなく本性を突き詰める静かな思考をじっくり促すことにこそあると思う。だって、人生で一番大事なことは、ディベートなんかでは答えられないものだから。

アラビア語学習のマナー

高野秀行

今、東京都三鷹市に住むスーダン人の友人アブディンの奥さんにアラビア語を習っている。私が味噌汁の作り方を教えた人だ。

彼女は、以前は国語（アラビア語）の先生だった。妊娠中なのでなかなか外で仕事はできないが、アラビア語を教えたがっているという。それならばと、言語好きで、中東に興味のある私は個人レッスンをお願いすることにしたのだ。ここまではトントン拍子だったが、その先に落とし穴が待ち受けていた。

まず、先生の自宅でレッスンを受けようと提案したところ、アブディンにあっさり却下された。

「イスラム教徒の女性は、親族以外の男性と2人きりになってはいけないんだよ」

あー、そうだった！　イスラムといっても男性と女性の関係はどこも同じというわけではない。パキスタンやサウジアラビアのように女性が親族以外の男と言葉を交わすのも許さない厳格な地域もあれば、ソマリアやスーダンのように他に誰か人がいれば、話をするくらい問題ないという場所もある。でも、家に2人きりは、いくら私とアブディンが親しくてもダメなのだ。

夫であるアブディンが家にいれば問題ないが、そのためには彼とも予定をすりあわせねばならない。「僕の拘束料金も出してよ」と半分冗談で言われてしまった。外で会う分には2人でも構わないという。だが、彼らの家の近くには喫茶店、ファミリーレストランなどが一切ない。

困惑していた私に思わぬ助け舟が出た。私の友人である獣医師のK先生がたまたま彼らの家の近所で動物病院を経営している。「うちの病院の2階に空いている部屋があるから、使ってもいいですよ」と言ってくれたのだ。

おお、素晴らしい！　と感嘆しかけたが、また別の落とし穴に気づいた。犬だ。イスラム教では犬を不浄の動物として忌み嫌っている。そして、動物病院は犬だらけだ。

「奥さん、動物病院嫌がるかな？　レッスンの部屋には犬はいないと思うけど」とアブディンに相談したら、彼は大笑いした。

「犬がいなくても、高野さんがいるじゃん！」

そうだった！　部屋に2人きりはダメなのだ。イスラムが面倒くさいのか、私が頭わるすぎなのか。

結局、アブディンの家からバスで20分の距離にあるJR駅前のカフェでレッスンを行うことになった。奥さんはとても朗らかな人で教え方も上手。楽しく習っているが、まだときどき「これ、イスラム的にいいのか？」と不安になる。コップをとってあげるとか、雨が降ったとき傘を差し掛けるとか……（前者は問題なし、後者は好ましくない）。こうして、アラビア語だけでなく、イスラムのマナーも少しずつ学んでいる。

ロマンティックのマナー

東直子

中世の和歌や物語は、とてもロマンティックである。月を見て、花を見て、雲を見て、鳥の声を聴いて、好きな人のことを思い浮かべ、その思いを率直に言葉にして書き送った。場合によってはそれを公衆の面前で披露し、その心を多数の人と共有した。

少し前の映画のセリフなども、随分ロマンティックでうっとりしたものだった。例えば『カサブランカ』で、ハンフリー・ボガートがグラスを掲げてイングリッド・バーグマンに言った「君の瞳に乾杯」のような。だが、今、日常生活に於いて「君の瞳に乾杯」なんて口走ってしまったら、そのあとに「なんちゃって」などを付け加えてはぐらかさなければ、場が持たないだろう。

平安貴族たちは相手の気を引くため、ロマンティックな本気の和歌を送ったが、今、本気のロマンティックポエムを片思いの相手に送ったら、多分引かれる。立て続けにそれをメール送信したら、ストーカーと呼ばれかねない。

なぜロマンティックが生き辛い世の中になってしまったのだろう。ロマンティックな気分は、今も昔も人は変わらず好きなはずなのに。

『カサブランカ』は、モノクロだった。白と黒の陰影のみで映し出される俳優たちは、みな夢のように美しかった。又、中世の夜は、月と星以外の光源のない、深い闇が広がっていた。

恋の相手もまわりの状況も、抽象的で未知の部分を多分に残していたのだ。

　今や街の中は真夜中でも煌々とあかりが灯り、インターネットによって他人の私生活が剥き出しになる。世界から謎が消えようとしている。世界中で「この世から分からないことなんてなくそう運動」でもしているように、いろいろなものが白日のもとに晒され続ける。そこにおもしろさを見出すことももちろんあるが、知りすぎた世界からは、どんどんロマン成分が減っている気がする。

　あ、だからこそ、ひととき闇を共有する映画や芝居を見に行きたくなるのかもしれない。宝塚劇場や新橋演舞場などで繰り広げられる、定番のロマンワールドは、今でも大変な人気を誇っている。

　現実の世界でも、もっとロマンが交わせればいいのに、と思う。ロマンティックな気分になれば、頬が紅潮する。血行がよくなり、体温が上がり、心があたたまってやる気も満ち、心身の健康促進にも役立つと思うのだ。

　千里の道も一歩から。ロマンティックなセリフをてらいなく口にして、意識を広めたい。それには、褒め言葉にロマンを込めるのがいいのではないかと思う。褒められて悪い気になる人は少ない。ロマンで飾ってもらえれば尚うれしい。ロマンティック気分に満ちた、体温高めの人々の集う街は、きっと豊かだ。

京都観光のマナー

綿矢りさ

京都は観光都市で多くの国内外の観光客が訪れるから、地元民の私は勝手に誇らしくなる。いつもは移動のためだけに名所を突っ切るが、ほれぼれと寺院を見上げたり、桜をデジカメに収める観光客を見たりすると、（まぁ、ゆっくり楽しんでいってや……）と、自分は関係ないのにほくそ笑む。

観光客をさりげなく導くのは、京都人の心がけではないかと思っているが、これがけっこう難しい。特に難しいのはバスで、京都は地下鉄の線が少ない分、バスでどこでも行ける。しかしこのバスの路線図が複雑。地元民でもどのバスに乗ればいいか、ときどき迷う。初めて来た観光客が一度も乗り間違えせず、目的地のバス停で降りられたら、よほど旅上手で大したものだ。

バスには普通の乗車賃の他に「1日乗車券」がある。ガイドブックにも載っているのか、観光客はよくこの券を持っている。そして降りるときにバスの運転手さんに「券の裏の日付を見せてから降りて！」と一喝されている。この確認をしないと、日付が当日でない券を使っている者が紛れ込んでいても、気づけないからだ。ただでさえ乗り慣れないバスに若干あわてている観光客は、運転手さんが何を言ったのか分からず一瞬フリーズする。そして、ようやく券を裏っ返して逃げるように降りてゆく。

運転手さんも観光ハイシーズンは忙しすぎて大変である。そっと教えたいものだが、タイミングがない。1日乗車券の表側に、「おりるとき　ウラの　日付　見せて」と赤文字で、でっかく書いておくのはどうか。

バス停で迷っている修学旅行生たちを見たときも、はがゆい。やっべ時間ねえしと走ってきた彼らは、銀閣寺に行くにはどのバス？　京都駅には30分で着けるかな？　と仲間うちで相談する。リーダーの子が旅のしおりをあわてめくり、あとの子たちはバス停の路線図を覗きこんだり、つい土産物屋に心を奪われたり。「何番のバスに乗ればいいんだよ」とつい言いたくなるが、躊躇する。きっとグループみんなで協力して目的地に着くのって、修学旅行の学びの大事な部分だ。

「このバスだ！　乗ろう！」見事正解のバスを選んで順々に飛び乗ってゆく彼らは眩しい。ただバスに乗っただけだと思っているだろうが、京都のバスの難しさは誰よりも地元民が知っている。君たちは大の大人でも間違うことを、達成できたんやで、おめでとう……。間違ったバスに乗り込む子たちもいる。そんなときはそっと目を閉じて、これもまた良い思い出……集合時間に遅れて先生に叱られるのも修学旅行の1ページ……と強引にまとめる。思い出を作りに人が集まってくる場所に住むと、旅人たちの特別な時間に少し触れられるようで、日常生活がはなやぐ。

遅刻のマナー

高野秀行

私はよく遅刻をする。理由はさまざまだ。寝坊した。時間を間違えていた。何か他のことをしていて、ふと気づいたら出発すべき時間をすぎていた。ぼんやりしていた。アポイントを忘れていた。途中で忘れ物に気づき、家にとりに帰った。道に迷った……。

みなさんもおわかりのように、全ては言い訳である。でも、もっと言い訳を続けさせてもらうと、私は一般の日本人と比べて、「遅刻に寛容な環境」に馴染みすぎている。

まず、大学時代は探検部に所属していた。山を登ったり洞窟に潜ったりするサークルなのだが、この部員たちは実に時間にルーズだった。登山はできるだけ朝早く始めるのが鉄則なのに、みんな集合時間に来ない。朝7時集合なのに、行ってみると誰もいない。15分、30分の遅刻は当たり前、ひどいときには1時間待って来ないので家に電話するとまだ寝ていたなんてこともある。

これでは活動に差し支える、なんとかせねば！　と、あるとき真剣に考え、時間厳守を誓い合った……なんてことはなく、集合時間を前日の晩にした。さすがに夜なら寝坊もないだろうし、いつかは来るだろうと思ったら、終電に間に合わない奴がいた。だいたい日帰りの活動ですら前日に泊まるということが不経済極まりない。

大学を卒業したあとも、私は1年のうち数か月、アジアやアフリカ諸国で過ごす生活を送っている。これまた遅刻天国だ。でも、やむを得ない部分もある。日本のように正確に動く電車はなく、都市部では道路の渋滞が日本の比ではないし、地方では悪路で車がすぐ故障する。雨季にはものすごいスコールが降り、交通が遮断されることもある。そもそも時計をもっていない人も多い。「朝8時」は「午前中」程度の意味だったりする。

私と親しい在日スーダン人の友人は、日本語は完璧、日本の習慣にも完全に適応しているが、遅刻癖だけはどうにもならない。いまだに私と約束しても30分から1時間くらい平気で遅刻する。彼だけではない。一度、在日スーダン人のバーベキューパーティーに参加したことがあるが、午前10時集合なのに、全員そろったのがなんと午後1時過ぎだった。

上には上がいるんだなと少し安心したのだが、その友人曰く「スーダン人同士で待ち合わせをすると、だいたい同じくらい遅刻して、ちょうどよくなるんだよ」。仕事の約束では30分遅れ、普通の会食なら1時間遅れなど、〝相場〟みたいなものがあるらしい。要するに、いかに相手と呼吸を合わせるかという社交性が問われるのだ。日本人としては呼吸を合わせると定刻通りなのだから、やはり日本で遅刻はダメということのようである。

フラメンコのマナー

逢坂剛

日本人は、当のスペイン人が首をかしげるくらい、フラメンコが好きである。

一説によれば、インド北部の放浪民族の音楽が、西へ流れてイベリア半島の南端に達し、フラメンコを生んだ。逆に、東へ東へと伝わって海を越え、日本の民謡に影響を与えた、という。

沖縄には、指で打ち鳴らす三板（さんば）という、カスタネットに似た楽器がある。青森あたりの民謡酒場は、劇的な津軽三味線と唄を売り物にして、いやでもタブラオ（フラメンコ酒場）を、彷彿させる。遠く隔たった、ユーラシア大陸の端と端で、このような共通点が存在する事実は、単なる偶然ではないような気がする。思うにフラメンコには、東洋的な感性が色濃く流れており、それが日本人の血を否応なしに、掻き立てるのではないか。

何年か前、ファン・カルロス国王が来日したとき、当時の麻生（あそう）太郎首相が歓迎の挨拶で、「日本には、8万人のフラメンコ人口が、存在する」と言明した。もっとも、それは少々風呂敷の広げすぎで、プロとアマ、ファンを合わせても、5万人がいいところだろう。とはいえ、わたしがフラメンコと出会った半世紀前には、たぶんその十分の一以下だったから、今日の隆盛にはしんから驚かされる。

むろん、この半世紀のあいだにフラメンコも、大きく変わった。伝統的な、泥臭いフラメンコは後退して、ポップス調の軽い歌が横行し、洗練されたゲイジュツ的な踊りが、もてはやされる。ギターも、ただにぎやかでシンプルな演奏から、曲芸のような早弾きと新しい和音が、幅をきかせるようになった。

時代の流れには勝てない、といってしまえばそれまでだが、フラメンコの神髄はそのようなものではない。極言すれば、伝統的なフラメンコは洗練されてもいないし、ゲイジュツ的でもない。フラメンコの神髄は、踊りも歌もギターも、〈単純なことを深く演じる〉ところにある。

日本では、ひところフラメンコのライブを、しんと黙って見ていたものだ。しかし最近は、「オーレ！」をはじめとするハレオ（掛け声）を、遠慮なく発するファンが増えてきた。ただ、このハレオにも歌舞伎と同様、掛けどきというものがある。好き勝手に掛けると、うるさがられるだけだ。さらに通ぶって、やたらにパルマ（手拍子）を入れる素人が、たまにいる。これは、演者のリズムを狂わせる恐れがあるので、控えた方がよい。かくいうわたしもその一人だったが、スペインの演者に注意されて以来、極力慎むようにしている。

景気のいいころ、フラメンコはさらに、元気があった。マナーさえ守れば、観客にも演者にもストレス解消、活力注入の効果がある。どうか、沈滞した日本に気合いを入れる、起爆剤になってほしい。

暑さのマナー

藤原正彦

今夏は暑い。イギリスは涼しいはずと思い6月末に行ってみたら連日30度を超えていた。20年余り前にケンブリッジで暮らしていた頃、二つの夏を体験したが最高気温が25度を超す日は数えるほどしかなかった。だからエアコンのついた家はイギリスにほとんどなかった。イギリス中の芝生が実に美しかった。雑草が夏季の低温で芝生に負けてしまうから、寒さに強い種類の芝生さえ植えておけば、あとは芝刈り機で定期的に刈るだけの手入れで緑したたる芝生が1年中保たれたのである。それが今夏は違った。ロンドンでもケンブリッジでも芝生が無残だった。中に踏み込むと、半分ほどが枯れ草になっていて、何と雑草までがはびこり所々に土が露出していた。これでは我が家の芝生と同じだ。イギリスの美しさの半分は緑の田園だから、少なくとも今年の夏、イギリスは美しさの半分を失ったことになる。

不思議だったのは誰も暑さをこぼしていないことだった。30度を優に超す日が何日続いても皆、「ナイス　ビューティフル　デイ」などと声をかけ合っていた。全英テニスに出掛けたら、1万人を超す長蛇の列だった。列をつくることは、何かにつけて冷静なイギリス人が示すただ1つの国民的情熱と思っていたが、この炎天下でも辛抱強く待つのかと感心した。ところが、列の末尾について観察していたら、炎暑に不平をこぼす者などいないどころか、皆がうれしそうに談笑したり、アイスクリームを頬張ったりしている。列が動かなくなると、しびれを切らすどころか、多くの老若男女が芝生の上に寝転びシャツを脱ぎ日光浴を始めた。目を見張る肢体も目をそむける肢体もみるみるピンクに染まって行った。炎天歓迎ムードが漂っていた。

次いで訪れたポルトガルのエヴォラでは何と43度だった。それでも人々は、屋根のひさしの下で通りを眺めていたり友人とゲームを楽しんでいた。昼食時のレストランでは、店先に張ったテントの下で食事をとる人が多くいてびっくりした。冷房の効いた薄暗い室内よりも、底抜けの青空、ゆらゆらと燃えるような陽光、時々の熱風とも呼べる乾いたそよ風、を浴びながらの方がよいのだろう。

帰国した日本では連日35度近辺だった。身の回りの人々もテレビも「うだるような暑さ」を繰り返していた。毎夏の決まり文句である。私なども毎年、梅雨が明けると「生きるのが辛い」と暑さを嫌悪してきた。だから今年、ヨーロッパで炎暑をはっきり歓迎する人々を見てショックだった。日本のように蒸し暑くないから平気なのか、陽光をふんだんに浴びることで長く惨めな冬を帳消しにしたいのか、汗腺数か何かが多く暑さに強いのか、暑さへの感受性が鈍いだけなのか、私にはよく分からない。

部屋選びのマナー

高野秀行

日本では物件選びのとき、日当たりのいい東南もしくは南向きの角部屋（家）に人気がある。でもそれは決して万国共通のものではない。

昔、タイのチェンマイに住んでいたとき、何度か引っ越しをして部屋探しをした。タイでは当時、町の不動産屋なんてなかったので、町で「空き室あり」という看板を見つけていくか、自分で直接、マンションに行って「空き室ないですか？」と訊く。管理人さんか大家さんは部屋を見せてくれるのだが、そのとき「窓が北だから日が当たらなくていいよ」とにこにこして言うのに少々驚かされた。

実際、北向きの家に住むと、とても涼しい。熱帯の国では南向きあるいは東南の部屋など暑いだけで何もいいことがないのだ。

熱帯アジアの他の地域やアフリカも同じだ。部屋の日当たりを喜ぶ人はいないんじゃないか。かといって明るい日差しが嫌いなわけではない。その証拠に、そういう地域に住む人はあまり家の中にいない。アフリカのコンゴでは家の大きな庇（ひさし）の下や庭先の休憩小屋でよくつろいでいる。屋根のある縁側みたいなものだ。ソマリ人やスーダン人はそもそも用がなければ家に入ろうとしない。中庭の日陰か外へお茶を飲みに行く。

暑い場所でなくても、日当たりを嫌う人もいる。日本で仕事をしている中国人の友だちのアパートに行ったときもびっくりした。真冬のよく晴れた日だったのだが、雨戸を全部閉め切っている。「どうして?」と訊ねると「寒いから」。たしかに雨戸で外気を遮って暖房を付けたほうが部屋は暖かくなるかもしれないが、日本人の私にはなんとも解せなかった。だって、外は明るい日差しが燦々と照っているのに……と思うからだ。

また彼の部屋は東南の角部屋だったが、「この部屋はよくない。はじっこで寒い。中国人ならみんな真ん中の部屋を選ぶ」と言って、日本の角部屋信仰もばっさり切り捨てていた。

そして、最近オーストラリアのシドニー在住の義姉(妻の姉)にこれまた面白い話を聞いた。オーストラリアでも日当たりのよい部屋はあまり人気がないのだという。理由は「家具が焼けるから」。そんなに家具が大事なのか⁉と驚かされるが、結局は「日当たりのよさ」が優先順位として決して高くないということなのだろう。私の印象では欧米の人たちは天気がいいと外に出て日光を浴びたがる傾向にあるように思える。おかげで義姉は日当たりのよい北向きの部屋(南半球なので太陽は北側にある)を割安で購入できたそうだ。

このように、世界的には日当たりのよい部屋や角部屋はちっとも人気物件と言えないようだ。今後日本でも「日が当たらず涼しい北向きの部屋」や「冬暖かい真ん中の部屋」が人気物件となるかもしれない。今から狙っておくのも手ではないかと思う。

退却のマナー

竹内久美子

1978年、オックスフォード大学の若き研究者、N・B・デイヴィスは大学にほど近い、ワイタムの森でジャノメチョウの研究をしていた。

ワイタムの森というのは、イギリスの鳥類学の父とも呼ばれる、D・ラックがシジュウカラの研究をした、いわば聖地だ。デイヴィスもまた偉大な足跡を残そうとしていた。

彼が研究したジャノメチョウは日本にはいない種だが、オスは草地の所々にパッチ状にできている日だまりを好み、縄張りとする。そこにはメスがよくやって来るのだ。

日だまりを占拠できないオスたちは木の上の方にいる。しかし、虎視眈々とチャンスをうかがっていることはもちろんで、ときどき日だまりに降りて来る。そこにオスがいなければ、我が縄張りとすることができるのだ。

しかしたいていは縄張りの所有者がいて、この侵入者に対しスクランブルをかける。両者は互いににらせんを描きながら上昇していき、必ず侵入者の方が退散する。追いかけっこは3〜4秒間しか続かない。

侵入者はもっと粘ってみれば縄張りが得られるのではないかと思うが、必ず侵入者の方が退散し、所有者が勝つ。そういうルールがあるのだ。

実はこのルールがあり、皆が従うというところがポイントだ。これこそが皆が従えば、誰もが損をせず、うまくやっていける唯一の道だから。

長々と追いかけっこをしていることはお互いにエネルギーのムダだし、そうこうするうちに鳥などの捕食者にやられてしまうかもしれない。争いを長びかせることは誰にとってもよくないことだ。

そこで、こんな状況をつくってみたらどうなるかとデイヴィスは、ちょっと意地悪な実験をした。

日だまりに縄張りを構えているオスをAとし、その上の木の方にいるオスをBとする。Aを捕虫網で取り除くと、数分もすればBが降りてきて日だまりを占拠する。そしてBが10秒間日だまりにいることを確認したら、Aを縄張りに放ってやる。

どうなったと思います？

元々はAが縄張りの所有者なのだから、Bは退散する。

いやいや、どちらも自分こそが所有者だと譲らず、延々と争いを続ける。

答えは……Aが退散する。しかもこんな理不尽な話にも拘らず、3〜4秒間という通常バージョンの争いの後に退散するのだ。Bが日だまりにいたのは、たった10秒間だった。こんな短い時間のうちにもBは縄張りの所有者と自覚し、AもAで彼を所有者と認めることができる。

恐るべきルールの厳守だ！

人間にもし、縄張りの所有者が勝ち、侵入者は素直に退散するというルールがあったなら、世界は平和になる？

翻訳のマナー

逢坂剛

日本人には、外国人が日本語を習得するのは至難のわざだ、という思い込みがあるようだ。太平洋戦争のおり、軍部はたとえ暗号電信を傍受されても、日本語だからどうせ解読できまい、と高をくくっていた節がある。実は、アメリカは日系二世や、日本語のできる兵士を起用して、志願者に日本語教育を行ない、日本軍の暗号電信の解読に当たらせた、という。日本は逆に、英語を敵性語として禁じたほどだから、発想はまるで逆だ。

もともと、日本人は外国語を学ぶことに、熱心だった。江戸時代の蘭学から始まり、幕末には英語熱も高まって、明治維新がそれに拍車をかけた。

その結果、今や日本ほど数多く、外国文学の翻訳書を出す国はない、といわれるほどの〈翻訳大国〉になった。

ひるがえって、外国語に翻訳された日本文学の数をかぞえると、まことにお寒いかぎりといわざるをえない。そんなことからも、日本語は外国人にむずかしすぎる、という思い込みが出てくるのだ。

確かに、日本文学を母国語に翻訳できるほど、日本語に熟達した外国人の数は、あきれるほど少ない。出版社が、海外に市場を拡大できないのは、この〈翻訳者そのものがいない〉という事実に、道をふさがれているからだ。

一国の文化を、海外に伝える最適の手段として、活字文化に勝るものはない。音楽や映像もだいじだが、感性だけでなく知性に訴えるもの、つまり活字文化を活用しなければ、いつまでたっても文学や学術の分野は、〈入超〉のままで終わってしまう。

手前みそかもしれないが、ただ今現在の日本を、端的に海外に知ってもらう、もっとも手っ取り早いツールは、日本の現代文学だと思う。わたし自身、戦後のアメリカ文化を吸収したのは映画と小説、それも主に翻訳ミステリーを通じてだった。ことに昭和10年代、20年代生まれの人には、その実感があるだろう。

こうした状況を打破するには、多大の時間と労力がかかるから、国家的なプロジェクトが必要になる。ひところ、文化庁などが中心になって、日本文学の翻訳事業を展開したことがあるが、昨今はとんと噂を聞かなくなった。この種のプロジェクトは、長期的な展望が不可欠で、翻訳者の養成、育成を含む地道で息の長い努力が、求められる。そうすればおのずと、日本語の持つ奥行きの深さが、知られてくるに違いない。

ちなみに、どこぞの会社が英語を社内公用語に定め、ビジネスの拡大を図っている、という話を耳にした。まあ、経済効果を求めるだけなら、それもいいだろう。しかし、わたしとしては正しい日本語を、きちんとｍａｓｔｅｒしてからにしなさい、と言いたいところだ。

ガイドブックのマナー

綿矢りさ

京都の四季は厳しいが、地元の人間はさすがに学んで対処策を身につけている。京都では真夏の昼下がり、真冬の夜は、無理して出歩いても、ちっとも人とすれ違わない。だから初夏の夜、ずっと無人だった道路を学生たちがグループで笑い合いながら歩いているのを見かけると、もうすぐ夏がやってくるんだと毎年胸が躍る。

その点、観光客はすごい。欧米の人たちは真冬を除く年がら年中、Tシャツと短パンで重そうなリュックを背負い、炎天下でもねり歩くし、ときには信じられない距離をレンタサイクルで観光したりする。

カップルの観光客もがんばる。真冬に雪ふりしきるなか、ガイドブックを見ながら、男の子が「少年よ大志を抱け！」のクラーク博士像のように山の方角を指差し、寄り添う女の子とどこどこに行こうなどと楽しげに話しかけている。遭難しませんようにと、心のなかでそっと祈る。

また、いかにも敷居の高そうな、祇園の料亭などにも、予約して乗り込んでゆく。そういうお店の常連さんだという地元民もいるだろうが、私はほとんど一度も行ったことはない。メニューも表に出ていなくて、引き戸がほんの少しだけ開き、広い玄関のたたきに下駄が1足ぽつんと置かれている、そんな一見さんお断りの雰囲気が恐ろしく、中まで入る勇気はない。バイタリティーに富んだ観光客の友達に、地元民のくせに京都を案内してもらうという逆転現象が起きている。

　私もおすすめの場所やお店はあるのだが、遠くから来た人を満足させるには、ややパンチが足りないようで、ガイドブックを読み込んだ友達にいかにも京都らしい素敵な場所に連れていってもらい、こんなところにこんな場所があったんだ！　と驚かされる。

　しかしこれではいけない、訪ねてくる人たちはきっと、地元の人だけが知っている、隠れた名所、名店などを期待しているはずだ。そういう所に案内してあげるのが、観光都市の住民のマナーだ、と思い、やり始めたのがガイドブックを丹念に読みあさること。本末転倒だが、素敵な場所が紹介してあるのを見つけて、自転車でささっと訪れ、観光客気分でうろうろするのが意外なほど楽しかった。次に誰か来たら、なに食わぬ顔をして、行きつけの場所っぽく紹介してみよう。

　とはいえ、ガイドブックの取材お断りの神社仏閣に味わいのある寺などがあるのも事実。あそこ素敵で地元では有名なのに、ちっともガイドブックに載らない。あ、これが地元の人間の強みだ。どうやら観光にもお勉強が必要みたいだ。

孤独を
あじわう
マナー

ひとり旅のマナー

角田光代

国内は10代のころから、国外は20代から、ほとんどひとりで旅をしている。一昔前は、とくに国内旅行の場合、女ひとり旅は何か事情（失恋→自殺希望）があるのではないかと気遣われることが多かった。昨今はインターネットでホテルも旅館も予約でき、女のひとり旅も一般的になって一安心、なのだが、それでも、国内外を問わず誤解を受けることは、多々ある。

いちばん大きな誤解だと私が思うのは、「ひとりでさみしいのではないか」というもの。この誤解にはよい面もある。やさしくされる。酒や食事を奢ってもらえる。そんなことも、まれにある。でも、たいがい面倒が多い。勝手についてこられてガイドされたり、宿泊している旅館で夜の飲み会に誘われたり。親切でそうしてくれているのはわかるし、ありがたいのだが、いかんせん、ひとり旅に出る人間は、ひとりで旅したいからひとりでいるわけである。

国外はさらに面倒である。「ひとりでいたい」という心情を、西洋東洋にかかわらず、じつに多くの国の人が理解しない。20年くらい前、訊かれて日本人だと言うと多くの欧米人旅行者は「えっ、日本人って団体でしか旅行しないんでしょ？」と真顔で訊いたが、そう言う彼らだってひとり旅は少数派で、こちらがひとり旅だと知ると「勇敢だ」「勇気がある」と褒めてくれる。ヒッチハイクでしか移動しないキミたちに、そのへんの池で魚釣って食べているキミたちに、3年故郷に帰っていないキミたちに、勇敢だと言われるとは思わなかったよ……と、私はいつも照れ笑いを返した。そしてそんな真の勇者である彼らも、やっぱり訊くのである。「でも、さみしくないの？」

さみしさも含めてのひとり旅なのだと、これは国民性にかかわらず、ひとり旅を好まない人にはぜったい理解されないと思って間違いない。が、ときとして、ひとり旅の当人ですらそのことを理解していなかったりもする。

以前会った年若い女の子は、はじめてひとりで旅をしていて、あちこちで声を掛けられ、食事に誘われるものだから、自分はもてていると勘違いしてしまい、だれが聞いてもたちが悪い現地の人となぜか2泊で近隣の村を旅することになり、「お願い、どうにかして」と旅行者に泣きついていた。結局旅人同士で協力してなんとかしたのだが、なんとかしてしまった故に、どうにもならないこともひとり旅の妙味であると彼女は学び損ねたかもしれない。

ひとり旅の人を見たらさみしいと思うべからず。ひとり旅の人はさみしさもままならなさも旅の魅力と心得よう。この20年ほどで文字通り身をもって学んだ我流マナーである。

ひとり飯のマナー

乃南アサ

久しぶりに一人旅をした。目的地と宿以外は何も決めていない旅だ。この数年の旅は取材ばかりだった。取材で、しかも編集者と一緒だと「これでもか」というくらいに予定を詰め込まれる場合も少なくない。これ、キツいです。

私は道草が大好きだし、基本的に行動がノロい。だから時計と睨めっこして「ハイ、次」「お次はあっち」とお尻を叩かれるのはツマンナイのだ。一人でぶらぶら出来る旅ほど贅沢なものはない。

ところが、一人旅にも悩みがある。食事。ことに夕食を一人でとるのは相当に味気ない。せっかく、その土地ならではの味を楽しみたいと思っても、一人ではどうも盛り上がらないし、女性の場合は店の選び方そのものも難しい。そのことを考えると、ついつい一人旅そのものが億劫に思えたりする。

だが二、三十代の頃とはワケが違う。今なら居酒屋だって一人で入っちゃうもんね、と鼻息も荒く、とにかく私は旅に出た。

もともと、いわゆる「名所旧跡」よりも普通の暮らしが広がる場所が好きな私は、ガイドブックや地図の類を持つこともせずに、住宅地をただぶらぶらと歩き回った。道ばたの野良猫に声をかけたり、よその庭先に咲いている花にカメラのレンズを向けたりするうちに、陽はすぐに傾いていった。

一日目の夕食は、ちょっと名の通った居酒屋に行った。昔は地元の人たちで賑わっていたはずが、今はすっかり観光客だらけになって、常連客はカウンターに追いやられている。私は「地元民」に振り分けられたのか、カウンター席に案内された。常連さん同士のやり取りを聞きながらの「ひとり飯」は意外に落ち着いて、なかなか面白かった。

さて翌日の夜。今度はタクシーの運転手さんに聞いた店に行ってみることにした。案内されたのは、やはりカウンター席だ。雨が降っていたせいもあって客の出足は遅く、私は常連客と店の主人の会話に時々混ざりながら、またも心地良い時間を過ごすことが出来た。ああ、よかった。旅先の「ひとり飯」を楽しめるようになったら、こりゃ一人前かも知れないぞ、などと一人で悦に入りながら、さて、お会計という段になって。

財布がない!

どこをどう探しても、ないのだ。軽い酔いなど吹き飛んだ。ホテルに置き忘れてきたのに違いない。だが、それを信じてもらえるだろうか。まさか無銭飲食で突き出されるの? 必死で頭を回転させながらバッグに手を突っ込んでかき回すうち、ふいに思い出した。手帳に五千円札を挟んであるじゃありませんか!

「ひとり飯」を楽しもうと思うなら、お札の一、二枚は財布と別に持っておくべし。これが最低限のマナーです。

ミニ運動のマナー

東直子

私の専門は五七五七七の定型詩である短歌で、作品を作ったり、短歌についての評論を書いたりしている。又、小説やエッセイ等も書いている。どの仕事にもパソコンを使っている。十数年前は電話やファックス、あるいは直接会って手渡しするなどしていた原稿や連絡事項のやりとりは、最近は専ら電子メールで行なっている。編集者と一度も顔を合わせることなく仕事が終わってしまうこともある。書評の仕事などのため、毎日なにかしら本を読む。最近は自著の装画など、絵を描いていることもある。

と、私が日常していることをつらつら書き連ねてなにが言いたかったかというと、それらの作業のすべてを、椅子に座って行なっている、ということである。ようやく涼やかな風が吹く秋になったというのに、日々家に閉じこもったままひたすら椅子に座り、机の上のパソコンや活字などを目で追い続けているのである。まったくもってひどい運動不足である。

このままではいけない、なんとかしなければ、と頭の隅で思ってはいるのだが、なかなかスポーツを始める余裕も気力も見出すことができない。せめて仕事中でも座ったままできるミニ運動をしようと思い、最近行なっているのが、舌回し運動である。

口を閉じたまま舌の表面を歯の表側に当てた後、歯をなぞるようにぐるりと回し、下の歯の表面をなぞって上の歯まで戻ってくるという動きを繰り返すのである。これなら、原稿を書きながら、メールを打ちながら、ゲラをチェックしながら、できる。実は、この原稿を書いている今も。

そんなもの運動にもならない、と笑う人もいるかもしれないが、試しに十回程舌を回してみてほしい。顔の奥の方になんともいえない、きゅう、とした疲れを感じることだろう。

この舌回し運動、加齢とともに下ってくる口角を持ち上げる筋肉を鍛える効果もあるそうだ。口角が下っていると、それだけで「不機嫌な人」認定されて、いつの間にか人を遠ざけてしまいかねない。舌回し運動は、顔の筋肉を鍛えるとともに、顔を広げる効果（比喩的な）もあるというわけである。

自分の顔一つあればできる、デスクワークに最適なこのミニ運動、一つだけ問題点がある。それをしている顔を人に見られることである。どんな美男美女も、おそらくかなり間抜けになる。せっかくのお洒落も台無しになること請け合いである。第一、街中でいきなりこれを始めたら、「あの人、さっきから口をもごもごして、あやしすぎる」と思われてしまうだろう。

これをしている間は、鶴の機織りのごとく、決して誰にもその姿を見られてはなりません。

自分で何とかするマナー

乃南アサ

かなり以前から抱いていた疑問がある。ビルやマンションの建築現場で、よく見かける巨大なタワークレーン。あれはどうやって建物の屋上まで持ち上げるのだろう。また工事が終わった後はどのように下ろすのだろうか？

「それなら一度、現場を見てみますか」

そう提案して下さったのはゼネコンの前田建設工業。ちょうど千葉県市川市に完成間近のタワーマンションがあるとのことで、見学に行かせていただくことになった。

タワークレーンには建物に寄り添って立つものと、建物の内側に入り込む形で立つタイプのものがある。今回の現場では寄り添うタイプのタワークレーンを使用していた。そして長年の疑問が氷解するときがやってきた。何とタワークレーンは「自力で伸びて自力で縮む」のだ。

つまりクレーン本体が、「マスト」と呼ぶ脚の部品を少しずつ地上から持ち上げては継ぎ足して、長くなった分だけ油圧で上がって高くなり、解体時はその逆を辿って徐々に短くなっていく。その原理は建築物の内側に組み立てるクレーンも基本的には同じらしい。いずれにせよ「自力で」何とかしているのである。

もちろん、すべての作業に人の手が必要なのは言うまでもない。だが、首長竜さながらのタワークレーンが微かに首を振りながら、実に注意深く自分の脚をちょっとずつ取り外しては背丈を縮ませていく様子は、どこか生きものめいていて、私は大いに感動してしまった。

「えらいもんだなあ。自分のことは自分でするんだ」

繰り返すが、実際に操作しているのは人間だ。それでも他の重機に助けられるのでなく「巨大な荷の吊り上げと移動」という、自らに与えられた能力を最大限に生かして主体的にいるところが、やっぱりえらい、と思ったんですね。

私たちは小学校に上がる前から「自分のことは自分でしなさい」と言われて育つ。最初はせいぜい洋服の脱ぎ着とか手洗い程度だし、一つが出来ればその都度、誉めてもらえる。だが、成長と共にだんだんと自分で片づけなければならないことは増えていき、それに反比例して誉められる機会は減っていく。大人になればなおさらだ。

そしてふと気がつくと、本当は自分で出来ることもしなくなっている。誉められるわけでもないし、誰かが何とかしてくれるのなら、その方が楽だから。むしろ「自分で」と張り切っても、「無理しちゃって」なんて皮肉っぽく笑われるのが関の山かも知れないから。

だが、自分で出来ることはやはり自分で何とかするのがいい。そして、出来ない部分は任せてしまう。それが力まず、誇りを失わない秘訣かも知れない。

節目をまたぐ
マナー

年の瀬のマナー

乃南アサ

今年もいよいよ押し詰まってまいりました。もういくつか寝るとお正月です。

とはいうものの、正直なところ近頃では「だから何なの」といった感じの方が強い。ことさらに「年末」「歳末」と煽るのは、つい昨日までクリスマス商戦で汗をかいていた業界ばかり。本当の意味で私たちの生活に染み込んでいた年の瀬らしい風物といったものは、ほとんど感じられなくなった。

家中の窓を開け放って障子を張り替えたり、畳まであげるような大掃除をする家などないし、落ち葉焚きも見なくなった。子どもたちが羽根つきをする音が響いてくるわけでもなければ、寒風を受けて空を舞う凧も見かけない。辛うじて残っているものといったら、町角で注連飾り（しめかざり）を売る出店くらいだろうか。

年の瀬というと借金取りから逃げ回ったり、またそれにまつわる悲喜こもごもの人情ドラマが生まれたりするのは落語の中だけ。取り立てて贅沢でなくとも、普段からそれなりに食べたいものを食べて暮らしているせいもあって、伝統的なおせち料理を「美味しい」と感じる味覚そのものも失われつつある。それでも食べたいと思う人は、とっくに注文してあるだろう。

元旦から新しい服を下ろそうと楽しみにしている人もそうはいないし、晴着を着るつもりの人も減った。要するに最近の「年の瀬」とは、一年の終わりに様々なことを片づけ、新しい年を迎える準備にいそしむ時期というより、ただ単にカレンダーや手帳が終わり、ちょっとまとまって休める「休暇」であり、それ以上の意味を持たなくなったということなのかも知れない。

それはそれで仕方がない、と、私は思っている。だって畳も障子もない家が増えて、子どもたちは羽根つきや凧揚げよりも塾へ行く。それが時代の流れだもの。そして私がもう一つ、変わってもいいのではないかと思っているものが、実は昔から使われてきた「年忘れ」という言葉だ。

【年忘れ】（その年の苦労を忘れる意）年の暮に催す会合。忘年会。——広辞苑

実に日本人らしい、潔い言葉じゃありませんか。もともと私たちは「水に流す」のが大好き。執念深く、いつまでもネチネチしていたくないという気持ちが強い。

だが、世の中には決して忘れてはならないことがある。たとえば東北の被災地や原発のこと、そして総選挙の際に各政党が掲げた公約などを、私たちはずっと胸に刻み続けて、これからの一年も過ごしていかなければならない。簡単に忘れ去っては、また同じ失敗を繰り返すに違いないからだ。苦労を労うのも憂さを晴らすのも結構。それでも、ただあっさり忘れて笑ってなどはいられない。もはや、そういう時代になった。

お年越しのマナー

さだまさし

なんだか、日本のハロウィーンが大変なことになっているというニュースに笑ってしまった。

ハロウィーンは、ここ100年そこそこの間にアメリカで広まった民間祭事で、もとは万聖節の前の夜のお祝いだったという説があるが、古くはケルト人の慣習とも。

いずれにしても我が国とはなんの関係も無い話。

そのハロウィーンの経済効果がバレンタインデーを超えた、と言われても、なんだかなあ、だ。

元々日本には地域によって様々な民間信仰があり、それらを権力者達が強引に統一せず、割合大らかに共存させながら人心をなだめてきたような所がある。

即ち単一宗教によって統一された国家ではないから、古くから拝火教も、仏教も、密教も、キリスト教も、イスラム教も、自然に入国し、八幡様や天神様やお大師様とも共存してきた。

キリスト教には、弾圧された不幸な時代があるが、言ってしまえばバレンタインデーも母の日も、ハロウィーンも「オラが里の神様仏様のご近所様」という風に理解をして同居、共存出来る不思議な国になった。

だから毎朝神棚に手を合わせ、仏壇にご飯を上げ線香を焚き、旅先では道ばたのお地蔵様にも手を合わせ、一念発起して遍路に出掛け、大切な人の命日には好きな供物を捧げ、ふと教会で結婚式を挙げたかと思うと、正月にはちゃんと初詣に行き、死んだらお経が上がってお墓に入って仏になっても違和感を感じない。

こんなに奇妙に人々が暮らす国はどこを探しても無い。

これを外国の人は「日本人は宗教心が無い」という。それはその通りだが「信仰心」は篤いと思う。一神教の人達とは宗教の概念が違うから説明しにくいのだ。

カナダ人のブライアン・バークガフニさんが長崎に移住して30年になる。

お父さんが牧師さんだが、青年時代に世界旅行中「禅」に惹かれ、京都の妙心寺を訪ねて仏門に入った。

「たとえ国際観光都市・京都と言えども、ガイジンの僕がお店に入ると、微妙な緊張感が走るのが分かる。ところがそれが全く無い町があった」というのが僕の故郷・長崎にやってきた理由だという。

「日本語で好きな言葉がありますか?」と尋ねたら、彼は少し考えて「外道(げどう)」と言った。

「〝私の道〟だけが道では無く〝私の道〟の外にも道があることを認めるという心の広さに驚いた」と。

なるほど、それがこの国の心ならば、やかましいことを言わず、クリスマスを祝い、お寺の除夜の鐘をきき、紅白の後は「年の初めはさだまさし」でも見て貰ってから、初詣に出掛けてもらうとしよう。

年賀状のマナー

角田光代

　凝ったデザインの年賀状を毎年送ってきた友人が、子どもが生まれたとたん、ごく平凡な赤ん坊の写真を送ってくると、驚きと安堵のない交ぜになった気分を味わう。これらがない交ぜになるとなぜか、「ひよったな（日和見したな）」というような、気分になる。独身のときはあんなにとんがっていたのに、きみも親になれば凡庸を引き受けるのだね、という「ひよったな」である。

　この子ども年賀状、子どものいない男女にはあまり評判がよろしくない。「会ったこともない子どもの写真を送られたって」と、いうのがその意見の大半である。けれど実際は、もっと複雑な思いがあるのではないか。子どもがほしいがまだいない男女もいる。このような人たちが「しあわせすぎてそういう気遣いもできなくなってしまったのか……以前は違ったのに」という意味合いで、「ひよったな」と思う場合もあるだろう。

　私自身は、子ども年賀状が好きである。会ったこともない子どもが、年賀状のなかで成長していく。「赤ん坊のときは父親似で心配したのに、小学校に上がったら急にモデル顔」だの「今中二のこの子に来年眉毛がなかったらどうしよう」だの、勝手にあれこれ思うのも、たのしい。

　これはたぶん、子どもをほしいとか作ろうとか、私が今現在具体的に思っていないせいだろう。だから子ども年賀状も、彼らの新しい「デザイン」と、無意識に解釈しているのである。

とすると、そのデザインは以前より格段に質が落ちている。笑う子どものうしろに、食後の皿がそのままのテーブルがあったり、洗濯物の山があったりする。以前だったら写真にも写さないそんな生活感ばりばりの「隙」が、子どものベストショットをさがすのに懸命で、あらわになっている。その無防備なデザインが微笑ましい。

しかしながら世のなかに、子ども年賀状を歓迎していない人がいるのも事実で、その事実を踏まえたとき、どうするか、という問題がある。その人たちには別デザインのものを送るのか？

むずかしい問題ではある。が、人とかかわるって本来そういうことではないか、とも思うのである。鈍感な人、繊細な人、こちらの都合を考えてくれない人、そんな人たちのなかで、私たちは揉まれたり揉んだり、傷ついたり傷つけたりして日々過ごしているのではないか。

もし私の元に届く年賀状が「もしかしてこの人を傷つけてしまうかもしれない」という深読みや思いやりや遠慮で少なくなっていったとしたら、とてもさみしい。だってメールが普及した今や、葉書を送るなんて非日常的行為なのだ。年に一度の「ハレ」の日に、これほどふさわしいものはなかろう。

あけましておめでとうのマナー

鎌田實

地球はうまくできている。地球が公転しているおかげで、約365日すると必ず新しい年がやってくる。1月、ぼくたちは新しい年を祝って、「あけましておめでとう」と言い合う。年賀状のやりとりをする人もいるし、メールですませる人もいる。

ぼくは39歳から55歳まで病院の責任者をしていた。元日は、いつも病院に行くことになっていた。この日は、他の医療機関が休みになるため、救急外来に患者が殺到する。多いときは300人もの患者さんが来た年もあった。

当時、救急担当の医師は4人で、さらに、ぼくも手伝いをする。正月の病院は、野戦病院のように混雑する。その忙しさを縫って、ぼくは各職場の職員をねぎらい、隣接する老人保健施設のお年寄り、病棟や集中治療室の患者さんたちに、新年のあいさつをして歩く。

老人保健施設では、家に帰れない悲しいお年寄りが何人かいる。スタッフはお正月の雰囲気を出そうと、和服を着たり、こたつで鍋をしたり、工夫をこらす。

「おめでとう」と言い合っていると、「今年こそ、歩けるようになって、日帰り温泉に行きたいな」などという目標が出たりする。

緩和ケア病棟の末期がんの患者さんたちにも、「あきらめないでください。今年はきっといい年になりますよ」と手を握りながら、新年のあいさつをしてまわる。

「もう一度、家に帰りたい」

「買い物に行きたい」

「うなぎを食べに行きたい」

新年の不思議な空気のなか、自分の夢を語りだす。

夜は病院の会議室でおこなわれるアルコール依存症の会に出た。依存症の人たちは正月が危ない。自分達の弱さを自覚して、元日の夜にみんなで集まり、断酒の誓いをするのだ。

1人の中年の男が語り始めた。12年前の正月、救急車で前後不覚でやってきた。妻と2人の娘に逃げられて、1人ぼっちが寂しかった。

正月の急患室で鎌田先生から怒鳴られた。他人から、こんなに怒鳴られるのははじめてだった。酒との闘いが始まった。家族はまだ戻って来てくれていないけれど、新年は大事な節目になった。

正月には力があるのだ。

それぞれが背負っている現実は、決して幸せなことばかりではない。だからこそ、年の初めに、「おめでとう」と新年を祝いながら、希望や夢を確認することが大事なことだと思っている。どんな人にも新しい年はやってくる。これは、とってもステキなことだ。

就職が決まらない若者にも、病気や障がいを抱えている人たちにも、厳しい寒さのなかで新年を迎えている被災地の方々にも、新しい年がよい年であることを祈って、「おめでとう」と言い合いたい。

抱負のマナー

角田光代

　私は抱負のプロを自負している。子どものころから新年には必ず、その年の抱負を決める。前年の内に考えに考え、真剣に決める。しかし、そこまでして決めた抱負でも、お正月が終わり、日常が戻ってきてあわただしくなると、年のはじめに熱心に読んだ星占いのごとく、夏前には忘れてしまう。そう気づいたのが20代の半ば。以来、お正月になると、私はその年の抱負を紙に書きつけている。正月休みに私んちに遊びにきた友人たちにも短冊状の紙を手渡し、半ば強制的に抱負を書いてもらう。

　自分のぶんも、友人たちのぶんも、書くだけでなく保管する。何年も捨てない。ここが、私が抱負のプロを自負する所以である。保管すると、1年通じて抱負を忘れないばかりでなく、その年の抱負が実現したかどうか、わかる。さらに、何歳の自分が何を思い何を決め何を目指したか、客観的にふりかえることができる。そうして私はあることに気づいた。

　自身の体験を鑑みると、その年の正月に掲げた抱負は、実現するとしたらその年内ではなく、数年先なのである。たとえば28歳のとき、私は抱負に「めりめり音がするほど仕事をする」と書いた。が、前年そんなに仕事がなかったのにいきなり依頼が増えるわけもないし、こちらとてそこまで仕事をこなせるほどの体力も筆力もない。その抱負が現実となったのはそれから8年後の36歳のときである。この年、朝の5時から夕方5時まで仕事をしながら、私は「ああ、いまごろあの抱負が実現している」と思っていた。

抱負というのは願望とは異なって、「今の私」と地続きである。今年の抱負に、買ってもいないのに宝くじを当てるとか、そういう知り合いもいないのに石油王と結婚するとか、現実味を欠いたことを書く人は、あんまりいないだろう。抱負とは前の年にできなかったこと、ずっと目指しつつたどりつけない目標、なかなか達成できない課題、つまるところごく個人的なものになるのではなかろうか。

そうして、長年抱負を書いてきて思うのは、「あれをしたい」「こうなりたい」と決めたとき、それはもう叶いはじめている、ということだ。決めなければそれが現実になることは決してないが、決めた時点ですでに私たちは目指す場所に歩きはじめているのである。今年はそこに着かないかもしれない、でも、いつかは着くのだ。それがたとえ、5年、10年先であっても。だって自分がそう決めたのだから。抱負のプロが言うのだから、間違いない。

今年の抱負をまだ決めていない方、紙と筆ペンを用意して、簡易書き初めしてみませんか。

決心のマナー

さだまさし

毎年新年になったら、今年の目標というか、決心をする、という方は多いと思う。

たとえ、それが禁酒禁煙禁ギャンブルあるいはダイエットであろうとも構わない。

人間、目的を持って生きることは素晴らしいことだ。

だがしかし、思ったように生きられない、ということは確かで、既に挫折した方も多かろう。

僕は実に44回の禁煙に失敗し、45回目にしてやっと成功したのである。

それで学んだことが二つ。

まず第一は禁煙など簡単なことだということ。だって44回も出来たのだもの。

もう一度吸い始めないということが一番に難しいのだということが一つ目。

二つ目は「そうしてはいけない」という後ろ向きの決心は弱く「こうしたい」という前向きの決心の方が強い、ということ。きっかけは森山良子さんの一言だった。

「あなた、たばこやめて3年たったら、確実に声が良くなるわよ」

僕が45歳の時だった。

なるほど、歌手になる以前からたばこを吸い続けていた僕でも、仮に50歳まで歌えるとしたら、今、たばこをやめれば最低2年間は僕のお客さんに「たばこを吸っていない声」を聞いてもらえることになるではないか。

それで「歌手をやめるまではたばこを休もう」と決めた。

すなわち僕は45歳から「禁煙」しているのではなく「休煙」している、というわけだ。

物は考えよう、ということなのである。

以後一度も吸いたいと思わないので、ひょっとしたらこのままやめてしまうおそれもあるが、まあ、それはそれでも良いことなのだろう。

こういう強いきっかけでもない限り「禁なんとか」はうまくいかないものなのだ。

それで既に正月の決心があえなく壊れてしまい、がっかりしておられる向きもあろうが大丈夫、とあえて申し上げる。

日本には節分がある。1月1日に誓って失敗したことでも、立春をきっかけにもう一度トライする、という考え方があるのだ。

いや、正月に立てた誓いを一月足らずで破ってしまったあなたのことだから、立春の誓いなど、どうせすぐに破られてしまうに違いないと思われるが、それでも大丈夫。

日本には次に「年度末」というものがやって来る。すなわち次は「新年度」に誓うのである。

それでも駄目という方でも日本は大丈夫なのだ。

日本には衣替え、というものがある。

更に駄目でも半年の区切りがある、とまあ、結局あっという間に来年になってしまうんだろうなあ。

お礼を述べるマナー

高野秀行

意外と知られていないが、何かしてもらったとき、「ありがとう」と言わない民族は、世界的にはたいへん多い。

20年ほど前、中国の大連に留学していたとき、誰一人「謝謝」と言わないのに驚いた。店でモノを買ってお金を払っても知らんぷりなのは社会主義のせいだからまだ理解できるが、中国語を習っている先生や中国人の友だちに日本のお土産をあげても、「謝謝」がない。黙って頷くか、せいぜい「好」という程度。

逆に私が「謝謝」と言うと、先生は「不要謝！（ありがとうなんていらん！）」と怒った。そこでわかったのは、当時の中国では「ありがとう」は他人行儀で水くさい言葉だということだ。

ありがとうを言わないのは中国人だけではなかった。

ミャンマー奥地のワという民族の村に半年ほど住んだことがあるが、彼らには「ありがとう」という言葉自体が存在しなかった。

アフリカ・コンゴの共通語であるリンガラ語では「ありがとう」は〝メレシ〟と言う。フランス語の〝メルシー〟から借りたものだ。本来は礼の言葉などなかったのだ。もっともメレシだって、私がもっぱら使っていただけで、現地の人の口から聞くのは稀だった。

インド人も英語でなくヒンディー語などインドの言葉で話すときは「ありがとう」をめったに言わないようだし、アジア・アフリカでは「ありがとう」を多発する民族は少数派ではなかろうか。

世界の多くの人々は感謝を表すよりひたすら水くささを避けているのである。何か恩義を受けたらすぐ礼を述べるのは西欧化・都市化の結果かもしれない。(だから最近では中国人も頻繁に「謝謝」と言うようになっている)。

しかし、海外を旅するようになって30年近く経つが、お礼を言わないやりとりにはいまだに馴染めない。

ここ5年ほどはアフリカ東部のソマリ人のところに通っている。ソマリ語には「ありがとう」という単語はあるが、めったに使わない。でも、こちらとしては、お土産やお金を渡したときくらいは、お礼の一言も述べてほしいとつい思ってしまう。思いすぎて、私が自分で「ありがとう」と言ってしまうこともしばしばで、そんなとき彼らは「うん、うん」と鷹揚にうなずいている。

釈然としないまま、それでも私は彼らのもとへ戻っていく。

いつの日か、自分が「ありがとう」という言葉に水くささを感じるようになることを、心のどこかで期待しているのかもしれない。

受験報告のマナー

角田光代

高校時代、仲のよかった友人Aが、高校卒業後、彼女の親友であったBと「もうつき合うのやめる」と言った。理由を訊くと、Aが合格しなかった志望校にBは合格し、でも問題はそんなことではなくて、Aと家族ぐるみで仲のよいBの母親が、うちの子は第一志望に受かったとはしゃいで言ってまわっており、「それもなんかヤな感じだし、それを止めないBだってどうかと思う」と、言うのである。

受験というのは、もしかしたら、だれに強制されずとも、自分ではじめて決めることがらなのかもしれない。だから本人は必死だし、それを身近で見ている人も、本人と同じくらい必死になる。なのに、がんばればなんとかなる、という理想論は通用せず、ただひたすら過酷な、合否がある。合でも否でも、それはだれのせいでもない、自分のせいだと当事者はわかっている。が、あんまりはしゃいで受かったと聞くと、落ちた人間は腹立たしいし、あんまりひどく落ちこんでいると、受かった人間は言葉を選びすぎるあまり、距離をとってしまったりする。

その真剣さを私は生々しく思い出すことができる。受験生の私は父を亡くしたばかりで、浪人はできないと思い詰めていたし、それこそ自分で何かを決定するのははじめてなら、そのために努力するのもはじめて、さらに、その決定と努力が人生を方向づけると単純に信じていた。だから、合否の報告のむずかしさも、わかる。受験生本人より、親や親戚といった周囲の人はとくに、本人以上に浮かれずへこまず、他人に報告するのも慎重になったほうがいいと、思う。件の友人たちのように、仲が決裂する場合だってあるのだから。

けれど、私はその真剣さと同様に、その後の二十数年だって覚えている。つまり、もっと真剣にならざるを得ない局面は、「その後」のほうにより多いことを知っている。受験は人生を決定したりはしない。ほしいと思うものを手に入れる努力というのは、受験勉強とはぜんぜん異なる種類のものだと私は思う。ノウハウがない、過去の例題がない、参考例がない、傾向と対策がまったく役立たない。失敗しても、間違っても、だれのせいにもできないところだけ、受験と似ている。

といっても、これは大人になったから言えることで、17歳の私がこれを読んでも「ケッ」と思うだろう。でも、あのせっぱ詰まった17歳の私に、私は言ってやりたいのである。受かった、落ちたなんて、まったくシンプルな感情なのだ。もっと複雑なよろこびや悔しさや、落ち込みや迷いや興奮は、この先たーんと待ちかまえてます。せいぜいたのしみに覚悟しておくがよい、と。

さようならのマナー

乃南アサ

始まりがあれば終わりがある。出会いがあれば別れがある。

ところで最近は「さようなら」という挨拶をメッキリ聞かない。いつの頃からか「じゃあね」「またね」「バイバイ」「お疲れさま」といった言葉で済ませてしまうことが多くなった。ある日ふと、そのことに気がついたものだから、試しに「さようなら」と使ってみたら、相手にぎょっとした顔をされた。

「何、それ。そんなに改まった言い方しないでよ」

なるほど。「さようなら」という挨拶は、どうも相手をぎょっとさせるらしい。

もともと「さようなら」とは「左様ならば」の「ば」が取れたものだ。「左様ならば」という言葉を現代語にするなら「そういうことなら」というくらいになるだろうか。今でもよく使う「じゃ、そういうことで」という感じ。

じゃ、続きはまた今度。今日はこの辺にしておきますかね、といったニュアンス。つまり、そこで関係が断ち切られる言葉でも何でもない。だが最近は「さようなら」を使うと、まるで意を決して「決別」でも言い渡すかのような、すごく窮屈な印象になってしまう。つまり、言葉としての格が上がったのか、はたまた敬遠される言葉になってしまったのか。いや、言葉そのものの重みというよりも、私たちの築く人間関係がより希薄に、または軽くなった結果なのかも知れない。

私は「さようなら」という言葉は字面で見ても、何とも優しげで美しい言葉だと思っている。発音しても耳に心地良い。もしかすると美しすぎるから、すぐに悲しい場面や涙などが連想されて、挙げ句、敬遠されることになったのかしら。けれどこれからは、なるべく「さようなら」を使おうと思っているのだ。

大体、幼稚園や保育園で習ったことがきちんとこなせれば、社会人としてはかなりいい線いっている、と私は常日頃から思っている。手洗い、うがい、何でも「ぱなし」にしない。そして挨拶。

おはよう。おやすみなさい。いただきます。ごちそうさま。ありがとう。ごめんなさい。いってきます。ただいま。

こんにちは。

さようなら。

これだけの挨拶がきちんと出来る大人は、実は意外に少ない。さらに言えば「さようなら」は「こんにちは」と対になっていることを忘れてはならない。

親しい間柄で「じゃあね」「またね」とやるのはいかにも気軽で、それはそれで清々しさがある。対して「さようなら」と口にするときには、わずかでも背筋を伸ばして、軽く会釈もしたくなる。それが日常の中で一つのアクセントになるのがいいように思うのだ。

それでは今日はこのへんで。さようなら。

著者別掲載頁

乃南アサ（のなみ・あさ）
一九六〇年生まれ。小説家。
（p56　p114　p126　p144　p160　p168
p206　p212　p262　p326　p330　p334
p350）

角田光代（かくた・みつよ）
一九六七年生まれ。小説家。
（p36　p54　p78　p98　p106　p228
p256　p276　p324　p338　p342　p348）

鎌田實（かまた・みのる）
一九四八年生まれ。医師、作家。
（p60　p102　p118　p122　p128　p132
p150　p192　p232　p244　p292　p340）

綿矢りさ（わたや・りさ）
一九八四年生まれ。小説家。
（p8　p14　p22　p28　p40　p146
p170　p184　p204　p252　p306　p320）

さだまさし
一九五二年生まれ。シンガーソングライター、小説家。
（p62　p72　p88　p96　p108　p188
p200　p240　p246　p258　p336　p344）

高野秀行（たかの・ひでゆき）
一九六六年生まれ。ノンフィクション作家、翻訳家。
（p10　p42　p58　p66　p74　p182
p286　p296　p302　p308　p314　p346）

東直子（ひがし・なおこ）
一九六三年生まれ。歌人、小説家。
（p26　p34　p70　p80　p84　p110
p154　p166　p174　p196　p304　p328）

本作品は『マナーの正体』（二〇一五年十二月、中央公論新社刊）を
文庫化にあたり改題したものです。

中公文庫

楽しむマナー

2017年3月25日　初版発行

編　者　中央公論新社

発行者　大橋 善光

発行所　中央公論新社
〒100-8152　東京都千代田区大手町1-7-1
電話　販売 03-5299-1730　編集 03-5299-1890
URL http://www.chuko.co.jp/

DTP　柳田麻里
印　刷　三晃印刷
製　本　小泉製本

Published by CHUOKORON-SHINSHA, INC.
Printed in Japan　ISBN978-4-12-206392-1 C1195

中公文庫既刊より

各書目の下段の数字はＩＳＢＮコードです。978－4－12が省略してあります。

ち-8-3
考えるマナー
中央公論新社 編
悪口の言い方から粋な五本指ソックスの履き方まで、大人を悩ますマナーの難題に作家十二人が応える秀逸な名回答集。この一冊が日々のピンチを救う。
206353-2

お-87-1
アリゾナ無宿
逢坂 剛
時は一八七五年。合衆国アリゾナ。身寄りのない一六歳の少女は、凄腕の賞金稼ぎ、謎のサムライと賞金稼ぎのチームを組むことに⁉〈解説〉堂場瞬一
206329-7

お-87-2
逆襲の地平線
逢坂 剛
〝賞金稼ぎ〟の三人組に舞い込んだ依頼。それは十年前にコマンチ族にさらわれた娘を奪還してほしいというものだった……。〈解説〉川本三郎
206330-3

か-61-1
愛してるなんていうわけないだろ
角田光代
時間を気にせず靴を履き、いつでも自由な夜の中に飛び出していけるよう…好きな人のもとへ、タクシーをぶっ飛ばすのだ！ エッセイデビュー作の復刊。
203611-6

か-61-2
夜をゆく飛行機
角田光代
谷島酒店の四女里々子には「ぴょん吉」と名付けた弟がいて……うとましいけれど憎めない、古ぼけてるから懐かしい家族の日々を温かに描く長篇小説。
205146-1

か-61-3
八日目の蟬（せみ）
角田光代
逃げて、逃げて、逃げのびたら、私はあなたの母になれるだろうか……。心ゆさぶるラストまで息もつがせぬ傑作長編。第二回中央公論文芸賞受賞作。〈解説〉池澤夏樹
205425-7

か-61-4
月と雷
角田光代
幼い頃暮らしをともにした見知らぬ女と男の子。再び現れたふたりを前に、泰子の今のしあわせが揺らいで……偶然がもたらす人生の変転を描く長編小説。
206120-0

ひ-28-1
千年ごはん
東 直子
山手線の中でクリームパンに思いを馳せ、徳島ではすだちを大人買い。今日の糧に短歌を添えて、日常を鋭い感性で切り取る食物エッセイ。〈解説〉高山なおみ
205541-4

ひ-28-2
ゆずゆずり 仮の家の四人
東 直子
わけあって「仮住まい」中のシワスが同居人とともに送る日々。日常に潜むささやかなものを掬い上げ、別世界へ軽やかに跳躍する随想小説。〈解説〉堀江敏幸
205859-0

あ-11-7
少年と空腹 貧乏食の自叙伝
赤瀬川原平
日本中が貧乏だった少年時代、空腹を抱えて何でもかんでも食べ物にした思い出。おかしくせつなく懐かしい、美食の対極をゆく食味随筆。〈解説〉久住昌之
206293-1

い-115-1
静子の日常
井上荒野
おばあちゃんは、あなどれない――果敢、痛快、エレガント。75歳の行動力に孫娘も舌を巻く！ ユーモラスで心ほぐれる家族小説。〈解説〉中島京子
205650-3

い-115-2
それを愛とまちがえるから
井上荒野
愛しているなら、できるはず？ 結婚十五年、セックスレス。妻と夫の思惑はどうしようもなくすれ違って……。切実でやるせない、大人のコメディ。
206239-9

ひ-26-1
買物71番勝負
平松洋子
この買物、はたしてアタリかハズレか。一つ一つの買物は一期一会の真剣勝負だ。キャミソールから浄水ポットまで、買物名人のバッグの中身は？〈解説〉有吉玉青
204839-3

ま-35-1
テースト・オブ・苦虫1
町田 康
会話が通じない。ひょっとしておかしいのは自分？ 日常で噛みしめる人生の味は、苦虫の味。文筆の荒法師、町田康の叫びを聞け。〈解説〉田島貴男
204933-8

ま-35-2
告白
町田 康
河内音頭にうたわれた大量殺人事件「河内十人斬り」をモチーフに、永遠のテーマに迫る、著者渾身の長編小説。谷崎潤一郎賞受賞作。〈解説〉石牟礼道子
204969-7

各書目の下段の数字はISBNコードです。978－4－12が省略してあります。

ま-35-3
テースト・オブ・苦虫2
町田康
生きていると出会ってしまう、不条理な出来事の数々。口中に広がる人生の味は甘く、ときに苦い。ちょっとビターなエッセイ集、第二弾。〈解説〉山内圭哉
205062-4

ま-35-4
テースト・オブ・苦虫3
町田康
本当のことに、少しばかりの嘘をまぜ、口中に広がる苦虫の味。「真面目すぎておかしいといわれる」ほか、癖になるエッセイ集第三弾。〈解説〉寺門孝之
205163-8

ま-35-5
東京飄然（ひょうぜん）
町田康
風に誘われ花に誘われ、一壺ならぬカメラを携え、ぶらりと歩き出した作家の目にうつる幻想的な東京。著者によるカラー写真多数収載。〈解説〉鬼海弘雄
205224-6

ま-35-6
テースト・オブ・苦虫4
町田康
「私の演劇遍歴について申しあげよかな」「どう書いても嫌な奴は嫌な奴」ほか、事実か虚構か謎が深まる魅惑のエッセイ集第四弾。〈解説〉ヒダカトオル
205377-9

ま-35-7
おそれずにたちむかえ　テースト・オブ・苦虫5
町田康
文章に書いてあることより、暗黙の了解のほうが優先する。そんな曖昧な日常に活を入れる、おそれを知らないエッセイ集、第五弾。〈解説〉貴志祐介
205480-6

ま-35-8
おっさんは世界の奴隷か　テースト・オブ・苦虫6
町田康
食事に誘われたのに予約をとらされ、身勝手で一方的な原稿依頼を受けそうになり——。大人の味のエッセイ集、苦み走って好調第六弾！〈解説〉戌井昭人
205603-9

ま-35-9
自分を憐れむ歌　テースト・オブ・苦虫7
町田康
正直者が馬鹿をみる。実際、人間は正直にしているとろくな目にあわない。苦虫の味を嚙みつぶして進め！好調エッセイ集、第七弾。〈解説〉前田司郎
205724-1

ま-35-10
あなたにあえてよかった　テースト・オブ・苦虫8
町田康
八年間毎週書き続けたエッセイを、書き終えて口中に広がったのは苦虫の味。一抹のさみしさとよろこびを胸に、いま堂々の最終巻！〈解説〉西加奈子
205866-8

各書目の下段の数字はISBNコードです。978－4－12が省略してあります。

あ-13-3
高松宮と海軍　阿川弘之
「高松宮日記」の発見から刊行までの劇的な経過を明かし、第一級資料のみが持つ迫力を伝える。時代と背景を解説する「海軍を語る」を併録。
203391-7

あ-13-4
お早く御乗車ねがいます　阿川弘之
にせ車掌体験記、日米汽車くらべなど、日本のみならず世界中の鉄道に詳しい著者が昭和三三年に刊行した鉄道エッセイ集が初の文庫化。〈解説〉関川夏央
205537-7

あ-13-5
空旅・船旅・汽車の旅　阿川弘之
鉄道のみならず、自動車・飛行機・船と、乗り物全般に並々ならぬ好奇心を燃やす著者。高度成長期前夜の交通文化が生き生きとした筆致で甦る。〈解説〉関川夏央
206053-1

あ-13-6
食味風々録　阿川弘之
生まれて初めて食べたチーズ、向田邦子との美味談義、海軍時代の食事話など、多彩な料理と交友を綴る、自叙伝的食随筆。〈巻末対談〉阿川佐和子〈解説〉奥本大三郎
206156-9

い-83-1
考える人　口伝（オラクル）西洋哲学史　池田晶子
学術用語によらない日本語で、永遠に発生状態にある哲学の姿をそこなうことなく語ろうとする、〈哲学の巫女〉による大胆な試み。〈解説〉斎藤慶典
203164-7

よ-36-1
真夜中の太陽　米原万里
リストラ、医療ミス、警察の不祥事……日本の行詰った状況を、ウイット溢れる語り口で浮き彫りにし今後のあり方を問いかける時事エッセイ集。〈解説〉佐高　信
204407-4

よ-36-2
真昼の星空　米原万里
外国人に吉永小百合はブスに見える？　日本人没個性説に異議あり！「現実」のもう一つの姿を見据えた激辛エッセイ、またもや爆裂。〈解説〉小森陽一ほか
204470-8

よ-36-3
他諺（たげん）の空似（そらに）　ことわざ人類学　米原万里
古今東西、諺の裏に真理あり。世界中の諺を駆使しながら、持ち前の毒舌で現代社会・政治情勢を斬る。知的風刺の効いた名エッセイストの遺作。〈解説〉酒井啓子
206257-3